のっけから失礼します

三浦しをん

集英社文庫

目次

二章 取られるのはあっけ

四章　おいしいのはほっけ

のっけから失礼します

まえがき

本書は雑誌「ＢＡＩＬＡ」に連載したエッセイをまとめたものだ。本書「ＢＡＩＬＡ」は月刊誌なので、連載原稿が一冊ぶん溜(た)まるまで五年ほどかかる。本書の冒頭あたりに収録したエッセイを書いたのは、二〇一四年のことだ。でも、単行本にするにあたって読み返してみたら、あまり時差は感じられなかった。なぜなら流行とか関係ない、代わり映えのしない日常について書いたアホエッセイだからだ！

わざわざ改行して、「！」までつけて堂々と言うようなことではなかった。そして重要な（かつ、私にとって都合の悪い）情報をあえて伏せていたのだが、「ＢＡＩＬＡ」は女性向けファッション誌だ。毎号、うつくしいお洋服や、おしゃれなご飯屋さんの情報が載っていて、私は食い入るように眺めている。と書いて気づいたのだけれど、「ご飯屋さん」っていうおしゃれじゃない単語選びはいかがなものなのか。「レストラン」です。友だちとしゃべるときには、「どこのご飯屋さんに行く？」と生活臭満載な言いまわしをしてるので、つい……。

とにかく、「そんな素敵なファッション誌でアホエッセイを書くなよ！」と自分でも思うのだが、「ＢＡＩＬＡ」読者のみなさまにあたたかく見守っていただいたおかげで、ついに一冊にまとめることができました。本当にどうもありがとうございます。映画の売り文句的に言うと、「構想五年！」ということになる。すごい超大作感が出るなあ、アホエッセイなのに。

月に一度のエッセイ連載というのは、ものぐさな私にとってはちょうどいいペースだった。ほとんど外出しないどころか、ひとと話すこともまれなほどインドア派な生活でも、一カ月あれば、なんらかの出来事に遭遇するからだ。まあ「出来事」といっても、「外交を任される」とか「難事件解決に名探偵としていよいよ乗りだす」とかではなく、「尋常じゃない量の柑橘類が親戚から送られてきて困惑」とか「『きらめき貯蔵袋』が破裂した」とか、ちっちゃいことなんですけどね。詳しくは本書をお読みいただければと存じます。あと、「きらめき貯蔵袋破裂事件」は決してちっちゃな出来事ではない！　破裂以降仕事がまるで手につかず、名探偵に解決してもらわないと私の社会的信用がなくなるぐらいの危機に瀕している！　詳しくは本書を（以下略）。……もともと社会的信用なんてあったのか、と問われたら、

なかった！

とお答えせざるを得ないのですがね。なんでまた改行＆「！」までつけた、自分。

『のっけから失礼します』という書名は、「ＢＡＩＬＡ」での連載タイトルをそのまま使っています。なぜ「のっけから」なのかというと、「ＢＡＩＬＡ」の巻頭に掲載されているからだ。まじで「のっけから失礼します」な内容のエッセイなので、我ながらかなかいいタイトルだ、と悦に入っていたのだが、ふと思った。

お若いかたは、「のっけから」って言葉を使うか？　ていうかそもそも、「のっけ」の語源ってなに？

念のため説明しますと、「のっけから」とは、「最初から」「いきなり」といった意味です。そして各種国語辞典を調べてみたのですが、「のっけ」は「のけ」が転じた言葉らしいです。じゃあ、「のけ」ってなんだ？

さらに各種国語辞典を調べてみたところ、「のけ」には、「仰向け」とか「除く」とかの意味があると書いてあった（前者は「のけぞる」の「のけ」、後者は「のけもの」の「のけ」だと考えると、納得がいくなあ）。しかし、「のっけから」の「のけ」は、そのどちらでもないような気がする……。

結局、「のっけから」の「のけ」の語源がなんなのか、私にはよくわからなかった！

三度目の改行＆「！」。傾向が見えてきた。私は都合が悪かったり追いこまれたりすると、無駄かつ無意味なドヤ感を発揮して誤魔化そうとするのだな、うむうむ。ぜんっぜん誤魔化しきれてないな、うむうむ。

お若いかたにとっては死語である可能性が高いうえに、よく考えてみたら「のけ」の正体が不明。「構想五年!」なわりにタイトルからして煮つめられていないことが発覚してしまった『のっけから失礼します』だが、お楽しみいただければ幸いです。

※単行本の刊行から四年が経ち、このたびめでたく文庫と相成った。文庫化にあたって、本書に収録された文章を改めて読み返してみたところ、なんということだ。昨日書いたのかと思うほど時差が感じられないではないか。

むろん、それぐらい文章が瑞々しいとか、先見の明にあふれているとかいったことではなく、あまりにも生活に変化がないため、「昨日か!?」と思ってしまったのである。一日千秋。ちがった、まちがえた。十年一日。こんなに代わり映えしなくて大丈夫なのかと、自分がやや心配だ。

項目の末尾にある「追記」は単行本時のものです。今回、ちょこちょこと「文庫追記」も加えてみました。あいかわらずアホなことばっかり考えたり、しでかしたりしておりますが、お気軽にお読みいただけましたら、私の代わり映えのなさも報われるというものです。

一章

ニワトリはこっけ

善人の正体

人間をふたつに大別すると、「頻繁に道を聞かれるひと」と「あんまり聞かれないひと」に分けられる。私はまちがいなく前者だ。

歩いているだけで扇状になるぐらいスカウトの名刺をもらう、というひとがいるが、たぶんそれと同じ頻度で、私は道を聞かれている。道だけでなく、どの電車に乗ったらいいか、切符の券売機がまるで反応しないのだがどうすればいいか、いい花屋を知らないか、交番のおまわりさんが不在なのだがどこへ行ったのかなど、通りすがりのひとからありとあらゆることを質問される。アイドルとしてデビューしませんかと聞いてくるひとにだけは、一度も出会ったことがない。どういうことだ。

取っつきやすいムードを醸(かも)しだしているということだから、べつにいいじゃないの。そう慰められると、自分でもなんとなく「善人オーラ」を振りまいてるのかなと悪い気はせず、道で受けた質問には全力で応えてきた。いかんせん方向オンチなので、私の道順説明に従ったせいでイスタンブールあたりにたどりついてしまったひとがいるのではと懸念されるが、とにかく金八(きんぱち)先生なみの全力返答を心がけてきたことを誓う。

先日も地下鉄の階段を上りきったとたん、自転車を引くおじいさんに「ローソンはどこだ」と聞かれ、「この道を行った右手にある」と答えたのに、「さっきから何往復もしているのに見当たらない」と食い下がられ、しかたないからローソンのまえまで送っていったら待ちあわせに遅刻した。暮れなずむ町を全力疾走したさ。なんで階段を上ってきた直後の人間に道を聞くんだよ、歩いてるひとはほかにいくらでもいただろ、と吼えながら。

　そんな経験を重ね、最近ようやくわかったんですが、頻繁に道を聞かれるのは善人っぽいからじゃない。隙があるからだ。なんかボーッとしていて、従順そうに見えるからだ。

　その証拠に、私以上に道を聞かれる女子数名から体験談を募ったところ、渋谷のスクランブル交差点ですれちがいざまにナンパしてきた男と結婚したり、居酒屋で隣のテーブルに座ってた男があとをついてきたので交際したりと、見事な流されっぷり（そしてどちらの男もヒモ化した）。隙がありすぎるだろ。もっとキリッとした態度で外出しないといかん！　あと私は、道は聞かれるけどナンパされたためしはない。どういうことだ。

　そのうちスリに遭ったり、道で行きあったおじいさんとのあいだに気づいたら五人の子どもができていたりするかもしれないから、ぼんやり歩くのはやめよう。そう心に決め、しゃきしゃき歩いたすえに、疲れてタクシーに乗った。乗った瞬間、気がゆるんでぼんやりしたらしく、運転手さんが話しかけてきた。しまった。そういえば私は、道行くひとのみならず、タクシーの運転手さんにも頻繁に質問される体質なのであった。

「お客さん、結婚してる？」

から会話がはじまり、やがて運転手さんの波瀾万丈（はらんばんじょう）の人生が怒濤（どとう）のごとく語られだした。

他者に対して質問を発するひとは、好奇心があってフレンドリーな性格なのはもちろんだが、同時に「自分の話を聞いてほしい」とシグナルを送っているのかもしれない。そう考えると、「隙がある感じのひと」が道を聞かれるのも納得だ。「隙がある＝暇そう＝話を聞いてくれそう」という図式。たしかに私は、動きがのろい。地下鉄の階段を息せききって上っていたときも、自転車を引いたおじいさんから見れば、「よし、のろのろ近づいてくるあいつに聞こう。ええい、その程度の階段、早く上りきらんかい」ってなもんだったのだろう。

タクシーの運転手さんは、自分が飲食店を五つも経営していたこと、愛人が三人いたこと、そのころパイプカットをしたこと、手術直後はあそこが腫（は）れあがって痛くてたまらず、しかし奥さんにパイプカットの事実がばれたらまずいので、腹痛だと偽って三日間自室の布団にくるまりつづけたこと、などを語った。バブルの崩壊とともに店も愛人も失ったが、いまはたまに浮気をたしなみつつも、奥さんと概ね仲良く暮らしているらしい。ちなみに奥さんは、運転手さんがパイプカットしていることにまったく気づいていないそうだ。

いろいろ問いただしたい点があったが、一番気になるのはやはり、

「どうしてパイプカットを決断したんですか？」

だ。運転手さんは、

「そりゃあ、ゴムガッパつけたくなかったから！」

とほがらかに答えた。

数秒おいて、ゴムガッパがなんなのか呑みこめた。ゴムガッパ！　なんと的確で軽妙な呼び名であることか！

質問はしてみたものの、私にはゴムガッパについて語りあいたいことは特になく、そのあとも運転手さんの大河ロマンを黙って拝聴した。降りるときに、「また話しながらタクシー乗りたくなったら電話して」と名刺を差しだされた。タクシーの運転手さんの名刺だけは、扇状になるぐらい所持している。

話していたのは私ではなく貴君だ、と思ったが、ありがたく受け取った。

美容時間の問題

みなさんは一日に何十分ぐらい、美容に時間を割きますか？　私は実は……、ゼロ分の日も多いのです。

いや、言い訳させてくれ。外出する用事があるときは、ちゃんと風呂に入って顔も洗う。しかし、ほとんどの日は家に籠もって仕事しており、だれとも会わないのだ。そうすると、入浴はもとより、顔を洗ったり髪を梳かしたりすら面倒くさくなってきて、結果、「美容にいいことをした時間、ゼロ分」になる、と。

……本当に言い訳でしたね。在宅仕事をしていても、ちゃんと顔を洗うひとは洗う。私のは単に、極度に性格がズボラなだけのことでした。最近では、最後の砦だったネイルアートもしなくなってしまい、とにかく人前に出られない姿だ。宅配便が届いても、細く開けたドアからハンコを差しだし、「荷物はドアのまえに置いておいてください」と頼んでいる。「あそこの家には妖怪が住んでいる」と近所でも宅配業界でも話題になってるのでは、と気が揉める。

だが、敵（？）もさるもの。先日、やはり荷物を玄関先に置いてくれるよう頼んだと

ころ、宅配便のお兄さんは、

「ほんとにいいんですか？」

とドアの隙間から心配そうな視線を寄越した。「ものすごく大きくて、たぶん持ちあがらないと思うんですが」

しかたなくドアを開け、荷物を玄関のなかに運び入れてもらった。届いたものは、超巨大な段ボール箱二個（しかも、紐でがちがちに縛って一個にしてある）に詰まった、無数とも思える数の晩柑だった。送り主はおば。

おばさーん！　私、一人暮らしなんだが、こんなに大量の晩柑をどうしろというんだー。即座に箱を開封して、宅配便のお兄さんにお裾分けしようと思ったのだが、お兄さんは美容が行き届いていない私の姿に恐れをなしたのか、「じゃっ」とさっさと帰っていってしまった。そういうわけで、毎日晩柑ばっかり食べています。おいしいけれど、顔を洗うのも面倒な身には、晩柑の皮を剥く面倒くささはハードルが高すぎる。

あ、美容のために、晩柑を食べてビタミンCを摂取している、とも言えるな。美容にかける時間、ゼロ分じゃなかった。剝いて食べて、十五分ぐらいはかけている。やった！

ちゃんと風呂に入る人間になりたい。風呂は無理でも、顔ぐらいは毎日洗える心の余裕が欲しい。そこでわたくし、「顔を洗うぞ、顔を洗うぞ」と朝晩唱えることにしたのだ。

「言霊」なるものがあるという。言葉には魂や霊力が宿っているから、願いをこめて発言すれば実現する、というような考えかただろう。逆に、ひとを脅かしたり傷つけたりするような安易な発言は慎め、という戒めでもあろう。なるほど、と納得できないでもない考えかただ。

私は特定の信仰を持たぬが、経験則から、「言霊」的なものはあるかもしれないなと思う。たとえば、「林業」を題材にした小説を書きたいと思い立つ。資料などでだいたいの調べがつくまでは、黙って脳内でアイディアをあたためておく。けれど、実際に書きはじめるための準備に入るころには、むしろ「林業、林業。書きたい、書きたい」と言いふらしたほうがいい。

すると、「林業なら、私の知りあいの知りあいが……」と必ず関係者が出現し、取材に協力してくれたり、つなぎを取ってくれたりと、アイディアの実現に向けて救いの手を差しのべてくれるのだ。言いふらしたんだから、あたりまえと言えばあたりまえなのだが、「言霊」の実質ってたぶんこういうことだと思う。「○○をしたい」「○○という願いをかなえたい」と言葉にすれば、それに耳を傾け、（よっぽどの悪事でないかぎり）協力してやろうじゃないか、と腕まくりしてくれるひとは、けっこういるのである。ひとの情けが身に染みる。

だから私は、自身の思いや願いはなるべく周囲のひとに言葉で伝えるように心がけている(黙っていられない性分、というのもあるが)。感謝も不満も希望も欲望も、表明しないかぎり、なかなか通じあわない。黙っていては、ひとの善意に触れるチャンスも逃してしまうのではないだろうか。

というわけで、「言霊」の力を信じ、「顔を洗うぞ」と唱えたのですが……。一人暮らしなので、「じゃあ、僕がきみの顔を洗ってあげよう」と協力を申しでてくれるひともおらず、やっぱり顔は洗わないままでした。生来のズボラさのまえに、「言霊」敗れたり！

しかしどういう加減なのか、使った食器だけはこまめに洗うようになった。ついでに排水口も磨きあげ、水まわりはピカピカです。

磨くべきは、そこじゃない！　一人暮らしだから、台所なんて私以外のだれも見ない！

なぜ顔面に「言霊」の効力が発揮されないのか。私の「言霊」、方向オンチなのか？　それとも、我が顔面と排水口を取りちがえたのか？　かぎりなく排水口に似た顔面って、どんなだ。

「言霊」、無情なり！

文庫追記：晩柑を送ってくれたおばは、二年まえに亡くなった。コロナ禍でお見舞いに行けなかったのが心残りだ。あと、結果的に最後から二番目となる電話をもらったとき、一時間以上しゃべったのち、「ごめん、おばさん。あたしもうおしっこ我慢できないから、一度切っていい？」と申しでてしまったのも心残りだ。しかしよく考えてみると、おばも「あら、やあねえ、この子は。私もトイレ行ってそろそろ寝ます」と言ってたので、おあいこかもだ。最後の電話では、「エッセイ読んだら、風邪引いたって書いてあったけど、大丈夫なの」と心配してくれた。ありがとう、おばさん。エッセイが掲載されるまでにはタイムラグがあり、現在はピンピンしている旨を伝えて、納得してもらった。

おばには大変世話になり、私はしょっちゅう家に押しかけてご飯を食べていた（一時期、半ば下宿させてもらってたほどだ）。おばは面倒見がよく、晩柑のみならず使い勝手のいい皿なども大量に送ってくれた（なんでも大量）。食器棚から皿を取りだしながら、「おばさんに話したいことがいっぱいあるなあ」といまもしばしば思う。

もやしとぬた

もやしの安さは常軌を逸している。

スーパーでもやしを手にするたび、「やす……っ！」と驚愕(きょうがく)の声を上げるのを抑えられない。「ヤス！」「銀(ぎん)ちゃーん」。一人で『蒲田行進曲(かまたこうしんきょく)』ごっこをはじめてしまうほどだ。もやし農家の努力の結果、我々はおいしく栄養たっぷりのもやしを安価で入手できるわけで、感謝の念に堪えぬ。

葉物野菜などが高騰しているときでも、もやしは淡々と安い。袋いっぱいに入ってるのに、どんなに高くても四十円台。量によっては十九円とかいうこともあり、「いくらなんでも安すぎるだろ」と、なんだか不安になってくる。味や品質への不安ではなく、食べ物を労せずして数十円で入手などして、バチが当たらないだろうかという不安だ。

私は幼いころ、お年寄りがだれかの行いに対して、「ありがたいことだ」と手を合わせるのを見て、「不思議だなあ」と思っていた。「ありがたい」と言いつつ、「恐縮を通り越し、もはや恐れに似た不安」っぽい心情が根底に感じられる気がしたからだ。

だが、いまならわかる。たしかに、ありがたさが過ぎると不安になる。その心の機微(きび)

を、私はもやしを通して知ったのである。不安を覚えるほど安価なもやしよ、ありがとう！　貴君の存在、私にとっては身に余る光栄でござる。ぶるぶる。震えながらも、おいしくてたくさん食べちゃってますが。

ほかに、食べ物で謎なものといえば、ぬた。

私は甘い白味噌系の味にそれほど執着がないので、積極的にぬたを食そうとは思わぬ。考えてみれば、これまで自分でぬたを作ったことがない。この世からもやしがなくなったらおおいに嘆くが、ぬたがなくなっても十年ぐらい気づけず、「……あれ？　そういえば見かけないな」程度の感慨しか抱かない気がする。ぬたよ（そしてぬた好きのかたよ）、失礼なことを言ってすみません。

私の浅い思い入れに反して、ぬたはあちこちに出没する。スーパーの惣菜でも、居酒屋の突き出しでも、ちょっといい和食屋の先付けなどでも、ぬたをよく見かける。ぬたに執着がない身とはいえど、「口にしたくないほどきらい」では全然ないので、食べる。「ぬたー」としたものが、菜っ葉だったりホタルイカだったり刺身だったりに絡んでいる。甘酸っぱい。「やっぱりしょうゆのほうがいいと思うんだが」と思う。ぬたよ（中略）すみません。

なぜこれほどまでに、ぬたは幅を利かせているのだろう。料理の腕前を披瀝するのに、ちょうどいい調理法なのだろうか。とてもそうは思えぬ。作ったことないくせにえらそうに言うが、白味噌と酢と砂糖を適宜混ぜあわせれば、あの「ぬたー」とした物体になるんですよね？　それほど腕の振るいどころがない気がするのだが……。なんで先付けのちっちゃい器に、必ずうやうやしく、あいつは存在しておるのだ？　俺はどちらかというと、ぬたよりも塩辛を所望したい！（あくまでも個人の感想です）

第一、「ぬた」という名称が変だ。食べ物というより、むしろ「鉈」に近い迫力がある語感ではないか。「ぬたで通行人に襲いかかる」と言われても、「ぬたならばやりかねん」とうっかり思ってしまいそうだ。

やはり、「ぬたー」とした質感だから、ぬたなのか？　そう思い、辞書（『日本国語大辞典』）で調べてみた。すると、「泥所（ヌト）」や「沼田（ヌタ）」が語源なのではないか、との説が。まじか！　あの食べ物は、「泥っぽく『ぬたー』としてるから『ぬた』」だったのである！

まあね、紅葉おろしも、紅葉みたいだからその名がついたわけで、自然の風物から料理の名をつける例はある。だけど、食べ物なのに泥や沼になぞらえるとは、少々ひどくないか。ぬたは泥や沼よりもおいしいし、見た目の色だってきれいですよ！　ぬたに謝れ、昔のひとよ！「それほど執着がない」と言っておきながら、思わずぬたのために義憤を感じてしまったのであった。

それにしても、命名ってけっこういいかげんなものだ。ぬたも、見たまんま（↑失敬）が名前になったようだし。私の名前も、「生まれたときに紫苑（しおん）の花が庭に咲いてたから」という、なんのひねりもない理由でつけられたものなので、ぬたディス＆ぬたと命名したひととディスをできる立場ではないのだが。

え、待って。じゃあ、もやしは？　もやしはなぜ、もやしという名なの？　「もやもやー」と生えるから？

またも辞書（『日本国語大辞典』）を引いてみた。それによると、「『もやす（萌）』の連用形の名詞化」なのだそうだ。「もやす」は、「地味（ちみ）を豊かにして、芽が出るようにする」という意味らしい。とにかく生えまくるぜといった、ニョキニョキ感に非常にあふれた名前。やはり見たまんまの命名法だったか……。なぜもやしが安価なのかという疑問に対する答えも、語源から推測できる気がする。

「萌（も）えー！」と叫ぶべき局面で、今後は「もやしー！」と叫んでもいいかもしれない。

よくないか。

追記：本稿が雑誌に掲載された直後ぐらいに、「もやしが安価すぎて、もやし農家のかたが困っている」というニュースをテレビでやっていた。

やっぱり！　いくらニョキニョキ生えまくって、収穫までのサイクルが速そうとはいえ、適正価格ってものがある。おいしいもやしを末永く食べたいので、無茶な価格設定はしないでほしいものだ、と近所のスーパーに行くたびにもやしの値段を注視している。一時期ほどではないにせよ、比較的安価だ。

もやし、ありがたし……！　ぶるぶる。

あぶれる

コクーン歌舞伎『三人吉三』（串田和美演出・二〇一四年六月）を見た。和尚吉三（中村勘九郎）、お嬢吉三（中村七之助）、お坊吉三（尾上松也）という三人の悪党の、百両と名刀「庚申丸」をめぐる活劇だ。

いわゆる「古典歌舞伎」の演出だと、ラストシーンで、三人が捕り手から逃げのびられるのか否かは明確には描かれない。捕り手に囲まれたところで見得を切り、幕が引かれるからだ。みなまで言うのは野暮、あとはご自由に想像してください、ということだろう。

しかしコクーン歌舞伎は、古典歌舞伎の演目を新しい解釈と演出で見せる試みだ。今回の『三人吉三』では、三人が捕り手に囲まれ、殺されるさまが描かれた。それによって、どこにも行き場のない若者たちの悲哀、悪党として生きるほかなかったむなしさ、降りしきる雪をも溶かすような熱い衝動と若さゆえの暴走が際立ち、野暮になるどころか、うつくしく情熱的な舞台になったと感じられた。出演したすべての役者さんの熱演もあいまって、客席のあちこちから感動のすすり泣きが聞こえました。

だが、三人の最期まで描いたことによって、もうひとつ際立った部分があると思う。それは、「和尚吉三の立場って……」という問題だ。

偶然出会った三人の吉三は、義兄弟の契りを交わす。ちなみにお嬢吉三は、振袖を着たきれいな女の子のように見えますが、実は男性という設定です。和尚吉三もお坊吉三も、お嬢吉三が男だとわかったうえで、「かわゆいなあ」と思っている。惚れてるのだ。お嬢も、和尚とお坊を兄のように、いや、もっと親しみのこもったニュアンスで慕う。はっきり言うと、お嬢はお坊とデキている（と思う）。もしかしたら、和尚とも一度ぐらいはデキたことがあったのかもしれない、という気がする。

両思いのお嬢とお坊。そこからややあぶれた感のある和尚。古典歌舞伎バージョンでも、「和尚の影が薄いなあ」と思っていたのだが、今回の演出ではいっそう、和尚の不憫さが迫ってきた。

だって、捕り手に刺されて虫の息になったお嬢とお坊が、最後の力を振り絞って手をつなぐんですよ。和尚のことなんかアウトオブ眼中ですよ。しかたないから和尚、恋人同士がつないだ手に、そっと自分の手を重ねてました。たとえるなら、テニスのダブルスの試合まえ、チームメイトの二人が熱く手を取りあって「がんばろうね！」って言ってるときに、三人目のメンバーである補欠が、「俺もいるよ……」とおずおず加わるようなものだ。

この悪党グループのキャプテンは、和尚吉三なのに！　お嬢もお坊も、恋に夢中になるのもいいけど、もう少し和尚を立ててあげて、お願い！

「『三人吉三』は、べつに三角関係の話じゃない！」というご意見もあろう。私も、少なくとも正三角形な関係性を描いた話ではないなと思う。初演時（安政七年、一八六〇年）の配役を見ると、和尚吉三は四代目市川小團次。ほかの二人（お嬢吉三は岩井粂三郎、のちの八代目岩井半四郎。お坊吉三は河原崎権十郎、のちの九代目市川團十郎）に比べて年長なので、和尚はどっしり構え、若い二人はいちゃいちゃする、という人物の配置になっている。

「お嬢とお坊はあくまでも兄弟分で、べつにいちゃいちゃなんてしていない！」というご意見もあろう。しかし私は、そのご意見には反対だ。少なくとも、「ただの兄弟分」よりは恋愛寄りの雰囲気を醸しださないと、この話の肝であるせつなさが生じない。

さびしく生きてきた若い悪党二人が、はじめて腹の底を見せあえる相手と出会って、「あんたとなら死んでもいい」と思うようになる。だからこそ、ラストで大勢の捕り手と大立ちまわりを繰り広げるのだ。もし、一人のまま、「いつ死んでもいい」と思ってるままだったなら、さっさとお縄にかかって獄門さらし首になっていただろう。

「あんたとなら死んでもいい」は、「あんたとだったら、生きられるかぎり生きたい」と同義だ。「いつ死んでもいい」と思ってさびしく生きてきたひとを、そういうふうに変心させられるのは、たぶん、恋か恋に近い高揚感のほかないのではなかろうか。ひとを生へと向かわせる激しい刹那が描かれているから、この作品はせつないのである。

そう考えると、今回のラストシーンで、和尚がいまいち身の置きどころがないように感じられたのも納得だ。「恋人同士が死に瀕してる局面に居合わせて、あっし、とんだお邪魔虫っすよね。すいません」ということですよね。ああん、気にしないで和尚！　恋なんて浮ついた事象は若い衆に任せて、あなたはどっしり構えてればいいの！　いついかなるときもあぶれがちな身としては、和尚吉三に多大に思い入れ、舞台へ大きな拍手を送ったのだった。

人類が経験しうるなかで、最大級に居心地悪い瞬間を味わってるひと。それが、コクーン歌舞伎『三人吉三』のラストシーンにおける和尚吉三です。みなさん、和尚を応援してあげてください……！

黒いスーツの男

仕事で九州へ行った。私は飛行機が苦手なので、東京から博多まで新幹線を使う。長丁場だ。体力温存のため、奮発してグリーン車に乗ることにした。

ふうむ、さすがに座席がゆったりしておるなあ。早朝のことで、車内はひともまばらだ。靴も脱いじゃって、さっそくリラックスモードに入った。

すると品川駅から、黒いスーツを着た男が五人ぐらい、静かに乗車してきた。土産(みやげ)の菓子が入っているらしい大きな紙袋を網棚に載せ、男たちはてんでんばらばらに座席に腰を下ろした。一団のはずなのに、なぜ分散して座る？　しかも、そのうちの一人の男よ、なぜ私の隣に座る？　席はいくらでも空いてるんだから、もっと離れた場所に座ればいいじゃない！　チケットが指定する座席番号にとらわれず、のびのびしようぜ！

「チッ」と思い、横目で様子をうかがう。三十代半ばぐらいで体格のいい、なかなかの男前だ。「あらま、SPみたいなひとね。もしや私を警護してくれてるのかしらん」などと妄想し、にやにやしていたら、なんと彼は本当にSPのようなのだった。片耳にイヤホンをはめ、だれかと無線（？）で連絡を取りあいつつ、ぬかりなく周囲に警戒の目を配っている。

宇宙人からの電波を受信し、ＳＰごっこに興じる変人（しかも、彼の仲間の黒スーツが車両に五人ぐらい散らばっている）だったらいやだ……。そう思った私はにわかに緊張し、身を縮こまらせた。

その瞬間、彼は唐突に立ちあがり、ビクッとした私にはおかまいなしで、通路を走っていった。そしてすぐに駆け戻ってきた彼の手には、ホットコーヒーのカップが。彼はカップの蓋を取り、私の位置からだと斜め前方にあたる席にいた中年男性に、うやうやしくコーヒーを捧げたのであった。

どうやら、その中年男性が警護する対象らしい。私の隣席のＳＰは、中年男性の発したなんらかの合図をキャッチし、コーヒーを入手するため、車内販売のワゴンを探して猛然とダッシュしたようなのだ。

コーヒーを欲する主人のため、ワゴンがまわってくるのすら待ちきれずに走りだす忠実さ。しかも、カップの蓋まで開けてあげる（蓋には飲み口がついてるのだが、たぶん中年男性は猫舌で、穴からコーヒーをすするのが苦手なのだろう）。ＳＰってのは、主人の身を守るだけでなく、身のまわりの世話までするのか、と私はおおいに驚いた。

だが、ＳＰたちの世話焼きぶりは、こんなものではなかった。次に、通路の反対がわにいたＳＰが突如として立ちあがり、ワゴンを探して走っていった。戻ってきた彼はサンドイッチを持っており、包装を破って中年男性に捧げた。さらに、水のペットボトルのキャップをはずし、食前に服用せねばならないらしい薬とともに差しだした。

奥さんか！　いや、奥さんだってこれほどまでに、夫の快適さや健康に対して気を配りはしないだろう。なんという甲斐甲斐しさ。ていうか、警護対象の中年男性よ（たぶん政治家。なんとなく顔に見覚えがあったので、大臣クラスだと思う）。おぬしはもうちょっと自分で動かんかい。食料の調達までＳＰ任せにしていたら、足腰が弱っちまうぞ。

という念が通じたのか、ついに中年男性が席を立った。トイレに行きたくなったらしい。さすがに携帯用トイレを捧げられることはないのだな、と思っていると、第三のＳＰがすかさず立って、中年男性にぴったりついていった。いい年して連れションか！　いや、トイレは一番危険な場所で、戦国武将も雪隠で暗殺されるのを警戒していた、と聞く。でもさあ、高速で疾走してる新幹線のなかのトイレですよ。あの便器の底にひそんでて、大臣（暫定）の尻めがけて竹槍を突きあげてくる輩なんていないでしょう。そもそも、いまの日本で暗殺の危険にさらされてる政治家って、存在するのか？　トイレでぐらい、一人で思うぞんぶんくつろぎたいだろうに、政治家というのは大変な職業だなと同情した（むろん、ＳＰも個室にまでは入ってこないはずだが、ドアのすぐ外に屈強な男が立ってるかと思うと、用を足すのも遠慮がちになってしまいそうだ）。

五人ぐらいのＳＰおよび政治家らしき中年男性は、名古屋で下車していった。お土産の特大紙袋は、ＳＰたちが両手に提げて運んでいた。おい、大丈夫なのか？　いざというときに紙袋で手がふさがってて、先生を守れないんじゃないか？

ようやくのびのびできる状態になった私は、その後も数時間、新幹線に乗りつづけた。山陽新幹線の車内販売アナウンスで、「味も見た目も肉まん風に仕上げた肉まん風蒲鉾（かまぼこ）」を紹介しており、「じゃあ肉まんでいいだろ！」と激しく気になったのだが、残念ながらワゴンがまわってこないうちに眠ってしまい、買いそびれた。私にも、べつの車両まで走っていってくれるＳＰがいればなあ……。

追記：この政治家（連載時はぼかしているが、実際は顔を見ればだれでも知ってるような大臣経験者だ）は、やはり少々気づかいがたりないのではないか、と思えてならない。

田中角栄（たなかかくえい）だったら、即座にほかの乗客（私）の存在に気づいて、一列まえの席に移動したはずだ。そうすればＳＰの一団も一列ずつまえにずれるから、私の隣は無人になる。そして田中角栄だったら、新幹線を降りる際に、「お嬢さん（相手が何歳だろうと、「お嬢さん」と呼びかけるみのもんた方式）、迷惑かけたね」と百万円ぐらいはポンとくれたはずだ！

田中角栄への幻想が極まってるし、金権政治はいけません。

とにかく、ふんぞり返って、SPだか秘書だかにサンドイッチの包装まで剝かせて当然って顔してるようじゃあ、みんなのために粉骨砕身する政治家になんてなれませんよね。ふふ。

百歩譲って、もしかしたら極端に握力が弱いとか腱鞘炎だったとか、なにか事情があるのかもしれないが、だとしても政治家たるもの、どこでだれが見てるかわからない場で、「ふんぞり返ってSPにかしずかれてるな」と思われてしまうような振る舞いをするのは隙がありすぎだ。自分の薬の管理もできない政治家って、不安だよ!

文庫追記：政治家が銃撃され、命を落とすという事件が起きてしまいましたね……。大変衝撃的なことだった。いかなる事情や言いぶんがあろうとも、だれかの命を狙ったり傷つけたりしていいはずがない。政治家本人が、ワゴンを求めて車内をうろちょろしたり、トイレに一人で行ったりするのは避けるべきだと、こんな形で知らされるとは暗澹たる思いだ。しかしこの項で記した大臣経験者、当時は大臣を辞めて党の役職に就いてるだけだったと思うのだが、なぜ五人ほどもSPがいたのか謎だ。SPじゃなく家臣かなにかだったのか？　ふんぞり返りにふさわしく（？）、世襲の政治家なのである（どんどんぼかしが薄くなってく方式）。選挙区は……、黙っておこう。武士の情けじゃ。

「動かないもの」愛好家

深夜にタクシーに乗っていたら、渋滞につかまる。すると、それまで黙っていた運転手さんが、「すみませんねえ」と謝ってきた。

「運転手さんのせいじゃないですし、急ぐ用事もないから大丈夫ですよ」と答える。実際、さして大きな渋滞でもなさそうだし、あとは家に帰って寝るだけなので、なにも問題はないのだ。

しかし運転手さんは、「渋滞のあいだ、お客さんを退屈させてはいけない。会話をしなければ」と思ったのだろう。無口ぶりを返上し、持論を開陳しだした。

「若いころは、渋滞につかまるとイライラしたもんです。車の運転の楽しさは、やっぱりスピードを出してかっ飛ばすところにある、なんて思ってましたからね。それがいまでは、渋滞も味わいと感じられるようになりました。現に渋滞にはまってるお客さんには悪いんだけど」

「いいえ、わかる気がします。急いでるときにはイラつくけど、渋滞中に隣の車に乗ってるひとを観察したり、テールランプの連なりをボーッと眺めたりするのも、けっこういいものですよね」

「そう！　そうなんだなあ。お客さんもそのうち、急いでても渋滞にイラつかなくなりますよ。というのはね、自分の経験と観察の結果わかったことなんだが……。年を取ると、動かないものがどんどん好きになるんです」

「え？『動かないものが好き』って、どういうことですか？」

「昔は私、スポーツを見るのもやるのも好きだったんですよ。犬や猫も好きで飼っていた。でも、いまはどっちもまったく興味がない。動くから！　最近はもっぱら、植物ですね。観葉植物を育てるのが楽しくて楽しくて、休日にはホームセンターで植木鉢を買って、株分けしまくっています」

「私も観葉植物はけっこう好きで、いくつか育ててますが、株分けまでは……。置き場はどうしてるんですか？」

「家じゅう緑だらけになっちゃって、妻に叱られてますよ。妻は二歳年下なので、『動かないもの』のよさがまだわからないんだな」

そんな些細な年齢差が影響するものなのか……。私は運転手さんより二十歳は年下だと思うが、観葉植物好きなのだが……。精神が老いてしまっているのかと不安になった私をよそに、運転手さんの持論開陳はつづく。

「しかし観葉植物なんて、『動かないもの好き』としては、まだまだ入門レベルなんですよ。お客さんも観葉植物を育ててるならおわかりでしょうけれど、けっこう変化があるでしょ。葉っぱが増えたり落ちたり、枝がのびたり」

「そうですね。わりと成長が速いなと感じます」

「『動かないもの好き』には段階があってね。観葉植物→サボテン→盆栽と移行していくんです。このごろでは私、ちょっとサボテンにも興味が出てきました。妻は、『これ以上、鉢を増やしてどうするの！』と怒り狂ってますが」

「ああ！」

と私は叫んだ。「思い当たるふしがあります。私の父は、たぶん運転手さんより十歳ほど年上なんですが、ここ何年かサボテンを育ててるんですよ。以前は植物になどまったく見向きもしなかったひとなのに、『鉢を割りそうなぐらい育ったぞ』なんて喜んでるんです。私の目にはそれほど変化があるようにも見受けられず、『サボテンを育てて、なにがそんなに楽しいのかなあ』と疑問だったんですが」

「お客さんのお父さん、そのうち盆栽に手を出しはじめますよ。あと一歩です！」

運転手さんは、うむうむと満足そうにうなずく。もうすぐ「動かないもの好き」の免許皆伝、とでも言わんばかりだ。

「つまり、うちの父も老いたのだ、ということですよね……」（「介護」の文字が実感を伴って迫ってきて、暗澹たる気持ちになる）

「ま、そうとも言えます」

　自分の責任ではない渋滞については謝ったくせに、自分が振った話題で表情を曇らせている客へのフォローはなし。毅然たる（？）態度の運転手さんだ。

「やっぱり年を取るとね、生命エネルギーが減少してくるんです。そういう身だと、エネルギー満々の高校球児を見ても、もう受け止めきれんのですよ。若くなきゃ、羊の毛を刈ったりできないでしょ。羊は動くから！　その点、盆栽をチョキチョキするのは、年取っても安心してできるんです。盆栽は動かないから！」

　世の中のすべてを、「動くか、動かないか」で分類。「盆栽だって、百年単位で見ればけっこう大きくなる（＝動く）し……」と判断に迷いそうなものだが、あくまでも、「いまこの瞬間、肉眼で把握できる動きがあるか否か」が基準。

　その即断＆分類には、細かいことを気にしない瞬発力が要求されるわけで、運転手さんは充分に若いのではないか（少なくとも精神は）、と思ったのであった。

一人の戦い

今年（二〇一四年）は残暑がなく、いきなり涼しくなった印象がある。長袖のシャツをどこにしまったっけかなと、慌ててタンスを捜索した。

慌てたのは私だけではないようで、拙宅周辺で蚊とちっちゃなハエが大量発生！　九月に入ってしばらく経っているというのに、夏以上にぶんぶん飛びまわる。急激な冷えこみに、命の先行きが短いことを察したのであろう。

しかし、そこできゃつらに情けをかける私ではない。蚊よけやら殺虫剤やらを買いこんできて、屋内に入ってきたものたちに向けて容赦なく噴きかけた。それでも、蚊のやつは合計六カ所も私の足首を刺しやがりましたが。しかも、一晩に一カ所ずつ。律義で慎みぶかい……。なんだか私が蚊をかわいがって養ってあげてるような形になり、屈辱だ。あと、自分が布団から足だけ出して寝ていることも証明された。

ちっちゃいハエのほうはもっとしつこくて、生ゴミはきちんと始末してるし、水まわりだって掃除してるのに、殺虫剤を噴霧してもしても発生する。どんだけ繁殖力旺盛なんだ。そのパワー、分けてくれ！

近所に住む母に、

「窓も閉めてるから、絶対うちのなかでニャンニャンしてるんだと思う。家主は私なのに、負けた気分だよ」

と窮状（きゅうじょう）を訴えた。すると母は、

「えっ!?　コバエってニャンニャンするの？」

と言う。するに決まっとるだろう！　無から生まれてくるんだとしたら、コバエは魔法の生き物ってことになるだろう！

母はこの世界の法則をどうとらえているのか。以前から、「室町時代って江戸時代のあと？　まえ？」などと聞いてきて、「このひと、さすが学校という学校をサボりまくってただけあるな」と度肝を抜かれていたのだが、まさか生命の発生すらファンタジー的に認識していたとは……。

「だって、コバエって気づくといるじゃない。だから、生ゴミから生まれるのかなあと」

「桃太郎（ももたろう）じゃないんだから、コバエはコバエから生まれるんだよ。お母さん、私を生んだ記憶ある？」

「忘れられませんよ、すっごく痛くて大変だったんだから！」

「じゃ、どうして私がおなかにできたかわかってる？」

「そのぐらいの因果関係はお母さんだって把握してます」

どうだかなあ、あやしいところだ。

そうこうするうち、気候はますます秋めき、殺虫剤噴霧も功を奏したのか、ようやくコバエ一族は拙宅から姿を消した。ふう。

だが、戦いは常にむなしさしか生まぬ。いざコバエ一族とおさらばしてみると、これで本当に夏も終わっちゃったんだなあと、なんかちょっとさびしい気分にもなる。そこで私は夏を惜しむため、蕎麦屋に出かけて天ザルを食した。

ザル系のいいところは、最後に蕎麦湯が出てくることだ。もしかしたら蕎麦湯を飲むために蕎麦を注文するのではないかと思うほど、私は蕎麦湯が好きだ。だが、問題もある。「湯桶」というのか、蕎麦湯の入った急須状の容器。あれの底に、白くてドロッとした蕎麦成分が沈殿してしまい、蕎麦猪口にはほとんどお湯同然の液体しか注ぐことができない。

そこにいつも歯がゆさを感じる。私はもっと濃厚な蕎麦湯で蕎麦つゆを割り、蕎麦の風味を味わいたいのだ！　湯桶を激しく揺らし、なんとか沈殿物を湯のなかに舞いあがらせようとするのだが、敵もさるもの。注ぎ口からテーブルに湯がこぼれるばかりで、中身はちっとも攪拌されない。「湯桶を片手に暴れてるひと」みたいになって終わる。

湯桶は絶対に、もうちょっと改良の余地がある！　わたくし、考えたんですけれどね。

湯桶の蓋の裏に棒をくっつけて、棒のさきにプロペラみたいなものを装着すればよろしいんじゃないでしょうか。つまり、湯桶の蓋の裏にタケコプターがついてる感じ。そんで、注ぐまえに蓋をまわせば、プロペラも回転し、湯桶の底に沈殿した濃厚な蕎麦成分が蕎麦湯全体に行き渡るのではないかと、こう思うんでげすよ、ええ、ええ。

竹とんぼを発明したとされる平賀源内（ひらがげんない）は、なぜ湯桶の改良に取り組んでくれなかったのか。あともう一歩だったのに！　源内さんは薄めの蕎麦湯がお好みだったのか？

特許出願とか、ケチなこと（？）はせん。どうか、どなたかこのアイディアを実現した商品を開発してくださらんか（それとも、私は見たことないが、もうあるのかな）。そして私に濃厚な蕎麦湯を授けたまえ……！

と、蕎麦屋で湯桶を揺らしながらいつも願っているのだった。たまに注ぎ口から飛びでた湯が手にかかり、「あちっ」て言ってます。一人で暴れ、一人で騒ぎ、一人で改良案を練る。全部一人かいっ。

コバエ一族の仲の良さと一致団結感がまばゆい。

文庫追記：近所に新たな蕎麦屋ができ、一品料理もおいしくてお気に入りなのだが、若くてかっこいいご店主に毎回、「いっぱい食べてくれて、ありがとうございます！」とさわやかに言われ、自身の食欲が少々恥ずかしい。いえいえ、それほどでも……。

風邪より、宝塚

頑健さだけが取り柄なのだが、めずらしいことに風邪を引いた。「頑健」の看板をするすると下ろし、マスクを装着する。マスクの下はむろん、大洪水。とめどなく鼻水が流れる。

だが、風邪菌ごときに屈している場合ではない。なにしろ今日は舞踏会、じゃないじゃない、宝塚観劇の日なのだから！　体じゅうの水分がすべて鼻水に変じて排出され、ミイラのごとく干からびてしまおうとも、私は宝塚を見にいく！　愛と夢の世界（＝宝塚）を体調不良で諦めるような、惰弱な人間に成り下がるわけにはいかん！

というわけで、有楽町にある東京宝塚劇場へ行った。道中、さりげなくマスクをずらし、チリ紙で素早く鼻水をぬぐう、という技を一分間に八回ぐらい駆使しながら。家から劇場まで一時間強かかるので、移動中に五百回ほど鼻水をぬぐった計算になる。鼻の頭の皮が剝けちゃったのも道理だぜ。

結論から申しあげますと、観劇を終えたころには、ダムの放水のごとき私の鼻水がピタリと止まっておりました！　あまりにも麗しくきらびやかなステージのおかげで、免疫力が高まったらしい。薬よりも宝塚のほうが風邪に効く気がする。

花組の『エリザベート』を見たのだが、宝塚の演目のなかで、私はこれが一番と言っていいほど好きだ。さらに、花組トップの明日海りお氏のことも好きなのだ。好きの二乗が来襲したのだから、風邪など吹き飛んで当然だろう。

明日海氏が銀橋（オーケストラボックスのまえにある花道のようなもの）に立ち、素晴らしい歌声を響かせるたび、あたしはもう、もう……（↑感極まった）。鼻水をぬぐうことも忘れ、マスクを中途半端にずりおろした状態で陶然となってしまいましたわ。しばらく経ってようやく、「はっ。鼻の頭の皮が剝けた間抜けな姿をさらし、明日海氏の貴い視界を汚してはいけない！」と我に返り、慌ててマスクを引っ張りあげましたが。落ち着いて、自分。私のことなど、明日海氏はご覧になっておられないですよ……。

夢のような時間を過ごすうち、風邪菌および鼻水が雲散霧消したのみならず、もはや自分に鼻があること自体を忘れるに至ったというわけだ。完全なる無我（ていうか無鼻）の境地。禅で言うところの悟りが啓けた状態って、これではあるまいか。

という話を知人にしたら、

「宝塚の魅力については異論ないですが、三浦さんの風邪が治ったのは、まわりの席のひとにうつしたからなのでは……」

と言われた。ま、まさか！　ちゃんとマスクをしてたし（しばしばうっとりして、中途半端にずりおろしたままにしてしまったが）、くしゃみや咳（せき）といった症状はなかったし、大丈夫だったはず。それに、周囲のひともみなさん、舞台の麗しさときらめきに陶酔し、免疫力ＭＡＸのご様子だった。

「大丈夫。宝塚の観客は全員、風邪菌などはじき飛ばします」

と、厳（おごそ）かに請けあっておいた。

『エリザベート』は宝塚初心者も楽しめるので、未見のかたは機会があったらぜひご覧になってみてください。内容は……、端的に言うと、「ハプスブルク家の嫁姑（よめしゅうとめ）合戦。死神も活躍するよ！」です。宝塚は乙女のファンタジーなようでいて、非常に身近な題材をうまく織り交ぜてくる。このあたりのバランス感覚がさすがで、宝塚歌劇団が長年にわたり人々に愛されてきたのも納得である。

　宝塚のおかげで体調がもとに戻り、私は再び「頑健」の看板を掲げることができたのでした。ありがとう、宝塚！　美は力なり。

　宝塚の威力に感じ入った私は、今年（二〇一四年）の十月の台風を思い出した。少々古い話になるが、二週連続で台風が来たときがあったでしょう。一週目、私はうっかり雨戸を閉め忘れてしまったのだ。そうしたら、激しい風雨にさらされた窓ガラスが無茶苦茶きれいになった！　磨（す）りガラスなんだと無理やり思いこむようにしていたけれど、拙宅の窓はやっぱり透明だったのだなあ。

味をしめた私は、二週目の台風の際にはわざと雨戸を開けっぱなしにしておいた。すると、朝起きたら案の定、窓ガラスがさらにピカピカになっていた。やっほーい！　迫り来る年末の大掃除がいやでいやでしょうがなかったのだが、これでもう窓拭きをしなくて済む！

あのときの爽快感。台風の圧倒的パワー。風邪菌をも蹴散らす宝塚の美の威力と、なんとなく通じるものがあるではないか。宝塚の場合、あまりの華やかさに、「いま見たものはなんだったのか……」と客席で茫然自失してしまうことがけっこうあるのだが、そのあたりも、台風一過の青空を見たときの、「昨夜の暴風雨はなんだったのか……」というキツネにつままれた感と似ている。

今日も宝塚の幕が上がり、きらめくステージが茫然自失の群れを生みだす。嗚呼、荒ぶるうつくしき神々よ。まさに台風のごとし！　しかもこの台風は、災害を引き起こさない。ありがたや。

いい男ぶりが尋常じゃないので、身近な男性をものたりなく感じてしまう、という災害が起きる危険性はあるが。

文庫追記：コロナ禍を経験したいまとなっては、「風邪なのに観劇に行くなよ」という感じがしますね。面目ない。

この追記を書いている二〇二三年三月時点では、人混みなどを除いて、マスクの装着は各自の判断に委(ゆだ)ねられているが、私は頑固につけつづけている。花粉症がＭＡＸにつらい時期だからだ。しかし大きな声では言えないが、化粧をしなくて済んで楽だからという理由もある。そう思ってるひとは、けっこう多いんじゃないかと推測される。お化粧するのって、もちろん楽しくもあるんですけど、人間、一度怠惰(たいだ)に流れるとねえ。ついつい、「もうファンデーション塗らず、眉毛だけ描けばいいか」となっちゃいがちでしてねえ。

ところで、『高良(たから)くんと天城(あまぎ)くん』（はなげのまい・ＫＡＤＯＫＡＷＡ）という、とても楽しく胸キュンなＢＬ漫画がある。男子高校生の話で、学校内でのいわゆる「カースト上位」な子たちの生態や会話が鮮やかに描かれ、非常に興味深いのだが、パリピ軍団がマスクをしている率が高い。作中ではコロナ禍じゃないし、犯罪行為に手を染めるために顔を隠さなきゃという局面でもないのに、なんで？　おしゃれの一環としてのマスクなの？

実態に即した描写なのか判断がつきかねるが（なにしろパリピと縁がない）、表情を明らかにして、相手を傷つけてしまう事態をなるべく避けたいという、作中のパリピたちの思いの表れなのかなとうかがわれ、若い世代の繊細さに驚くとともに感じ入った。私の怠惰マスクとは、性質がまるでちがう。

有名人愛

「町の有名人」が好きだ。

ローカルテレビに登場する人気者、という意味での有名人ではなく、「その町に住むひとなら、ほとんどだれもが知っていて、頻繁に話題に上るひと」のことだ。ズバリと言えば、「変人」のことである。

電車通学をしていたころ、そういうひとが何人かいた。毎朝、運河べりに立ち、走る電車に向かって、チアガールが持つようなポンポンを振るおじいさん。オペラを朗々と歌いながら、駅のホームを歩くスーツ姿の中年男性。いずれも二十年ほどまえ、横浜近辺でしばしば目撃したひとなのだが、「私も覚えてる!」というかたも、あるいはおられるかもしれない。もしくは、「ポンポンを持ってたのは私の祖父で、オペラの怪人(「オペラ座の怪人=クリスティーヌを愛するファントム氏」では決してないところがミソ)は私の父です!」とか。どんな一族だ。

こういった「町の有名人」のことを、私はもちろん、ひそかに愛し観察しているのだが、なぜかといえば、いろいろと想像をかきたてられるからだ。オペラの怪人はホームで朗々と歌ったのち、なにくわぬ顔をして会社で働くのだろうか。「山田くん、書類に不備があったぞ。やり直し！」なんて、わりと有能な課長ぶりを発揮していたりして。ポンポンじいさんは朝の日課を終えると、近所の文具店へ買い物にいくのかもしれない。正月に備え、孫にあげるお年玉用のポチ袋を吟味するためだ。

つまり、かれらの奇行（失敬）、変人ぶりからは、同時並行で平穏な日常を営んでいそうな気配が感じられ、それゆえにますますイッちゃってる感が醸しだされてもいて、好もしいのである。

自宅で仕事をするようになって以降、「町の有名人」に遭遇する機会がぐんと減った。さびしく、ものたりない。もっと変人オーラを浴びたい！「あのひと、まじやばいが、しかしどうしても目が離せん！」という、ときめきを味わいたいのだ！と内心で叫びつつ、へろへろのジャージの上下姿で、すっぴんなうえに髪の毛もぼさぼさなまま、錆びた自転車を漕いでスーパーへ買い出しにいく。いまとなっては私のほうが、「あのひと、まじやばい」と通行人から思われている気がする。わーい、「町の有名人」の仲間入りだー。……。

遅きに失している感もあるが、「おしゃれを怠らない妙齢（？）女性です」アピールをしたいと思い、近所のネイルサロンへ行った（だれに向けてのアピールなのかわからんし、やっぱりジャージの上下&錆びた自転車で行ってしまったが）。爪を塗ってもらいながら、「町の有名人」についてネイリストさんと語りあう。

「ああ、どの町にもたいてい一人は、変人がいますよね」

と、ネイリストさんは言った。「私は学生時代にコンビニでアルバイトしてたんですが、その店にも、毎日来る変人がいましたよ」

「どんなふうに変わってたんですか？」

「三十代ぐらいのまともそうな男性なんですが、私がレジにいるとき、ふと気配を感じて表を見ると、彼がドアの向こうに立って、こっちを凝視してるんです。しかも、右手の親指と人差し指で拳銃の形を作って、銃口を天に向けた状態で顔の横に添えている」

つまり、「いつでも撃てるんだぜ」と待機する恰好だ。

「なんで!?　それで、どうしたんですか？」

「彼は物陰から私の動向をうかがってるつもりらしいんで、気づかないふりをしておきました。もちろん、コンビニのドアはガラス張りですから、丸見えなんですけど」

「なんという余裕の対応……。彼が狙撃待機状態になるのは、あなたがレジにいるときだけだったんですか？」

「はい」

「もしかして、『おまえのハートを狙い撃ち』的なことだったのでは……」

「あ、それはないです」

と、ネイリストさんは首を振った。

「彼は毎日、コンビニでイクラのおにぎりを二個買っていたんですけど、『あたためてください』って毎回言うんですよ。同僚はみんな、黙ってチンしてあげてましたが、私は納得いかなくて。だって、イクラは絶対、冷たいほうがおいしいじゃないですか！　だから私がレジにいるときは必ず、『いや、あっためないほうがおいしいから、一度試してみて』って説得してました。押し問答のすえ、結局はチンしましたけどね。そういうわけで、彼は私に対し、『あの店員、イクラのおにぎりは冷たいほうがいいなどと言う。殺！』と、恨みを募らせていたのだと思います」

イクラのおにぎりが原因で、狙撃犯から「殺！」の念を送られていたネイリストさん。しかしそれでも果敢に（ていうか懲りずに）、「あたためるな」と説得交渉をつづけたネイリストさん。

あなたも充分に変わっている……！　私はやはり、「町の有名人」が好きだ。

グッドモーニング

二〇一五年の年明けにこの原稿を書いているのだが、みなさまはどんな年末年始を過ごされただろうか。

私は「モーニング」に振りまわされた年末年始だった。「朝」じゃない。週刊漫画誌の「モーニング」（講談社）です。

「BAILA」読者かつ「モーニング」読者って、ベン図の重なりが限りなく小さいのではと懸念されるが、ここに確実に一人は存在するので（つまり私）、たぶん大丈夫なはずと仮定して話を進める。

年末に出た「モーニング」で、山岸凉子（やまぎしりょうこ）先生の新連載がはじまり、それがとてつもなくおもしろくなりそうな予感のする作品だったので、「うおお！」とテンションが上がった。同時に、「隔月連載」と謳（うた）われていたので、「うおお？」と激しく首をかしげた。週刊誌なのに、隔週ですらなく隔月連載なのか！　時空がねじれすぎてて、にわかには意味をつかみにくい。いや、隔月でじっくり味わうのにふさわしい作品だと思うので、読者としては全面的に納得&応援するが、「たまに『モーニング』を手に取る派」のかたが、「山岸先生の連載がはじまったと思ったのは幻だったのか?」と混乱に陥らないか心配だ。さまよえる子羊たちよ、落ち着きなさい。隔月です。二カ月後を楽しみに待ちましょう。

そして新年一発目の「モーニング」の表紙が、島耕作がライオンを従えて玉座に座ってる絵で、びっくりした。ひつじ年なのに、羊じゃなくライオン! さすが島耕作だ。干支すらも超越した。

私は今年、「週刊漫画ゴラク」(日本文芸社)も、もっとちゃんと読もうと思っている。いままでは近所のラーメン屋さんに行ったとき、まとめてふがふが読むぐらいだったのだが、これがかなりおもしろい雑誌で、しょっちゅうラーメン屋さんに行ってしまうのだ。太る。自分で「ゴラク」を購入し、太りを食い止めようという作戦である。「BAILA」読者かつ「ゴラク」読者となると、もはやベン図が微塵も重なっていないのではと懸念されるが、みんなついてきてくれてるかな? (ついていきたくねーよ、という声が聞こえる)

昨年はちょっと体調を崩し、これは生活時間帯が一定していないのがいかんのかもしれぬと思って、年末に朝型に切り替えたんですの。だけど一週間目に、私は一人で叫びました。「向いてない!」と。

朝八時に起きて、ご飯を食べて、パソコンに向かう。そうすると一日が長くて長くて、気がつくとウィキペディアで「ギリシャ神話に登場する神々」とか延々と眺めてるし、ちっとも仕事が進まない。午後五時に待ちかねたように夕飯を食べ、六時には就寝してしまう。夕方六時から朝八時まで睡眠って、明らかに寝過ぎだ。しかし、「明日も朝起きねば」というプレッシャーが、まぶたという名のシャッターを自動的に下ろすのですな。言い訳でした、すみません。

結局、朝型生活はきっぱりやめにしたのだが、その一週間の疲労（？）が蓄積されたのか、年明け早々、風邪を引いた。これもある意味では、「朝」すなわちモーニングに振りまわされていると言えよう。風邪なんて、以前は二年に一度引くか引かないかだったのに、この冬すでに二回目ですよ。T・O・S・H・I……。X JAPANへの呼びかけではない。

もしかしたら、風邪ではなくインフルエンザかもしれん。となると、発症直後に医者に行って診察を受け、必要ならタミフルだかを処方してもらわないと。そう思ったのだが、案の定、私は新年早々風呂に入っておらず、人前に出られる状態ではなかった。病院の待合室に入った瞬間、つまみだされること請けあい。だが、熱でフラフラで、シャワーを浴びる体力すら、もはや残されていない。

しかたなく、二日ほどリンゴをかじりながら臥せっておりました。もしインフルエンザで、リンゴも尽きたら、もう死ぬしかない、と覚悟しながら。ロシアン・ルーレット気分。幸い、ただの風邪だったらしく、三日目以降は熱も下がり快方へ向かう。風邪っぴきのあいだは鼻もバカになったため、風呂に入っていないという事実、つまりN・I・O・I（ローマ字にすりゃ不都合な真実を覆い隠せるというもんじゃない）も気にならなかったし、結果オーライだ。私のオーライは基準が低すぎる。

なにが起きてもいいように、風呂にはこまめに入っておくべし。これが、年始に得た教訓だが、たぶん「BAILA」読者のみなさま（私を除く）は、すでに実践しておられるだろう。お役に立てず面目ない。なぜそこまで入浴を忌避するのかは、気が向いたら語ろう。もったいぶってるのではない。お察しのとおり、たいした理由はないのだ！いばるな。

追記：山岸凉子先生の『レベレーション　啓示』は、全六巻で完結。ジャンヌ・ダルクの話で、猛烈におもしろかった！

「ゴラク」をあいかわらずラーメン屋さんで読んでしまっているのは反省点だ。止まらないF・U・T・O・R・I……。

風呂に入らない理由について、連載時の私はなにを考えて、こんなもったいぶった書きかたをしたのだろう。理由はただひとつ、「服の着脱が面倒くさい！」に尽きる。

赤面の理由

近所にある両親の家へ行ったら、母は庭で花を植えているところだった。母と並んでしゃがみこみ、

「ねえねえ、マミーポコ。散歩がてら、スーパーへ買い物に行こうよぅ」

と提案する。私は母のことを、たまに（主に、ちょっと甘えたい気分のときに）「マミーポコ」と呼ぶのである。

「そうねえ。天気もいいし、行ってもいいけど……」

「うんうん、一緒に行こ。自転車を引いていって、買った荷物を籠に入れて運んであげるからさ」

などと会話している最中、ふと顔を上げたら、隣家のおじいさんがすぐそこで、やはり庭仕事に勤しんでおられることを発見。母の体の陰になっていて、まったく気づいていなかった。も、もしやおじいさん、いま聞いていなすった……？

私が凝視していると、おじいさんは気まずそうに私と目を合わせ、ちょいと会釈を寄越した。

ぎゃーっ！　ほぼ四十歳のくせに、母親を「マミーポコ」などと呼んでることがばれてしまったー!!!

人生で一番と言っていいほど赤面し、すっくと立ちあがった私は、

「それで？　買い物に行くの、行かないの、どっちなのお母さん」

と、せいいっぱい凛として最終決断を求める。

「なによ、急にはきはきして」

母が怪訝そうに私を振り仰いだ瞬間、おじいさんが「ぶほっ」と噴きだした。

「あら、○○さん。こんにちは」

と、呑気に挨拶する母。私はもはや誤魔化せないと判断し、

「やっぱり聞いてらっしゃいましたよね……」

と、赤鬼なみの顔面赤度のまま、へっぴり腰で尋ねる。

「いえ、なにも聞こえませんでした」

と、おじいさんは厳かに言った。「しかし、いいじゃないですか。親子はいくつになっても親子なんだから」

ばっちり聞こえとるじゃないかー。私はもう、赤鬼も裸足で逃げだす赤さになって、「すみません、お耳汚しを……。いやはや、お恥ずかしい」と、ひたすらへどもどしたのだった。

「マミーポコ」と呼ばれ慣れてる母は、私のへどもどの理由がわかんなかったらしく、「は？　どうしたのあんた」って顔をしていた。どこまでぼんやりなんだマミーポコ！

仲間内あるいは家族や恋人のあいだでだけの呼び名って、だれしもあるものだと思う。私は、弟からはいつも「ブタさん」や「トン」と呼ばれているし、母はたまに私を「しをぶーちゃん」と呼ぶ。って、なんで豚関連になぞらえられてばかりなんだ！　豚に失礼だろ！　いやちがう、私に失礼だろ！

もちろん、人目があるときはお互いに澄まして、「お母さん」「しをん」と呼びあっているのだが、問題は弟だ。彼は生まれてこのかた、私を「お姉さん」と呼んだことがない。幼いころは「しをんちゃん」と呼んで、あとをついてまわっていたものだが、思春期あたりからは「ブタさん」一辺倒。

そのため、弟は家族以外のひとがいる場で私に呼びかける術を持たず、「あのさあ」とか「ねえ、ちょっと」とか、なんかもごもご言っている。アホや。

むろん、しばらく聞こえないふりをしてから、「えっ、なに？　お姉さまであるわたくしに話しかけてるの？」と答えてあげます。そういうときの、屈辱感にあふれた弟の顔ったら。ほほほ。ま、弟にそんなちっちゃないやがらせをするせいで、「ブタさん」呼ばわりされてしまうのだとも言える。

以前、新婚の友人の家に遊びにいったら、帰宅した旦那さんが、「ぴょんちゃん、台所の……」と言いながら部屋に入ってきて、旦那さんも友人もなぜか私までもが、おおいに赤面したことがあった。当然ながら、友人の名前は「ぴょん子」ではない。あとで、

「ぴょんちゃんって呼ばれてるの？」

と、ニヤニヤしつつ友人に聞いたら、

「そうだけど、それはもう忘れて！」

と、キレ気味に懇願（こんがん）された。なんで「ぴょんちゃん」という呼び名になったのかは、頑として教えてくれなかった。

友人も旦那さんも、なんだかかわいいなあ。これが結婚し、生活をともにするということか。そう思い、武士の情けで、「ぴょんちゃん」呼びについては忘れることにした（ここに書いてしまったが）。

「親しい仲でのみ使っている呼び名」が、期せずして外へ漏れたときのいたたまれなさといったら、相当のものがある。全裸で表を歩くに似た恥ずかしさで、本人はもとより、居合わせたひと全員が、「あちゃー」ともじもじしてしまうほどの破壊力だ。

でもたぶん、どこの国、どんな社会でも、ひとは親しい相手を、赤面ものの愛称で呼んでいるんだろう。強面（こわもて）のおじいさんが、「よしよし、チャッピー」と孫をあやしていたり。そう考えると、なんか人間ていいもんだなと思う。

浮かれる

気づいたら妊娠三カ月だった。

大変驚き、父親はだれなんだろうと考えるも、さっぱりわからない。それぐらいお盛んな生活だったわけでは当然なく、妊娠するようなことをした覚え自体がそもそもないのだ。

でも、妊娠三カ月なのはまちがいない。そうと判明したら、なんだか吐き気までしてきた。これが噂に聞くつわりか。

吐き気とともに急激に喜びもこみあげ、とにかく生んで育てなければと三秒で決意する。出産と育児に向けていろいろ準備が必要だし、いまから仕事の調整をしなければまにあわないぞ。ようし、忙しくなってきた！

と思ったところで目が覚めた。

ベッドに身を起こし、パジャマをめくりあげて腹を眺め下ろす。見かけは妊娠六カ月でもおかしくない感じだが、やっぱり身に覚えがない。なーんだ、夢か……。

がっかりすると同時に、がっかりしたことに少々驚いた。私はふだん、子どもがほしいとは思っていない。子づくりする相手がいないので、子どもについて具体的に思いめぐらす機会も必要性もない、とも言える。にもかかわらず、妊娠三カ月になった夢を見、夢だとわかったらがっかりしたのだ。

そうか、私は子どもができたらうれしく感じるのかと、自身の新たなる一面を発見した気分である。夢ってのは、ほんとに不思議なものだ。一生体験することがないと思っていた「妊娠判明」の喜びを、まざまざと味わうことができるのだから（ううう、書いててむなしく、哀（かな）しい気持ちになってきた）。

しかし夢のなかであっても、「身に覚えがないなあ」と思ってるあたり、まだ理性が残ってるというか、身の程を知っていると言えよう。うむ。どうして急にこんな夢を見たのか、理由は明白で、「妊娠六カ月です」と言ったら実際に妊娠六カ月のかたから怒られそうな、我が腹だ。この腹に合理的（？）説明をつけようと思ったら、もはや妊娠しかない！　そういう思いが、あの夢を見させたのであろう。うむうむ。

ちょっとサバを読んで「妊娠三カ月」にするあたり、貴様、夢のなかでもまだ腹の出具合を直視しないつもりか！　ちっとも身の程を知っておらんじゃないか、ずうずうしい！　早急に腹を引っこませるべく、エクササイズせよ！　と、私のなかの鬼軍曹がムチを振るって迫ってくる。はーい、そのうちね。ぼりぼり（せんべいをかじりつつ腹を掻（か）く音）。

読書を好きな理由はなんですか、とたまに聞かれることがあり、「好きに理由はいらん」と思っているのだが、あえて考察してみると、「自分以外のひとの人生や感情を知り、想像することができるからかな」という答えに行き着く。もちろん映画を見たって、日常でだれかと接することを通じてだって、自分以外のひとの人生や感情を知り、想像することはできるのだが、なかでも読書は私にとって、とても性に合う「外界へ開かれた窓」なのだ。

それで行くと、夜に見る夢も同じぐらい好きだ。読書に比べ、夢はどちらかというと「自分の内部へ開かれた窓」で、現実では体験できないことや、突拍子もない展開が起きたときに、自分がどう感じ行動するのかがわかる。そこがおもしろい。

夢のなかで自分の卑怯(ひきょう)さや悪辣(あくらつ)さに直面させられ、「俺ってこんな人間だったのか……」と、いままで何度、自己嫌悪に陥ってきたことだろう。まれに、「あら、意外とまっとうな行いをするのね」と感じるときもあり、そういう日は起きてからも気分よく、「夢のなかの自分に恥じぬ行いをせねばな」なんて思ったりする。夢は、自分を冷徹に観察する、もう一人の自分の「目」なのだろう。それを失ったら、私などは現実でますます野放図な振る舞いをしてしまいそうだし、第一、夢を見ない夜なんて味気ない。

そういうわけで、私は長時間睡眠を心がけているのだ。寝てばっかりいることへの、長々とした言い訳でした。

「妊娠三カ月」の夢を見た数日後、ダルビッシュ有選手の妊娠が発表された。……いや、ダルビッシュ選手は妊娠しないので、こう書くと語弊があるけれど、とにかく私は、「なんと！　あれは予知夢!?」と思った。予知夢なのでいろいろ時系列がねじれているが、ダルったら、まさか私にまで妊娠判明（あくまで夢のなかですが）の喜びを分けてくださるとは！　ていうか、私のおなかの子（あくまで夢のなかですが）の父親って、もしかしてダルじゃない？　いえ、このタイミング、絶対にそうよ！

まったく見も知らぬおなごを（あくまで夢のなかですが）懐妊させるなんて、さすがはダルビッシュ選手だ。うむうむうむ。

絶対にちがうから、落ち着け。

文庫追記：その後、ドデカ子宮筋腫ができていると判明した（超個人的な話題で恐縮です）。道理で、腹がふくらんでるわけだ。勢いこんで先生に、「手術で取ったら、何キロぐらい減るんですか？」と聞いたら、「二キロといったところですかね」とのことで、そんなの誤差の範囲やないかーい。腹のふくらみは、子宮筋腫以外の理由（もちろん妊娠でもない）によるものだと判明した。きみのせいにしてすまん、子宮筋腫よ。

すくすく育つ子宮筋腫のせいで、腰痛と頻尿に悩まされているが、「まあ、手術は体に負担がかかるものではあるし、閉経まで持ちこたえられれば、それに越したことはないから」という先生のご判断で（閉経すると、子宮筋腫は縮むものらしい）、現在様子見中だ。閉経とのチキンレースの行方やいかに。みなさま、定期的に婦人科検診を受けるようになさってください。私はサボってたら、順調すぎるほど順調に成育（？）してて、びっくりでした。

閉経などという、これまた超個人的な話題で恐縮だが、だれしも生きてりゃ年を取るし、閉経もする。性別を問わず更年期障害を経験する可能性もある。私も最近、生理周期の変化、それに伴うめまい、軽い貧血、偏頭痛などなど、いままでとはどこか質のちがう不調を感じるようになり、「これが更年期障害の入口か……」と遠い目になっている。更年期関連で、私よりも年齢が若いかたのご参考になりそうなことがあったら、今後も記していく所存だ。

危険地帯テラス席

桜が咲きはじめた週末の昼下がり、近所のカフェに行き、テラス席で白ワインを傾けつつピザを食した。私もたまにはシャレオツなことをするのである。

本当は店内の席を希望していたのに、花見客で混んでおり、テラス席を割り振られてしまったのだ。あと、「どうせ液体を摂取するならアルコール派」なので、一番すっきり飲めそうな白のグラスワインを頼んだまでのこと。つまり実際は、結果としてシャレオツふうになっただけなのだった。なにをしても漂う残念感よ……。

花粉症の身にテラス席はつらい。私は装着したマスクを上方に少々ずらし、鼻は覆ったまま口だけ出して飲食した。道行くひとから見える場所で、そんな変態くさい恰好はしたくない。だが、しょうがないのだ。マスクを完全にはずしたが最後、水のごとき鼻水がゾバーッと垂れ流れるのだから。

鼻が滝化した客が店頭でピザを食べていたら、「わー、マーライオンがいるよ！」と通りかかったチビッコがはしゃいでしまうかもしれない。そうすると、ピザが売りの地中海っぽい外観の店なのに、「シンガポール料理の店なのかな」と通行人が勘違いする可能性がある。それなら、マスクで鼻だけ隠した変態が店頭でピザを食べてたほうがましだ。

店員さんが私の恰好について黙認してくれたのは、究極の選択のすえ、右記のごとき判断を下したためだろう。「マーライオンか、変態か」の二者択一を迫られたら、私なら迷わず、「つまみだす」という第三の道を選ぶけれどな。

とにかく、うららかな春の午後だった。店のすぐ脇を路面電車がとことこ走り、あちこちの庭先から薄ピンクの桜の花があふれだしている。それらを眺めつつ、優雅にグラスを揺らす私。「鼻だけマスク」状態だが、それを除けば、すべては完璧なる調和のもとにあったと言えよう。

ところが、平和を破る存在が出現した。商店街のスピーカーが、地元のラジオ局の番組を放送しはじめたのだ。ゲストはご当地アイドルだった。ラジオなので声しかわからないが、三人ほどの若い女性から成るアイドルグループのようだ。

私は五年ぐらい、東京都某区に住んでいるのだが、某区のご当地アイドルの存在を、この瞬間までちっとも知らなかった。野菜の無人販売所がいっぱいある、のどかな土地だとばかり思ってきたが、実はちゃんと流行に乗って、ご当地アイドルを養成していたらしい。

ふむふむ、とピザをかじりながら放送に耳を傾ける。ご当地アイドルは地元の「桜まつり」の情報を元気いっぱいで読みあげた。そして、「じゃあ次に、私たちの新曲を聞いてください」と歌いだしたのだが……。控えめに言って、ジャイアンリサイタルかと思った。食べてたピザを噴きそうになり、必死にこらえたら盛大にむせてしまって、奪衣婆が手招きしてるのが見えたが、ここで死んだら彼女たち（ご当地アイドル）の責任問題になってしまうやもしれんと、これまた必死で三途の川を泳ぎ帰った。

ひどい。音階という概念のない世界に知らぬまにさまよいこんだとしか思えぬ、ひどいとしか形容しようのない歌声であった。うしろの席に座ってた二人づれの女性客も、「なんじゃこりゃ！」と大爆笑していたので、私の独断と偏見ではないはずだ。某区のご当地アイドルは、想像を絶するオンチだった。

さらに歌詞がすごくて、「広がれ～、某区。もっともっと大きく広がっていけ～」というような内容。なんと堂々たる侵略宣言だろうか。某区と隣接する区のみなさんが、領土侵犯の危機にどんな反応を見せるのか、非常に気が揉めるところだ。

いや、「某区の名前が、もっと周知徹底されるといいな」という意味なのだろうけれど（そう思いたい）、「某区」と「広がれ」をズバンとくっつけてしまったせいで、領土拡大路線を採ろうとしているのではとしか受け取れず、野心満々みたいで気恥ずかしい。おらたち、今後も野菜を作って穏便に生きてくつもりですだ！　こんな命の危険を感じさせるような歌（いろんな意味で）は、やめてほしいですだ！

隣接する区を侵略するなら、武器は必要ないと判明した。この歌を侵略目標の区で流せばいいのだ。みなもだえ苦しみ、早々に白旗を揚げることであろう。にもかかわらず、自分の区で流してどうする！　通常のラジオ放送ならスイッチを消せばすむが、商店街の放送は自力では消すことができないんだぞ！

三十分ほどの放送のあいだ、ご当地アイドルは気持ちよさそうに持ち曲を歌いつづけた。うしろの女性客二人は笑いすぎて腹筋断裂の危機に見舞われ、私が飲んでいた白ワインは酢に変質した。私はワインに指さきをひたし、「この歌を決して区外で流すべからず」と紙ナプキンに遺言を書きつけた。炙(あぶ)りだしをして文字を読み解き、平和のために後世へ伝えてほしい。

夢を見るのもたいがいに

拙宅の近所は、少子化が進んでいるとはとても思えないほどチビッコが多い。加えて拙宅の裏手には、ひとも車もほとんど通らない広めの道路がある。

このふたつの条件が重なると、どうなるか。チビッコが道路で遊びまくるのだ。しかも、時間帯に関係なく。

朝の四時から、壁に向かってドカンドカンとサッカーボールを蹴りつけるチビッコ。夜の十時に、帰宅した父親を相手にスパンスパンとキャッチボールをするチビッコ。それ以外にも、登下校するチビッコたちの歓声および奇声が響きわたる時間帯があり、昼には小学校の「お昼の放送」が大音響で近所じゅうに流れ、もう気が休まるときがない。

学校が騒がしいのはしょうがない。しかしいくらなんでも、朝四時や夜十時に球遊びをするのはいかがかと思うのである。私はいったい、いつ寝ればいいのだ！　生活リズムが不規則なおまえが悪い、と言われればそのとおりだけれど、ようやく仕事を終えて眠りに就こうという朝四時、あるいは晩飯を食べて一息つけるぜという夜十時に、ドカンドカンスパンスパンがはじまると、「ぬがーっ」と叫びたくもなってくる。

突拍子もない時刻（と私には思える）に、球遊びに興じるチビッコたちよ。きみらはずいぶん熱心だが、将来本田圭佑やイチローになる自信があるのか？　だったら、いくらでもドカンドカンスパンスパンをやってもいいが、「絶対になれる」という自信がないのなら、もうちょっと常識的な時刻に練習してほしい。率直に言って、迷惑なんだ。チビッコにそう直談判してもいいものかな、と幾人かに意見を求めたところ、「してもいいと思う」と「やめとけ、大人げない」とが半々ぐらいの割合だった。後者からは、「子どもの夢を摘んでどうする」と諭されることもあった。

お言葉ですが、私は「子どもの夢は茶葉のように迅速に摘みまくる派」です。本田圭佑やイチローになれるひとなど百万人に一人もいない！　という厳然たる事実を、早期に教えてあげたほうがその子のためだ。なぜおまえ（チビッコ）の、ほぼ絶対に叶わないとわかっている夢につきあわされて、俺が不眠にならんとあかんのか！

それにさ、「本田圭佑みたいになる、と約束してちょうだい。たぶん実現は無理だと思うけど、きみがそう約束し、夢に向かって全力を尽くすと誓うなら、早朝のドカンドカンにも目をつぶります（ていうか耳をふさぎます）」と、私がチビッコに言うとするじゃないですか。そしたらそのチビッコは、

一、萎縮し、「俺には本田圭佑になるのは無理だ」と現実を直視して、早朝練習をやめる。

二、なにくそと奮起し、よりいっそうドカンドカンして、サッカー日本代表に選出される。

の、どちらかを選択することになるはずだ。

「一」の場合、チビッコは叶わぬ夢のために早朝から時間を浪費せずにすむし、私は安眠を得られる。

「二」の場合、チビッコは夢を叶えられるし、サッカーファンはスター選手の登場に喜ぶし、私はドカンドカンに耐えた甲斐があったと納得を得られる。

「一」でも「二」でも、だれも損をしない。八方丸く収まる。

さらに、「一」を選択した場合、チビッコは空いた早朝の時間を、べつの趣味などにあてることになるだろう。そのおかげで、サッカーとはべつの分野で大成する。あるいは「二」を選択した場合、サッカー選手として大成する。

チビッコの大成は、だれによってもたらされたものか？　直談判した私によって、だ。大人になって大成したチビッコはきっと、「『夢は叶わないものだから、早朝のドカンドカンはやめろ』と言われて、俺は現実を直視した（あるいは、夢の実現を目指して発奮した）。いまの自分があるのは、あの女性のおかげだ」と思うはずだ。

成功者としてテレビ番組に呼ばれたチビッコは、「ずっと会いたいと願ってきたひとがいるそうですね」と司会者に問われ、「はい。俺に現実を教えてくれた、厳しくもあたたかいひとです」と答える。

「なるほど。実はいま、そのかたがスタジオにいらしています！」

「ええー！」

スタジオ後方のカーテンがするすると開き、立派な青年となったチビッコに歩み寄る私。

「ああ、そうです！　このひとです！　うわあ、感激だなあ。俺のこと覚えてるっすか」

「ええ、もちろん。大きくなって……。陰ながらいつも応援してますよ」

「まじっすか。うれしいっす！」

感極まって私を抱きしめる青年（独身、イケメン、年俸三十億円）。ついに再会できた恩人と、もう結婚しちゃおっかなと、青年は内心で思うのであった。

ってことになるかもしれないじゃないですか（鼻息）。だからやっぱり、直談判したほうがいいと思うんだ。

……チビッコの夢より、私の妄想こそ、早期に摘むべきだな。

追記：というわけで直談判は断念したのだが（あたりまえだ）、ドカンドカンとスパンスパンの音が最近聞こえない。どうやらチビッコのほうも、サッカー選手や野球選手になる夢を独自に断念してしまったもようだ。ちょっと大きくなって、友だちと遊んだり塾へ行ったりと、べつの方面で忙しくなったのかもしれない。

なるほど、ひとつのことをやりつづけられたひとがスター選手になるのかもしれないなと、なんだかちょっとさびしい気もする。プロになることばかりが目標かつ正解ではもちろんないので、いまはドカンドカンスパンスパンをやめてしまったチビッコたちも、きっとサッカーや野球を好きなまま、大人になってもスポーツを楽しんで見たりやったりすると思うが。

そしてドカンドカンスパンスパンに入れ替わり、パシーンパシーンがはじまりました。剣道に夢中なチビッコが新たに出現したのだ。早朝から父親を相手に、竹刀で打ちあっている。

チビッコの夢は次々に生まれ、羽ばたいていくもの……！　「もう思うぞんぶんやってくれ！」と、眠い目をこすりながらひそかに応援する日々だ。

青（っぽ）い鳥

両親が住む家の庭に、ミモザの木がある。ミモザはマメ科だそうで、ほわほわした黄色い花が咲き終わると、灰色のさやえんどうみたいなものが枝からたくさんぶらさがる。

ある日の早朝、母から電話がかかってきた。

「ちょっと！　ミモザの木に、緑色の大きな鳥が来てるの！」

寝ぼけた状態で電話に出た私は、

「ああん？　ウグイス？」

と尋ねた。

「ちがうわよ！　ウグイスみたいにくすんだ緑じゃなく、もっと鮮やかな色の鳥。しかも、カラスぐらい大きい。オウムだと思う！」

母は、「町田駅前で平井堅を見た」と言い張るひとだ。町田市民には申し訳ないが（私も長らく町田市民だったが）、東京都町田市をご存じのかたなら、平井堅氏はいないだろうということをおわかりいただけるはずだ。母が目撃したのは、たぶん歌手ではなく「顔の濃いひと」で、そのとき本物の平井堅はというと、港区とかにいたはずだ（勝手なイメージ)。よって私は、母がオウム云々と言いだしたのを聞いて、「このひと、また幻覚を見てるな……」と思った。

しかし母は、「オウムだ」と譲らない。しかたがないので翌朝、両親の家へ行き、居間の窓辺に潜伏してミモザの木を監視した。

すると、「キュエエエ」と聞き慣れぬ鳥の鳴き声が響き(「怪鳥音」といった感があった)、鮮やかな緑色の鳥が枝に舞い降りた。カラスとまではいかないが、体長四十センチは確実にある。長い尾は、きれいな青。くちばしは赤い。南国そのものといった鳥で、つがいらしく二羽いる。

「ほ、ほんとだ、オウムだ!」

私は驚き、母は「そうでしょ?」と勝ち誇った。そんな私たちをよそに、二羽のオウムはミモザのさやをくちばしでむしり取り、器用に片足で持って、なかの実をえぐりだして食べている。からになったさやはポイッと捨て、また次をむしる。むっしゃむっしゃと大変な食欲だ。

そこへ父が起きだしてきた。

「あれ、オウムがいる。そういえば三十年ぐらいまえにも、この近所で電線にとまってるオウムを見かけたなあ」

「また適当なこと言って」

と、母はおかんむりだ。「そんなにほいほい、オウムがいるはずないでしょ。本当に見たんなら、どうして話題にしなかったのよ」

「いま思い出して、話題にしてるじゃないか」

「ふつうだったら忘れない。私ならその日のうちに、『オウムを見た』って言う。だいたいあなたは、晩ご飯を黙って爆食するばっかりで、会話のセンスってもんに欠けている」

オウム目撃の事実を即座に報告しなかったせいで、「気が利かない」と人格攻撃される父。この夫婦はいつもこんな調子なので、仲裁するだけ無駄だ。ミモザからオウムのつがい（こちらは仲良し）が飛び立ったのを機に、私は自宅へ戻り、パソコンのまえに座った。「緑　オウム」で画像検索する。

その結果、緑の鳥の正体はオウムではなく、ワカケホンセイインコという、大型のインコのようだと判明した。最初はペットとして飼われていたものが、脱走したりなどで野生化し、東京都内では三十年ほどまえから群れが確認されているのだそうだ。

となると、過去にも見た、という父の証言も信憑性（しんぴょうせい）がある。見た事実を、なぜいままで忘れてたのかは、よくわからないが。まあ、我が子の顔すら忘れがちなほど、些細なこと（？）は気にしないひとなので、明らかに南国風の鳥が住宅街にいても、「ところで、今日の夕飯なにかな」と、さっさとべつのことに気を取られてしまったのだろう。

庭に来た大型インコは、羽を切られているふうでもなく、自由に飛びまわっていた。ひとに飼われていたことはなく、生まれたときからストリートチルドレンだったと推測される。かれらの親か祖父母世代は、人間のもとから逃げだし、路上（というか大空）で出会った相手と愛を育んで、着々と子孫を増やした。そうして生まれた子どもたちも、元気に成長し、恋に落ちて、むっしゃむっしゃとミモザの実を食べている。

なんともたくましく、ロマンティックな物語ではないか。外来種の常で、ワカケホンセイインコは生態系を壊すのではと懸念されてもいるようだが、故郷から遠く離れた地でがんばっているかれらをなんだか応援したくなってくる。むっしゃむっしゃと激しく食べちらかすので、できればさやまで胃に収めるか、ミモザの根もとを自分で掃除するかしてほしいのだけれど。鳥にそこまで求めるのは酷か？

今回の件でわかったのは、「母は、平井堅およびインコを目撃したら、即座に報告するのが人類として当然の義務だと思っている」ということと、「父は鳥頭だ」ということだ。

追記：校閲さんから、「お母さまは、前日にオウムを見たことをお父さまに話していなかったのでしょうか。『その日のうちに言う』というご発言と矛盾しているのでは？　念のため」とご指摘をいただいた。た、たしかに……！

しかし校閲さんは、うちの母という生き物をご存じないようだ（そりゃそうだ）。自身の矛盾を棚に上げて他者を糾弾する、それがうちの母なのだ！　ていうか、母の理不尽にあまりにも慣れきって、矛盾に気づけず受け流していた父と私、反骨精神がなさすぎる。

文庫追記：このあともインコとミモザの木は登場する。しかしそれとはべつに、ここでご報告したいのは、拙宅のベランダ事情だ。近年、ベランダの手すりに、なにものかが毎朝のようにウン○をしていく。サイズからして下手人は鳥だと思われるが、蚊取り線香みたいな平べったい巻きウンなのだ。本当に鳥なのか？　ちっちゃいおじさんが、私が寝てる隙にベランダの手すりでしゃがんでたらいやだなと思い、グーグル先生におうかがいを立ててみた。

その結果、ハトのフンだとわかった（フンの画像がずらりと並ぶので、検索はあまりおすすめしません）。ちっちゃいおじさんじゃなくてよかった。そういえば早朝、ベランダの鉢植えの枝がバキバキッと折れる音や、園芸用品を入れてある木箱になにものかがドスンと着地する音が、寝室の窓越しに聞こえてくることがあった。動きが不器用で鈍重そうなハトの仕業だったのだと思うと、すべて納得がいく。だが、そんな物音がしてるのに、かまわず寝つづけていた自分には納得がいかない。

章末おまけ　その一　理性はわりと不在がち

「ＢＡＩＬＡ」編集部は、原稿の内容に関して特に制約なく、なんでも自由に書かせてくださるのだが、

「すみません、ちょっと表現をやわらげてもらえないでしょうか」

と一度だけ打診されたことがある。しかも、連載二回目に。おーい、開始早々やらかしとるじゃないか、俺！

編集部のおっしゃることはもっともだと思ったので、全面的にべつの話題に書き直した。本書に収録しているのは、書き直して雑誌に掲載されたほうの原稿だ（「美容時間の問題」の回）。

しかし、せっかく書いた原稿をお蔵入りさせたままというのも、もったいないかも（貧乏性）。よーし、没にした「幻の連載第二回」を単行本で公開しよう！　と思ったのだが、やめた。パソコンの奥から没原稿を引っ張りだして読み返してみたところ、おそるべき内容だったからだ。

要約すると、「新幹線のホームで『男はつらいよ』の寅さんのコスプレのような恰好

をした男性が、きれいな女性を連れて立っていた。ついでに彼の股間も立っていた（ズボンはちゃんと穿いてます）」という話だ。原稿用紙にして五枚弱の原稿のなかで、「屹立」「不如意棒」「隆々」「バナナ」といった不穏当な単語が合計十六回も使われている。

なにを考えていたんだ、当時の自分。「BAILA」は女性向けファッション誌なんですよ!? 高級ブランドのうっとりするような広告もいっぱい載ってるんですよ!? その隣のページで「不如意棒」の話はやめなさい！

それにしてもわからないのが、クールな表情で不如意棒を屹立させていた寅さんコスの男性と、「表現をやわらげて」と要請してきた編集部だ。寅コス氏は、（不如意棒を）すぐにやわらげてほしい！ 編集部は、「（表現を）やわらげてどうこうなる問題じゃないから書き直せ」と屹立とした、失敬、まちがえた、毅然とした指令を下してほしい！「こりゃあかん」と自主的に原稿を没にする判断能力が吾輩に残ってて、ほんとよかった。

と、えらそうに言っているが、だったらそもそも最初から「バナナ」頻発の原稿を送るなよな、という話だ。……語弊があった。バナナにはなにも罪はない。罪深いのは、バナナに妙な意味を持たせてしまったわたくし……！ 本当に申し訳ない。寅コス氏の隆々たる股間を見て、「どういうこと!?」と驚愕したので、つい連想が働いてしまったのだ。「寅さん↓バナナの叩き売り＝寅コス氏の股間↓バナナ」と。いま考えれば、ちっとも「＝」ではない。バナナだけでなく寅さんにも申し訳ない事態！　脊髄反射でものを書くのはやめようと深く反省している。

しかし今回、単行本化のため原稿を確認していて、またも驚愕した。連載第一回から、パイプカットの話をしとるじゃないか、俺。ええい、そこへなおれぃ！　成敗いたす！

ほんと、当時の自分はなにを考えていたんだろうなあ。

と、過ぎ去った日々のことのように言っているが、その後もあまり軌道修正できないまま現在に至る。常に内角ギリギリを攻めていくのがポリシー。って、やめなさい。デッドボールが頻発したらどうするのだ。あと、すぐに野球のたとえを出してしまうのもやめたい（昭和感）。

二章

取られるのはあっけ

DDの助手

左上の親不知(おやしらず)を抜き、現在、左顔面が腫れている。しかしだれからも指摘されない。どういうことだ、おい。もとから顔がぱんぱんだったってことか。

以前から、疲れると親不知が痛んでいたのだが、痛くなどないと自分に言い聞かせてきた。だが、とうとう炎症で顎(あご)が動かなくなってしまった。箸(はし)の幅ぶんすら、口をひらけないのだ。飯粒をひとつずつ吸いこむのが面倒くさくなり、近所の歯科医院へ行った。とはいえ口をひらけないから、診察もままならない。痛み止めと抗生物質をもらい、なんとか顎の関節が動くようになるまで、「腹話術師みたいにしゃべるひと」として過ごす。そのあいだにバキューム食事法が上達したためか、体重は微塵も減らず。おおいに損をした気持ちになる。

一週間後、再び歯医者さんに診(み)てもらったところ、「絶対に抜かねばならない状態だが、大きな病院へ行ったほうがいい」とのこと。親不知を抜いた穴が、上顎洞(じょうがくどう)（口のうえ、鼻のうしろにある空洞らしい）まで貫通し、口と鼻がつながってしまうかもしれないからだそうだ。

「それはつまり、『鼻から牛乳』状態になるおそれがある、ということですか？」

「……そうです」

厳かにうなずく先生。こりゃ大変だ。紹介状を書いてもらい、某大学病院へ行く。

イケメンでSっ気の感じられる先生が、大学病院での私の担当医ということになった。

先生は私の口のなかを丁寧に診たのち、抜歯の予約を取ってくれた。すべてがさくさく決められていくので、私は少々動揺した。先生は若く見えるが、経験値とか腕前とかはいかがな感じなのだろうか。通常だったら、そんな失礼な疑問は口に出せないが、なにしろこちとら、「鼻から牛乳」になるか否かの瀬戸際である。思いきって、

「先生はそのぅ、私のような症例の親不知を、これまで何本ぐらい抜きましたか」

と尋ねた。すると先生は、

「ふっ」

と鼻で笑った。「無数本ですよ」

ああん、なんて頼もしい！　先生からだだ漏れるドS感に押し切られ、「すべてを委ねます」という心持ちになる。

そして、ようやく抜歯の日を迎えたのだが、大学病院は人手不足らしく、機具の準備もすべて先生一人でやっていた。おーい、看護師さんとか歯科衛生士さんとかがサポートせんのかーい。先生は、でかいペンチや生理食塩水の入った極太の注射器のようなも

のを、ことりことりと台に載せていく。ドＳドクター（略してＤＤ）に、総入れ歯にされたりせんじゃろか。涙目で震える。

いざ抜歯という局面になったら、だれかサポートにつくのではと期待したのだが、ＤＤはやはり一人で私の親不知に立ち向かいはじめた。麻酔が効いてるのでよくわからないが、我が歯肉を切開し、歯やら骨やらをガリガリやり、ペンチでぐいぐい引っ張るＤＤ。合間に、口内にあふれた血やら唾液やらを機具で吸い取るＤＤ。千手観音なみの活躍をつづけること二十分、無事に親不知が抜けた。

ＤＤは歯が抜けたあとの穴を、生理食塩水でじゃぶじゃぶ洗った。

「どうですか、鼻のほうに水が抜けてる感覚がありますか」

「びべ、びょぐばがびばでん（いえ、よくわかりません）」

「わからないということは、穴は貫通しなかったんだな」

そのときのＤＤのドヤ顔を、みなさまにお見せしたかった。無数本の親不知を抜いてきたＤＤのたしかな手技によって、私は「鼻から牛乳」状態に陥る危機を脱せたのだった。ありがとう、ＤＤ！

次は縫合だ。ＤＤは私の唇に棒を引っかけ、グイーッと口を横にひらかせた。だが、ここで問題が発生した。棒を持つ手。針を持つ手。糸を操る手。都合、三つの手が必要なのに、ＤＤには手が二つしかなかったのだ！

「あれっ」

とDDは言い、しばらく一人でなんとかしようと試行錯誤していたが、ついに、

「すみませんけど、この棒を持っててくれますか」

と私に持ちかけてきた。

ううう、なにが哀しくて、自ら壮絶なぶさいく顔を作成せねばならんのか。しかし、DDに逆らえるはずもない。私はおとなしく棒を握り、自分で自分の口をグイーッと引っ張ってひらいた。その隙に穴は縫いあわされ、すべての処置が完了した。抜いた親不知は、DDが小さな袋に入れ、記念に持ち帰らせてくれた。

この原稿を書いているいま、左腕がにぶく痛む。「麻酔の後遺症か!?」と思っていたのだが、書くうちに真相にたどりついた。左手で棒を持ち、必死に自分の口を引っ張ったからだ。親不知を抜いて、まさかの筋肉痛になるの巻。

あと三本、抜かねばならぬ親不知が残っているが、「口引っ張り棒」の扱いは習得したので、大丈夫だ。DD、これからは私が率先してサポートします!

声出していこう！

私は肉食だ。恋愛方面にむちゃくちゃ積極的なのだ。というのは嘘だ。いらん見栄を張ってしまった。

肉が大好きなのである。「YASAI？　ホワーッツ？」となるぐらい、肉にしか目が行かない。しかしそんな私も、さすがに夏の暑さに負け、魚を食べたくなった。そうだ、寿司食べよう！　焼き魚でも煮魚でもなく、酷暑のさなかに生魚を食べたがるあたり、あくまでも肉々しい食の嗜好だ。

奮発して、近所にある回転していない寿司屋へ行ってみることにした。一品料理も充実した店で、カウンター内では若い寿司職人さんが大勢立ち働いていた。

彼らの威勢のよさといったら、ただごとではない。私が店内に一歩足を踏み入れた瞬間に、

「らっしゃっせー！（いらっしゃいませ）」

と一人が叫んだ。すると、カウンター内にいる職人全員が次々と、

「らっしゃっせー！」

「らっしゃっせー！」と叫びだしたのだ。鬼気迫る輪唱がはじまったのかと思った。「らっしゃっせー！」を受け渡していくリレー競技があったら、彼らは確実に一等になれる。

たじろぎつつカウンター席に腰を下ろしたとき、厨房の奥から「らっしゃっせー！」という声が聞こえてきた。間の抜けたやまびこかと思ったが、カウンター内にいる職人さんから、厨房にいる姿の見えない職人さんまで、「らっしゃっせー！」がようやく無事に受け渡されきったのである。俺、すでにおしぼりで手を拭いているのだが……。時差。

一事が万事この調子で、料理を注文しても、「へい、○○一丁！」と、厨房の奥まで順繰りに口伝えられていく。鼓膜が破れそうなぐらい声がでかいので、最初の一人が言った「へい、○○一丁！」のみで、充分に厨房の奥まで聞こえていると思うのだが、律義に口伝える。

とはいえ、各々の作業に夢中になるあまり、無言になってしまうときもある。すると、だれか一人がハッとしたように、「声出していこう！」と叫ぶ。残りの職人さんも夢から覚めたかのごとくハッとなって、「押忍！　声出していこう！」と口々に叫ぶ。やや遅れて厨房にも伝令が到達し、やっぱり間の抜けたやまびこのように、「声出していこう！」。

なんなんだ。ラグビー部か。あるいは雪山で遭難し、声出して暖を取ろうという作戦か。充分すぎるぐらい熱帯夜がつづいてるのに。

料理も寿司もおいしかったが、なんだか喉に詰まりそうな気持ちになったことだ。

しかしもし、「顔色が悪く、足もとがふらふらしていて、ため息ばかりつくお寿司屋さん」があったとしたら、それはそれでなんだかいやだ。そう考えると、あの威勢のよさは、「ネタの鮮度のよさ」を体現するための演出なのだろうと了解される。商店街の魚屋さんや八百屋さんも、たいてい威勢よく「らっしゃい、らっしゃい」と言ってるもんな。同じく鮮度が問われそうな肉屋さんは、そこまで威勢のいい印象がないが、たぶん店の一角でコロッケやメンチカツを揚げているからだろう。揚げ物をしてるときに叫ぶのは、気が散って危険である。

お花屋さんも鮮度が大事だけれど、文化系のイメージを守るためか、仏花も扱っているためか、威勢のよさはない。叫ぶケーキ屋さんというのも知らない。これもまた、オシャレなイメージが大切だし、原材料そのものを売っているわけではないからだろう。スーパーでも、生鮮食品売場ではにぎやかに音楽やらお買い得情報の音声やらが流れているが、歯ブラシや排水口ネットなどの売場は比較的静かだ。

だんだんわかってきた。加熱や加工が施された商品を扱う店舗は黙々としており、なまものの活きのよさをアピールせねばならぬ店舗は威勢がいいのだ。あの寿司屋の職人さんたちは、よりよく商品を提供しよう、商品により満足してもらおうと念じるあまり、ついにはピッチピチの魚との自己同一化が極まり、太平洋を超高速で泳ぎまわる魚群のように元気いっぱいになってしまったというわけだろう。

職業が人間をつくる、という側面は確実にあると思う。お寿司屋さんが魚そのものの活きのよさを体現してみせるのと同じく、最初は適性がないと思っていた仕事であっても、一生懸命に取り組んでいるうちに、「その職業に就いているひと」っぽい顔つきや身ごなしになっていくことはあるのではないか。

じゃあ、「小説家っぽさ」ってあるだろうか、と考えてみる。……特に思いつかないが、少なくとも声は出さない。危機に瀕したシーンや濡れ場を書いているときに、いちいち声を出していたらただの変態だからだ。でも、鮮度満点の小説を書くために、お寿司屋さんを見習うべきかもしれない。「ばっちこーい！　はい、いまそこにビシッと『、』を打つ！　気張っていこーう！」。……変態だ。

自分について相談したい

最近、仕事の量を少し減らしていたのだが（寄る年波に勝てなかった）、ここ一カ月はひさびさの危機であった。いやあ、原稿がまにあわなくて、雑誌のページが白くなってしまうのではないかと、我が顔面も蒼白（そうはく）と化しました。

と言いつつ現在も、危機の最後の山を無事に越えきれるかどうかの瀬戸際。このページになにも印刷されてなかったら、念のため炙りだしを試み、たぶん文字はなにも浮かびあがらないので、メモ帳としてお使いください。すみません（さきに謝っておく戦法）。

そういう、生きるか死ぬかの攻防（おおげさ）を繰り広げているときにかぎって、パソコンが壊れる。五秒に一回、電源が勝手に落ちる状態となったパソコンをまえに、私はこれまで私を通りすぎていった過去の男（パソコン）を、遠い目で勘定した。

がっしりしたひと（デスクトップ型パソコン）、軽量級のひと（ノートパソコン）、さまざまな個性の持ち主がいたが、十五年間で七、八人とつきあったと思う。しかも、交際相手が途切れる期間もなく、次々と。正直に言って、二股をかけてる時期も多いんです（つまり、パソコン二台使い）。んまあ、モテモテやんけ自分！

……むなしい。おとなしく家電量販店に行き、新しい男性を自宅に迎え入れました。こちとら交際のプロですから、一日かけてさくさくとセッティング終了。それは「さくさく」とは言わないか。どうしてパソコンって、なんの断りもなく仕様を変更するのだ。毎度、手こずらせおって。

だが、問題は完全解決には至らなかった。以前からの同居人であるプリンターが動かない。ぎゃー、なんで！　ちゃんとパソコンを設定したはずなのに。もしかしてプリンくん、新パソに嫉妬している!?　やめて、私のために争わないでー！　モテるってつらい。

と、部屋で一人芝居するのにも疲れたので、プリンター会社の「お客さま相談室」へ電話をかけた。全国から相談が寄せられているらしく、電話はなかなかつながらない。何度か挑戦し、ようやっと係のひとが出たので、「プリンターが動かなくなってしまいました」と、すがる思いで訴える。

すると係のひとは、

「弊社の製品がご迷惑をおかけし、大変申し訳ありません」

と丁寧に言った。まさかの、プリンター擬人化。プリンターに対する親心のようなものを感じ、

「いえ、ちがうんです。私の扱いが悪くて、グレちゃったんです」

と、へどもどと状況を説明した。さすがに、三角関係に陥ったとは言わなかったが。

　そして、電話して三分後。係のひとの指示に従い、プリンターのほうの設定をいじったら、プリンくんはあっさり気を取り直し、もとどおり快調に動きだした。

　私は、プリンくんはパソコンと無線で連動しているものと思いこんでいたのだが、実は有線でつながっており、プリンくんの設定が「無線」になっていては動かないのも道理だ。固い絆（ケーブル）で結ばれていたのは、プリンくんと新パソだったのだ。両者のあいだに割りこんだお邪魔虫は、私だったのだ！　おお、なんてこと。

　うん、プリンターとパソコンの外付けハードディスクが、青いケーブルでつながってるみたいだなあと、薄々気づいてはいたんです。電話で相談してるのを幸いに、二分三十秒間ぐらい、ケーブルの存在を見て見ぬふりしていただけで。だって、こんな初歩的な事案で電話してしまっただなんて、恥ずかしいではないか！　かなうことならケーブルをひきちぎり、「無線です」と言い張りたかったよ。

　プリンくんの設定がなぜ「無線」になっちゃったのかは謎のままだったが（百パーセント、私が変な操作をしたにちがいない）、係のひとをわずらわせてしまったことに、恐縮の極致でお詫びとお礼を述べる。

　係のひとはさわやかに、

「いいえ、直ってよかったです。今後も、弊社の製品をよろしくお願いします」と言ってくれた。ひとさまの愛児を預かった気持ちになり、プリンくんをいっそう大切に扱おうと決意する。御社のご子息は頑丈かつ有能です。故障してるのは私の脳みそのほうなのです……！

「お客さま相談室」には、全国の機械オンチからひっきりなしに、「助けてー！」という声が届いているのだろう。そうだと思いたい。机上を這うケーブルが目に入っていたのに、「おかしいな」（↑おかしいのはおまえだ）と電話するのは私ぐらいだなんて、そんなことはないはずだと思いたい。

　こうして、無事に従来の作業環境を取り戻せたので、危機の山を乗り越え、このページにも文字が印刷されているはずだ。いかがでしょうか、お読みになれていますか？実は新パソではなくミカンの汁で書いているので、一見白紙のようでも炙りだしを試み……って、火事になったら危険だから、おやめください。

　小学生のころ、年賀状をミカンの汁で書くのが大流行だったのだが、あれはなんだったんだろうな。

孤高の孤島暮らし

静岡市内を歩いていたら、歩行者用の信号機のメロディーが『ふじの山』だった。

「あたまを雲の上に出し」という歌詞の歌だ。

「あ、富士山だ。さすが静岡ですね」

と、同行者Aさん（三十代前半）と言っていたら、同行者Bさん（二十代半ば）が、

「どこどこ？　どこに富士山が見えます？」

と、きょろきょろしだした。Aさんと私は衝撃を受けた。

「もしやBさん、この歌を知らんのか!?」

「フランスで生まれ育ち、富士山をはじめて見たのがつい最近のことだとか？」

「神奈川県で生まれ育ちましたよ」

Bさんは不服そうだ。「このメロディーが、富士山の歌なんですか？　そんなに有名な曲？」

「有名だよ！　静岡県民ならずとも、小学校の音楽の授業で歌ったぐらいだもん」

私はごくりと唾をのみこんだ。「……つかぬことを尋ねるが、Bさんの小学生時代に

は、なにを歌っていたんだね？　学校で配られる『歌の本』みたいな歌詞集があっただろう。あれに、どんな曲が載っていた？」

「SMAPの『世界に一つだけの花』とかが載ってましたね」

ジェ、ジェネレーションギャップ！　私が小学生のころ、「売れてる歌」として『歌の本』に載っていたのは、赤い鳥（フォークグループ）の『翼をください』ぐらいだったぞ。SMAPおよび槇原敬之のすごさを改めて実感したのだった。

自分が中年と呼ばれても反論できない年齢になって、「流行に一番ついていけてないのは、一部の中年なのではないか」と、つくづく思うことが増えた。いや、さすがに『世界に一つだけの花』は知っているが、「三代目J Soul Brothersの曲を挙げよ」と言われると、すみません、わかりません。

流行に疎いと思われがちな高齢者は、実は案外、世間の動きをよく知っている。私の亡き祖母は、若い俳優さんの顔と名前ばかりかプロフィールまでちゃんと把握していた。

思うに、高齢者は比較的時間に余裕があり、家でテレビをよく見ている。特に女性は、年を取っても好奇心旺盛なひとが多いし、近所のお友だちと井戸端会議などもする。そのため、最新情報を潤沢に入手できるのだろう。しかし、仕事や子育てに忙しい世代は、新規情報を摂取する余裕も意欲もなくなりがちなうえ、職場などでも似たような状態に置かれたひとと接する機会が多いので、必然的に流行に取り残されることになるのではないか。

むろん、年齢に関係なく、世の中の動向に敏感なひとは一定数いるが、おおまかな傾向として、人生の繁忙期にあるひとのほうが情報孤島の住民になりやすい気がするなと、我と我が周辺の人々を眺めていると思うのである。

『ふじの山』以外で、最近「なんと！」と驚いたのは、マスキングテープだ。かわいい柄のマスキングテープが大量に売られているが、私は以前から不思議でならなかった。いったいみんな、なにをそんなにマスクしているのか？

誤解しないでほしい。私とて、マスキングテープをいくつか持っている！　はずれては困る付箋（ふせん）を補強する際などに、活用している！　だけどマスキングテープって、手紙や荷物の封をするにはやや心もとないし、使い道がきわめて限られていないか？　私の場合、五年ぐらいまえに買ったマスキングテープが、まだ残っているほどだ。そこまで需要の高い品とも思えぬのに、これほど多種多様かつ大量のマスキングテープが店に並ぶ理由がわからん。

そしたら知人が教えてくれました。マスキングテープは、ものを留（と）めるために使うというよりは、主に手帳や日記をかわいく装飾するために使われているのだと。ネットで検索して実用例も見せてくれたのだが、マスキングテープやシールでページを飾った日記の画像が、ざくざくヒットした。まじか！　毎晩、どれだけの時間をかけて日記をつけているんだ。早く寝たほうがいいんじゃないかと気が揉めるも、凝った日記の数々に感嘆&衝撃だった。

彼我の差が那辺にあるかわかった気がする。マメさだ。私に決定的に欠けているのは、マメさなのだ。付箋の根もとをちまちま留められれば、それでよし。マスキングテープを実用一辺倒の物品だと認識してきた、この武張った精神が、流行への乗り遅れにも影響を及ぼしているのだろう。マメに情報をチェックしてる時間があったら、漫画を読む。それ以外のものなど、我が人生には不要。（漫画）武士道。寒風吹きすさぶ板張りの道場で、着古した袴を身につけ裸足で正座するがごとき心持ちがしてきた。だが、すでに足がしびれているので動くこともままならない。高齢者になっても、私は情報迷子のまま道場で即身成仏（？）しそうである。

白紙がつづく日記帳、使いきれず残されるいくつかのマスキングテープ。これをさびしさ（あるいはむなしさ）と言うのなら、私は従容と引き受けよう。さびしさやむなしさよりも、マメな情報チェックと日記つけのほうが苦行。それがマメじゃない人間というものだ！（ダメ宣言こそ声高になるの法則）

追記：マスキングテープはあいかわらずちまちまとしか使えていないが、三代目J Soul Brothersの歌はわかるようになった（ドヤ！）。なんなら、彼らのグループ名が二〇一九年からすべて大文字表記に変わったこともちゃんと把握している(ドヤドヤ!)。

なぜ流行歌に追いついたのか、ていうか三代目に脳を焼かれることになったのかは、本書を読み進めたらお察しいただけるかと思う。「こいつ、また様子がおかしい……」ってあきれられそうでこわいんですけど、寒風吹きすさぶ道場から飛びだして花咲き乱れる原っぱで転げまわってるみたいな気分でござるよ、いまの拙者は!

もしかして、これが噂に聞く恋というもの!? ちがうな。浮かれ武士の妄言でござった。

危険な粉末

調味料は大事だという。

十年ほどまえ、半信半疑ながら、食卓塩ではなく「こだわりの天然塩」的なものに替えてみた。すると、ほんとだ、料理がおいしくなった（気がする）！　以来、塩は一応、「こだわりの天然塩」的なものを使っている。

とはいえ、お取り寄せとかではなく、近所のスーパーで売っている商品のなかから適当に選ぶ。このあたりに、調理にかける意欲の低さが透けて見える感がある。案の定、塩で満足した私は、コショウについてはまったく手つかずのまま、つい先日までぼんやり過ごしていた。つまり、食卓コショウ（小瓶に入った砂状のもの。廉価）を使用しつづけていた。

しかし一週間まえ、拙宅に調味料革命が起きたのだ。知人から、「スペイン・バスク地方の調味料」をいただいたのである。乾燥させたトウガラシやら、コショウをはじめとする数種類のスパイスやらを、知人自らがブレンドかつ粉砕したものだ。ピリリとからいなかに、言語化が不可能なほど複雑で深い風味があり、むっちゃおいしい。商品化したら絶対売れると思うのだが、知人は美味を求めて世界中の市場を旅する以外に、特に野心や欲望はないらしく、秘伝のレシピに基づき、材料をひたすらすりこぎで粉砕しては、知りあいにお裾分けするのを喜びとしている。あなたは調味料聖人なのですか？

（ありがたさのあまり、思わず直訳調で問いかける）

そんな調味料聖人に、「私はふだん、食卓コショウを使ってます……」と告白したところ、聖人は「やんぬるかな」という表情になった。聖人曰く、コショウは料理においてきわめて重要なのだそうだ。そりゃそうだよな。コショウをはじめとするスパイスを手に入れたくて、ヨーロッパ人は船で世界中へ繰りだしたのだとも言えるのだから。コショウが、「料理にかけてもかけなくても、まあ結果は同じですね」という程度の代物だったら、わざわざ荒波を越えようとは思わんだろう。

調理にかける意欲が著しく低い私も、「バスク地方の調味料」のうまさに、カッと目を見開いた。これは……、料理を作らずにはいられない！

まずは、めったに買わない牛肉（しかもステーキ肉）を購入し、焼いた。しょうゆをちょいと垂らし、バス調（と略す）をふりかけて食べる。うまい！　肉を焼きすぎたかなと思ったが、バス調さえあれば、たとえ木炭であってもおいしくいただけるかもしれぬ。

気をよくした私は冷凍庫内を発掘し、いつから凍っていたか不明な白身魚の切り身を使って、アクアパッツァを作った。むろん、バス調を投入。うまい！　バス調は魔法の調味料。たとえシーラカンスのアクアパッツァでも、洗練された一品になること請けあいだ。

その後も、アクアパッツァの残り汁にトマトの水煮缶（賞味期限切れ）とアサリを追加し、バス調で味をととのえてパスタソースに。フライパンでポップコーンを作り、バス調&カレー粉味に。それならいっそ、とカレーを大鍋いっぱい作製し、バス調を隠し味に（市販のルーが、ちょいと本格風なスパイスカレー味になった）。

とにかく、ありとあらゆる料理にバス調を使いまくった。ちなみに、納豆にふりかけてもおいしかった。そんなにバス調を使ったら、ありとあらゆる料理がバス調の味になってしまうのでは、と心配されるかたもおられるかと思うが、全然大丈夫でした。バス調は、あくまでも素材の引き立て役に徹するみたいで、味が単調になるということはまったくなかった。

そんなこんなで、私は一週間で見事、二キロ太りました！　がびーん。おそろしい調味料だな、バス調。

たしかに、スパイスは料理をおいしくし、食欲を増進させる。フランスの王さまの肖像画など、かぼちゃパンツから突きでた白タイツの脚が、どのひともむっちりしている印象があるが、あれはスパイスのせいだったんだ。たぶん。「スパイスうめえ！」って、美食三昧で貴族がデブデブしたから革命が起こったんだ。たぶん。スパイスめ、拙宅に調味料革命を起こしたのみならず、フランス革命の原因にもなっていたとは……（↑いや勝手に適当なことを言ってるだけです）。私は、「バス調を使った料理は三日に一度まで」と自分に言い聞かせ、バス調袋をそっと冷蔵庫にしまったのでした。おいしいからといって、やたらめったらスパイスを多用するのは（体重的に）危険です。みなさまもお気をつけください。

そうだ、万能かと思われたバス調だが、インスタントラーメンに関してのみは、食卓コショウのほうがしっくりくる気がする。慣れ親しんだ味というか、ジャンク感というか（すまん、インスタントラーメン&食卓コショウよ）、こだわりの調味料じゃないほうがおいしいこともあるのが、食の不思議かつ奥深いところなのだろう。

抜歯涅槃図

数カ月まえ、某大学病院でドSドクター（略してDD）に左上の親不知を抜いてもらった話を書いたが、このたびようやく、右上の親不知も抜いた。どうしてこんなに間が空いたかというと、私が日付を勘違いし、予約を一回すっぽかしてしまったからだ。

社会人失格な失態のうえに、相手はDD。ぶるぶる震えながらお詫びの電話を入れたところ、DDはあきれつつも患者を見放すことなく、新たに予約を入れ直してくれた。だが、DDはべつの部署に異動してしまうとのことで、後任の担当医としてニュードクター（略してND）が就任することになった。

NDはDDよりもさらに若く、DDとタイプはちがえどイケメンである。苦悶するぶさいく顔をまたもイケメンに見られてしまうのか……、と暗澹たる気持ちになりつつ、観念して診察台に横たわる。

前回は看護師さんも歯科衛生士さんもおらず、DDが一人で親不知と格闘したのだが、今回は研修医らしき女性が三人、私の頭上を取り囲んだ。彼女たちは機具で口内の血やら唾液やらを吸い取ってくれながら、NDの手もとを注視する。

とはいえ実際は、親不知を抜くさまはなにも見えなかったにちがいない。私の口が小さいうえに、親不知はとんでもなく奥まったところに鎮座しており、NDですら手探りで抜歯していたからだ。口のなかは、NDの指とペンチでもういっぱい。

「あがががが、ふぇんふぇい（先生）！」

「なんですか？」

と、手を止めるND。

「失礼ですが、いま先生が引っ張ってるのは、本当に親不知でしょうか。なんだかその手前の奥歯が抜けそうなんですが」

「大丈夫です、奥歯は僕の指で押さえてます。しかし、親不知が奥歯に引っかかって生えていて、びくともしないんだな……」

NDはなおもぐいぐいと、ペンチで歯を引っ張った。

「ふぇんふぇい！」（←うるさい患者だ）

「なんですか？」

と、再び手を止めるND。

「まじで唇が裂けそうなんですが」

「すみません。しかし、我慢してください」

ええー、無理だよ！　と思うぐらい、機具で引っ張られて唇が痛い。だが、真剣な表情かつ渾身の力で親不知を引っ張りつづけるＮＤを見ると、ギブアップもできない。研修医の先生がＮＤの要請に応え、親不知だか骨だかを砕くために、木槌を何度も機具に打ちつける。あがががが、脳髄に響きますわい……。

苦闘すること（↑ＮＤが）、四十分。親不知はあいかわらず不動に徹し、ＮＤにもさすがに疲労の色が見えてきた。私も、唇の痛みと緊張でわなわなしてたら、肩が凝ってきた。

そのころには、手のあいた歯医者さんたちが、「なんだなんだ」「ずいぶん手こずってるが、どうしたんだ」と、診察台のまわりにわらわら集まっていた。いままさに入滅せんとする釈迦を取り囲む弟子たちおよび森の動物たち、といった感じだ。某大学病院は、人員の配置がちょっとおかしくないか？　前回はＤＤが一人で抜歯、今回はＮＤはじめ十名弱の先生が集結、って明らかに偏りがありすぎるだろ！

だが、歯科医が何名集結してくれようとも、口内のスペースの関係上、施術できるのは一人だけ。頭上で抜歯の方針を検討しあう先生たちをよそに、歯と唇を引っ張られる恐怖で息も絶え絶えの私は、「なんでもいいから、早くなんとかしてくれ〜」と内心で力なく叫ぶしかなかった。

するとそこに、救世主が現れた！（たとえに使う宗教がごちゃまぜになってしまってますが）一同のなかでは一番年長らしい先生が登場したのだ。彼もまたイケメンで、

Sっ気があったので、ニュードSドクター（略してNDD）としよう。

NDDは、私を取り囲む歯医者さんたちをかき分け、我が口内とレントゲン写真を見比べると、「ああ、これはむずかしいね。ちょっと代わろうか」とクールに言った。NDDが即座に席を明け渡し、NDDは私の親不知をスクリュー状に引き抜きはじめた。

「あがががが」

「はーい、ほっぺたの力を抜いてください」

歯をねじのようにひねられてる人間に向かって、無茶な要求だぜ。だが、むろん文句は言えない。NDDのご要望に沿うようなるべく努力した結果、ついに、

「抜けたー！」

と、NDDが私の親不知を高く掲げた。居並ぶ先生たちが、「おおー」と低く感嘆の声を上げる。そばで様子を見守っていたNDが、

「がんばりましたね、三浦さん！　抜けましたよ！」

とねぎらってくれた。

「そうですか、よかった。お手数をおかけしまして……」

と、唇の痛みに涙目になりつつ礼を言う私。

苦闘すること（↑先生たちが）、トータルで一時間。見事、生まれました！　じゃないじゃない、親不知が抜けたのでした。

翌日は、アンジェリーナ・ジョリーと言えば聞こえがいいが、率直に言えばオバＱみたいに唇が腫れた。腫れが引いたあとも上唇と下唇の蝶番(ちょうつがい)部分に傷ができていて、しばらくは映画『ダークナイト』のジョーカーみたいだった。

口裂け女はチビッコたちを驚かすつもりなど毛頭なく、ただ単に、親不知を抜歯した直後だっただけなんじゃないかなと思う。

荒ぶる一家

近所の本屋さんが気になってたまらない。

家族経営の小さな店で、メインの品揃え（しなぞろえ）は雑誌と新刊漫画（それもメジャーな版元のもの）なのだが、隅っこの棚になぜか硬派なノンフィクションが入荷することがあり、私はひそかに楽しみにしている。

どの本屋さんに、どんな新刊を何冊卸（おろ）すかは、過去のデータに基づき、問屋さんが決める場合が多い。近所の本屋さんの規模からして、問屋さんが小説やノンフィクションの新刊をどんどん卸すとは考えにくい。部数には限りがあるので、発売当初はどうしても、お客さんの多い、大きな書店にたくさん卸したほうがいい、という判断になりやすいからだ。

つまり、近所の本屋さんに並んでいるノンフィクションは、問屋さんが卸してくれるのをボーッと待っていたものではなく、「この本をぜひ、うちの店にまわしてください」と、店員さんがわざわざ問屋さんに注文したものだと推測できる。店員さんのなかに、硬派なノンフィクションを好きなひとがいるのだろう。

だれだ？「おお、この本買おうと思ってたんだ！　まさか発売日当日に入荷しているとは」と、私を毎度喜ばせてくれているのは、だれなんだ？

なにしろ家族経営の小さな店だ。容疑者（？）は少ない。

一、おじいさん。店主らしい。いつも番台のようなスペースにおり、雑誌に紐をかけたり、お客さんに頼まれて本を探してあげたりしている。

二、おばあさん。店主の連れ合いらしい。私が漫画をレジに持っていくたび、「まあまあ、こんなに買ってくれてありがとね」と言う。そんなに大量の漫画を買ってるかなと、少々気恥ずかしい。

三、おじさん。配達に行ってることが多いようで、レアキャラ。店内にいるときは常に、棚に並んだ本や雑誌の乱れを直している。

四、おじさんの息子にして、おじいさんの孫らしい人物。四十代ぐらいだろうか。無口で無愛想だが、余った雑誌のおまけをチビッコにあげているところを、私は目撃したことがある。

五、パートのおばちゃんたち。みんなとにかく明るく、人当たりがいい。

六、愛犬の写真。レジに飾ってある。

うーん、よもや愛犬（しかも写真）が、硬派なノンフィクションを注文しないだろうしなあ。おじいさんが最もあやしいかな。うんうんうなりながら、注文伝票になにか書きこんでいるし。

ところでこの本屋さんには、もうひとつ気になる点がある。かなりの頻度で、壮絶な家族喧嘩が起こるのだ。店に八回行ったら、そのうち一回は必ず家族喧嘩に遭遇できる感じ。ふだんはきわめて温厚そうな一家だし、お客さんへの対応もとても丁寧なのだが、喧嘩が勃発すると人目など気にせず罵りあう。そのあいだ、パートのおばちゃんたちも客も、素知らぬ顔で嵐が通り過ぎるのを待つほかない。

あるときは、店内が混んでいて人手がたりないうえに店の電話が鳴り響き、パニックになったおじいさんが、「おい、電話取ってくれ！」とおばあさんに怒鳴った。すると、レジでプレゼント用包装に苦心していたおばあさんが、「足で取れってんのかい！　あんたが取ればいいでしょ、気が利かない！」と怒鳴り返した。包装を頼んだお客さんは恐縮し、「すみません、自分で包みますから」と申しでていた。

またあるときは、おじさんと息子が、雑誌の陳列をめぐって激烈に罵倒しあっていた。「この並びはおかしいだろ！」「うるせえな、このほうがいいんだ！」「よくない！　俺が何十年本屋やってると思う！」「親父は雑誌ってもんがわかってないんだよ！」「なんだと、もう一度言ってみろ！」。そこへおじいさんが仲裁に入る。「バカヤロウ！　お客さまがおられるんだぞ、静かにしろ！」。しかしむろん、おじいさんの一喝が一番の大声なのだった。

なんでこんな、血で血を洗う抗争みたいなことになってるんだ？　かれらの喧嘩に遭遇するたび、少々たじろぐ。店員のだれかは、生き馬の目を抜くような店内の人間関係に恐れをなし、ノンフィクションを愛読することを通して、現実社会でのサバイバルの方法を学ぼうとしているのか？

だが、ちょっと安心もする。ＣＭに出てくるような仲良し家族って、嘘なんだな、と。私も家族とひとつ屋根の下に暮らしていたころは、しょっちゅう壮絶な怒鳴りあい、罵りあいを繰り広げていた。「ほかの家族もこんな感じなのか？　うちだけがおかしいという可能性も否定しきれないぞ」と疑念を抱いていた。

ありがとう、近所の本屋さん！　仕事熱心なうえに、激烈な家族バトルまで見せてくれて！　「やっぱり、うちだけじゃないんだ。家族ってこんなもんだよね、うんうん」と安心しているお客さんは、たぶん私のほかにもいると思う。

客がいようといまいと、言いたいことは言う。しかも激しく言いあう。本屋さん一家のフリーダムな魂が感じられて、なんだか愛(いと)おしいときがある。今後も死人が出ない程度に、心の赴(おもむ)くまま喧嘩してほしい！

詫びつづけの夜

私は誤解していた。男っちゅうのは基本的に、若くてかわいい女性にだけ親切にするもんなんだろう、と。

若かったことはあるがかわいかったことがない私は、町で道に迷ったときも、貧血を起こして電車内で顔面蒼白になったときも、おばさんやおばあさんに助けられてきた。駅のホームで貧血を起こし、バターンと倒れ伏したときは、さすがに若い男性が抱えあげようとしてくれたが（だが、彼は私の体重に負け、ひきずるのが精一杯だった。巨大で面目ない）。

以上の経験則から、私は勝手に、男性は若くてかわいい女性しか視界に入ってないんだろうなと思っていたのである。

しかし先日、その浅はかな認識を覆す出来事があった。私は仕事の打ち合わせを終え、夜に自転車で駅から自宅へ向かっていた。翌日の朝食を買おうと、途中のコンビニの駐車場に自転車を停める。だが、籠に大量の資料を載せていたため、バランスを崩して自転車が倒れてしまった。籠から資料がばらまかれ、拾い集めたり自転車を起こそうとしたりで、一人でてんやわんやになる。あたりが暗かったので、作業はなかなか進まない。するとコンビニの表で煙草を吸っていた若い男性が、スッと寄ってきて自転車を起こし、資料もまとめて籠に入れてくれたのだ。私はたいそう感激&恐縮し、お礼を言った。彼はクールな感じに「いえいえ」と言い、もとの喫煙所に戻って、新たな煙草に火をつけた。吸いかけていた煙草をわざわざ消して、助けにきてくれたのである。

コンビニでおにぎりを二個買い、まだ表で煙草を吸っていた彼に再びお礼を言って、私は自転車で家を目指した。なんていいひとなのだ。自転車を漕ぎながら、私はこれまでの自分の認識が誤っていたことを悟った。べつに若くもかわいくもない女に対しても、親切にしてくれる男性はいるのだ。

全俺が泣きながら全男性に詫びた！

性別に関係なく、親切なひとも不親切なひともいる。考えてみりゃあ、あたりまえのことだ。私だってこれまで、親しい間柄にある男性から親切にされてきた。にもかかわらず、なぜ「どうせ男っちゅうのは（以下略）」と認識していたかというと、まったく見知らぬひとから受ける親切の割合は、圧倒的におばさんやおばあさんからのものが多いように感じられたからだ。

この感覚が勘違いではないとしたら、ではどうして、男性は見知らぬひと（特に女性）への親切をためらうのか。たぶん、「下心があると誤解されたくない」「相手に警戒されたら悲しい」と思うからだろう。大丈夫！　世の中の大半の女性は、自分のことを過分に見積もってなどいないので、「あら、この男、あたしに下心があるのね」なんて誤解しません。困ってるひとがいたら、安心してじゃんじゃん親切にしてあげてほしい。

はっ。こう書いていて気づいた。コンビニの駐車場で私を助けてくれた彼は、「この女なら、俺が親切にしても、まさか勘違いはしないだろう。だって若くもかわいくもないもんな」と思ったのかもしれない。つまり、親切というよりも介護寄りの行いだったのか……。ううん、それでもかまわない。事実、私はとても助かったのだし、ひとの心の優しさに触れることができたのだから。年を取るのって悪いことばかりではないなと、こういうときに思う。

そういうわけで、あたたかき行いに接し、寒風にも負けぬ心持ちになって自転車を漕いでいたのだが、今夜じゅうに連絡せねばならぬ事案を思い出し、携帯で電話をかけた。いや、自転車を漕ぎながら電話するのはいけません。しかし、車もひとも通らない細い道だし、すぐに終わる用件だし、まあいいかなーと。

そしたら相手が電話に出た瞬間に、背後から声をかけられた。

「自転車に乗りながらの通話はいけません」

驚いて振り返ると、自転車に乗った女性警察官だった。あわわ。急いで携帯をコートのポケットにつっこみ、へこへこ謝る。

全俺が泣きながら全自転車に乗ってるときの携帯使用を詫びた！

警察官は「念のため」と、自転車の登録番号を照会した。警察官が持っている携帯で、簡単に番号と持ち主をチェックすることができるのだそうだ。無事、自転車は私のものだと判明し、お縄にかからずにすんだのだった。

うーむ、人生初の職務質問。私はこれまで、男女の差は那辺にありやという問いに対し、「男性のほうが、職質を受けた経験を持つものが多い」と答えてきたのだが（「なんで男ばっかり怪しむんだよ」と、男性はもっと抗議していいと思う）、この認識にも修正を加えねばならんかもしれん。

もしくは、私がどんどん「女」という生き物からかけ離れたなにかになりつつあるということなのか？　うしろ姿だと、自転車をてれてれ漕ぎながら通話してるおっちゃんに見えたとか？　相当まずいな、こりゃ……。

ちなみに、帰宅してからポケットのなかの携帯に、おそるおそる「もしもし？」と呼びかけてみたら、相手は切らずに待っててくれたらしく、「電話をかけてきといて、いったいだれとしゃべってたんですか？」と、あきれ声が返ってきた。おまわりさんだよ！

文庫追記：先日、またしてもひとの親切に触れる経験をした。大きな鞄と、大きな紙袋を両手に提げて山手線に乗ったら、目のまえに座っていた三十代ぐらいの男性がすっと立ちあがり、「どうぞ」と席を譲ってくれたのだ。

「いえいえ、嵩はありますけど、てんで見かけ倒しで軽いものなんです（私がではなく、荷物が、だ。そして事実、紙袋の中身はおせんべいだった）」

　と遠慮したのだが、

「それでも、大きな荷物を持って立っているのは大変ですから」

と言う。なんて紳士的なかたなのだ。お礼を言って、ありがたく座らせてもらった。

またべつの日、わりと混みあっている電車のドア口付近に立っていたら、車体が揺れ、私だけなぜかふわーっと体が浮いて、背中から倒れこみそうになった。みんなが同じように揺れているはずなのに、一人だけ体勢を大きく崩すさまって、電車内でちょくちょく見かけますよね。あれはどういう仕組みで起きるものなんだろう。本人も無自覚なぐらいの、重心をかける足を替えようとするちょっとした瞬間に揺れが来て、踏ん張りが利かなかったということなのだろうか。

　とにかくそのときも、原因は不明ながら体が浮いた私は、咄嗟に手すりか吊り革につかまろうとするも周囲に見当たらず、思わず隣に立っていた男子高校生の腕にガシッとすがりついてしまった。「溺れるものは藁をもつかむ」というのは、まことに真実をついたことわざである。男子高校生はスマホのゲームをしており、私がぶらさがったせいで操作を誤ってしまったのではないかと思うのだが、反射的に腕に力をこめ、引っぱりあげようとしてくれた。同時に私の背中は、うしろに立っていた三十代らしい男性が反射的に差しだした手に受け止められ、優しく支えられたのであった。二人の男性の見事な連携プレーにより、私は転倒をまぬがれ、無事に踏ん張りなおすことができた。

すっ転がって、後頭部を打っててもおかしくないところを、おかげさまで命拾いしたわい。相当の重量がかかったはずで、両者にへこへことお詫びとお礼を言い、そのあとはどんな揺れが来ても大丈夫なよう、ヤモリのごとくドアに貼りつくことに専念した。

いずれの出来事も、敬老の精神に基づく行いであったような気がしなくもないが、親切であることにはちがいない。私もかれらを見習い、的確に状況判断し、スマートに助けの手を差しのべられるようにしたいものだと思ったのだった。

なにごとも油断大敵

ひさしぶりに着物を着る機会があった。

季節や場面によって、着物にはいろいろ決まりごとがあるが、私はあまりよくわからない。老母（と言うと怒るが）にも出動を願い、簞笥（たんす）からなけなしの衣裳（いしょう）を引っ張りだした。帯はこれにしよう、となると帯締めは、帯揚げは、と決めていく。

洋服に比べるとやはり面倒だなと思うのだが、ああでもないこうでもないと色合わせなどを考えるのは楽しい。「あたしもおなごだったのだな」と、眠っていた女子力を全開にさせて、うきうきと小物類を選ぶ。

母も女子力ＭＡＸになったらしく、

「いっそのこと、振袖にしたら？　あんた独身なんだし」

と無茶なことを言いだした。たしかに独身ですけど、私もうけっこうな年なんですが。お年を召しても振袖を着るのが許され、なおかつ似合っているのは、演歌歌手か黒柳徹子（くろやなぎてつこ）さんぐらいだと思うんですが。

結局、黒い着物にした。両胸と背中に、紋を模したウサギの柄が入っている。帯は黒地に金の刺繡入り、帯揚げは赤、帯締めは黒と銀。よーし、映画『極道の妻たち』のコスプレみたいだ！

全然「よーし」じゃない。どうしてこうなってしまうのか謎だが、私の女子力は目覚めても眠ってるのと同然なんだな、ということはわかった。

準備した着物一式を箱に詰め、ホテルへ発送する。極道の妻感を少しでも払拭するため、帯は太鼓ではなく変わり結びにしたい。そこで、着付けをしてもらうことにしたのだ。

当日、ホテルのブライダルコーナーへ行くと、着付けしてくださる女性が諸事万端整えて待っていた。若いかただったが手慣れた様子で、苦しくないように調整しながら、うまく着付けてくれる。昔は補正のタオルを何枚も使用したものですが、いまは一枚で充分でした。私も成長（むろん縦にではなく）したものね、と感慨深い。

さて、帯を締めてもらおうという段で、私は眼前の姿見に目が釘付けになった。

ん……？　紋風のウサギの柄が、なんか妙にうえのほうにある。胸というより、肩近くに来てしまっている。

「あの、ちょっとすみません。柄の位置が変じゃないですかね。もう少し下に来ないとおかしいような……」

「あらっ、そうですね」

着付けのかたも鏡のなかで首をかしげた。「でも、襟(えり)を抜きすぎてるわけでもないし……」

私たちは顔を見合わせた。

「これはもしかして……」

「はい、お客さま。非常に申しあげにくいのですが……」

言葉を濁す着付けのかたに代わり、ズバリ説明いたしますと、私の肩（というか背中の肉）の厚みが増したんでございますの！　そのせいで布地を取られ、どう着付けしようと、柄が所定の位置より上がってしまう結果となってしまったんでございますの！

なんたること。道理で、タオルを一枚しか使わずにすんだわけだ。

「ぎゃー！」

私は恥ずかしさに絶叫した。「たしかにこの着物、二十年ほどまえに一度着たきりでした。そしてそのときは、いまより十キロぐらい体重軽くて、柄はちゃんと胸もとにあったのです！」

「お客さま……！」

着付けのかたも、笑いたいんだけど立場上笑うこともできず、この悲劇をまえにどういう表情を選択すればいいのやら、といった風情(ふぜい)であった。「わたくし精一杯、柄を下ろしてみせますから！」

現状を打破すべく、襟まわりやらなんやら、可能なかぎり引っ張ったり詰めたりゆるめたりしてくださり、なんとか、「そういえば、柄がちょっとうえに位置しすぎてるよね」ぐらいに誤魔化すことができたのだった。

「ぐすんぐすん。でもまあ、この二十年のあいだに、私も人間として大きくなったということですよね（↑「ものは言いようにも限度がある。無駄にポジティブだから、おまえは際限なく肥え太るのだ」と、もう一人の自分が言っているが、聞こえん。私はなーんも聞こえんぞ）」

「ぶほっ。ええ、そうですよ、お客さま！　堂々となさって！」

着付けのかたは、明るく励ましてくださった。よかった、腕があって、私の太りをもおおらかに受け止めてくれるひとで。

今回の件で得た教訓は、「太ったなと思ったら、紋付きを試しに着てみて、紋の位置を確認しておくべし」である。これがお葬式とかだったら、コトだったよ。肩に紋を乗っけた姿で参列するわけにいかないもんな。厳粛な場で、「水島（みずしま）ー、お前の肩に乗ってるの、インコじゃなくて紋だぞー」状態じゃ、まずいからな。

そして、着物を着て会ったひとたちからは、「まあ、貫禄（かんろく）がついて」と褒められ（？）ました。それ、横綱とかを評して言う言葉だから！

文庫追記：この項の「水島」について、連載時も単行本化の際も、編集さんや校閲さんから、「いまのお若いかたは、元ネタがわからないのでは……」と指摘があった。「そんなはずはない、水島は永遠だ」と頑なに突っぱねてきたのだが、文庫化にあたっても校閲さんから同様の指摘をいただくに至り、もはや認めざるをえない。お若いかたには、『ビルマの竪琴』は通じないのだ、と……！

説明しよう。映画『ビルマの竪琴』（市川崑監督、一九八五年版）で、中井貴一が演じているのが、水島上等兵だ。彼は戦争が終わったあともビルマ（現ミャンマー）に残り、僧侶となって戦没者の慰霊をしている。両肩にインコ（オウムだったかもしれない）を乗せた水島に向かって、仲間の兵隊さんが、「おーい、水島ー。一緒に日本に帰ろうー！」と呼びかけるシーンは、頻繁にテレビCMで流れたので、公開当時に物心がついてたひとは、たぶんみんな覚えていると思う。私はその後、本編自体もテレビで放映したときに見た気がするし、いい映画だなと思った気もするのだが、とにかく記憶が曖昧で、印象に残っているのはひたすら、水島の肩にインコ（オウムだったかもしれない）が乗ってたことなのだった。

未発見のニュータイプ

たてつづけに二人の女性から、

「最近、お化粧をしてる男子が増えましたよねー」

と言われた。二人とも職業がメイクさんなので、仕事相手である男性モデルのあいだで化粧がはやっている、ということかなと思い、

「へえ。やっぱりお仕事柄、美容に気をつかうんでしょうか」

などと、最初はトンチンカンな返答をしてしまっていた。

しかし、二人の話に耳を傾けるうちに、そうじゃないことがわかってきた。モデルとかミュージシャンとかに限らず、若い男性のあいだで、日常的にメイクするひとが増加中なのだそうだ。眉を整え、描くのはあたりまえ。ファンデーションだけでなくコンシーラーも駆使し、なんならアイラインまでちゃんと引いており、なおかつ、かなり完成度の高いナチュラルメイクらしい。女装という方向性ではなく、男性としてかっこよくきれいに見せるためのメイクである。

「まじか」

外出の予定がなければ、何日でも顔を洗わずにいられる私は驚いた。「でも、『増えてる』って言っても、一部の男子ですよね？」

「いえ、原宿とかにはいっぱいいます」

「はらじゅくか……。若いころもいまも、ほとんど行ったことないから、流行にちっとも気づけていなかったです」

「いえいえ、電車のなかとかでも、けっこう見かけますよ」

でんしゃか……。若いころもいまも……、乗ってるよ！　たぶん、彼らのナチュラルメイクの腕前がすごすぎて、私の眼力では、お化粧してることを見抜けずにいたのだろう。

メイクさん二人が異口同音に教えてくれた情報によると、彼らはプロも顔負けなほど、化粧品の成分などにも詳しくて、肌に優しい化粧水を自作するひとまでいるのだそうだ。すごい。ベランダで原料のハーブ栽培をはじめてもおかしくない。いや、もうとっくに育ててるかもしれんな。

メイクさんの一人は嘆息した。

「私は、頭のてっぺんからつまさきまで、一個の石鹼(せっけん)でガシガシ洗っちゃうような男性が好きなので、『なにもそこまで……』とも思うんですけどね」

もう一人のメイクさんは、

「ほら、男性は、凝ったらとことん、ってところがあるでしょう。ショコラティエも男性が多くて、『○○産のカカオと××産のカカオを何パーセントずつ配合して』とか、究極的には理科の実験みたいになってるし。お化粧する男子も、ちょっと似たところがある気がします。ゆくゆくは美容ライターとか化粧品の開発者とかになれるんじゃないかな、というぐらい、探求心にあふれてるんですよ」

　と感心しきりの様子だった。

　二人の話を聞きながら、私のなかではむくむくと希望ていうか野望が湧きあがっていた。

「そういう男子とつきあったとしたら」

　と私は言った。「私が化粧したまま寝ちゃっても、寝てるあいだに彼がメイク落としをしてくれるかもしれませんね」

「そりゃあ、きっとしてくれますよ。肌に優しいクレンジングオイルを使って、丁寧に！」

「さらに」

　と私は夢をふくらませた。「朝が来たら、まだ寝てる私の顔に、ばっちりメイクを施してくれるかもしれませんよね」

「そ、そりゃあ……。してくれるでしょう、たぶん」

「つきあいたい！」

　私は吼えた。「『若い』男子だとおっしゃいましたが、彼らは何歳ぐらいなんですか？」

　メイクさんたちによれば、お化粧をしているのは二十歳前後の男子だとのこと。ダブルスコアではないか。そこまで若い男性に、寝たままメイク落とし＆メイクをしてもらうとしたら、それは「親切な彼氏」という範疇を超えて、「介護および死化粧」という感が濃厚に漂う。ううむ、面倒くさいが、やはりメイク落とし＆メイクは自分でするしかないのか。そもそも、そんなことを面倒くさがるような女（しかも年齢は彼らの二倍）と、ちゃんと眉毛を整えてる男性がつきあってくれるはずもないか……。

しょんぼりすると同時に、私ももう少しお肌の手入れをきちんとせねば、と思ったのだった。

　それにしても、お化粧した若い男子を、私は未だに電車内で発見できたためしがない。こちらの予想以上にナチュラルメイクなのか？　オシャレ男子はこの路線を利用していないのか？　目につくのは、さりげなく鼻毛を抜いてるおっさんとかで、もうー！（怒）

　鼻毛を抜くおっさんは、今後徐々に勢力圏を狭められていくのだろうか。あと三十年もしたら、電車内でメイク直しをするおじさんがワイドショーで批判的に取りあげられるようになったりするのだろうか。おっさんVS若い男子の攻防を観察したいのだが、そのためにはまず、お化粧した男子がいっぱいいるような電車の沿線に引っ越さねばならない。

文庫追記：ついに去年（二〇二二年）、新宿駅の山手線ホームで、メイクをした男性（二十代前半）を目撃した。遅い。たぶん、これまでもたくさん遭遇していたのに、私の化粧感度がにぶいせいで気づけずにいたのだろう。

私が目撃した男性は、眉を描き、アイシャドウとチークをうっすら入れており、とても自然でよく似合っていた。モード系（って、いまは言わないのか？）の洋服で、個性的かつおしゃれだったし。なるほど、性別を問わず、着たい服を着て、化粧したいひとはするというのは当然で、いいことだなあと思った。あたしどうしても、まぶたを鯖（さば）みたいにテラテラさせちゃう傾向にあるんだよな（魚も装飾品も化粧も、光りものが好きだから）。はやりのメイクを研究しようっと。

三つの愕然

福岡県の小倉と太宰府を旅してきた。一応は取材も兼ねていたけれど、個人的興味の赴くまま、ふらりとあちこちに立ち寄る。

小倉では松本清張記念館に行ってみた。充実の展示内容でとても楽しかったのだが、清張先生が生涯に約千編を執筆し、共編著を含めると約七百五十冊も出版していたことを知り、愕然とする。

どんだけ書いたんだ、先生！　その発想力と体力気力と才能を、爪の垢ほどでもいいから分けていただきたい！

先生の馬力に震えあがったせいか、暴風雨に遭ったせいか、旅先で風邪を引く。ぶるぶるぶる、先生め（やつあたり）。これはもう、快復を神頼みするほかないと、太宰府天満宮にお参り。

太宰府へ行くのは高校の修学旅行以来だったのだが、参道に建ち並ぶほとんどすべての店で「梅ケ枝餅」を売っており、再び愕然とする。こんなに梅ケ枝餅だらけだったっけ？　高校時代、食べた覚えがないのだが。と思い返してみて、真相に行き当たる。そうだ、私が通ってた高校、異様に校則が厳しくて、たとえ修学旅行中といえども買い食い禁止だったんだ。参道のあちこちで先生たちが目を光らせていたため、梅ヶ枝餅を買うのは、網走監獄から脱獄するぐらいむずかしかったのである。どうなんでしょうねえ、地域経済に貢献しない修学旅行って。当時の先生がたに猛省をうながしたいところだ。

　太宰府天満宮近辺の喫茶店には、「梅ヶ枝餅持ちこみOK」という貼紙まであって、梅ヶ枝餅至上主義が徹底されていた。たしかに、コーヒーのお供としてもおいしいもんな。できたての梅ヶ枝餅を食べ歩き、修学旅行時に地域経済に貢献できなかった反省の意をこめて、お土産としても購入する。

　ちなみに天満宮の池では、けっこう大きな黒い蛇がぐいぐい泳いでいた。蛇って泳げるんだ……。呑気に浮かんでいた亀たちが、慌てて道をあけている。蛇は縦横無尽に池を泳ぎまわったすえ、石垣に這いあがり、隙間へと消えていった。もしかしたら泳いでいたのではなく、溺れる寸前で必死にもがいてたのかもしれん。これは吉兆か凶兆か、どちらなのだろうか。

　ドキドキしながら、「早く風邪が治りますように」とお祈りし、おみくじを引く。まさかの大吉であった。やった！　しかし結論から言うと、風邪菌はその後一週間、しぶとく我が体内に残留しつづけた。やはり、天満宮に祀られた菅原道真公は、学問の神さまだからな。風邪退治は専門外だったのだろう。受験や資格試験の予定がいっさいない身なので、この大吉をどういう局面で活かせばいいのかわからぬが、とにかくありがたいことに変わりはない。

心強い思いで境内を歩いていたら、近くにある九州国立博物館のポスターを発見。「始皇帝と大兵馬俑」展をやっているらしい。博物館好きの血が騒ぎ、さっそく行ってみることにした。

紀元前三世紀、史上初の中国統一を成し遂げた始皇帝は、生前から自身のお墓を熱心に作らせていた。そのお墓に埋まっていたのが、八千体もの陶製の兵士や馬（兵馬俑）だ。死後の始皇帝を守る軍団ってわけだが、はじめて実物（十体ほどの兵士像と馬像が展示されていた）を見た私は、みたび愕然とした。

でかい……！　生前と同じ暮らしを、死後の世界（お墓のなか）でも再現しようとしたものなんだろう、と思っていたのだが、兵士像が軒並み百九十センチはあるのだ。いくら中国大陸の屈強な兵士といえど、始皇帝の部下が布袋寅泰氏ぐらいの大男ばかりだった（しかも何千人も！）とは考えづらく、「始皇帝め、ちょっと見栄を張ったな」と私はにやついた。見栄ではないとしたら、たぶん始皇帝の好みが、身長百九十センチ超の屈強なおのこだった、ということだろう。死後の世界でぐらい、好みの男性に囲まれていたい乙女（？）心。

それにしても、生前と同じ暮らしを死後にも望むというのが、いかにも皇帝的な発想だ。私が始皇帝だったら、陶製の漫画を一万冊ぐらい作って自分の墓に埋めなきゃならず、「死後にも漫画に囲まれろってのか！」と叫びたくなること請けあい。一万冊の陶製漫画（陶製だからページを開けない）を発掘させられる、後世のひとだって災難だ。「オタクすぎるだろ、この皇帝！」。だめだ。どうがんばっても、私のような人間は始皇帝にはなれない。

なけなしの皇帝気分を味わうため、兵士像のレプリカ（小指サイズ、数百円）を買う。馬像のレプリカも欲しかったが売り切れだったので、博物館に設置されていたガチャガチャをまわし、日本の埴輪（はにわ）の馬（薬指サイズ、数百円）を見事ゲット。帰宅してから、植木鉢に飾る。うーむ、拙宅に飾るとたんに、「手入れが行き届いていない農園の木の下で、のどかに休憩する農耕馬と農民」みたいになる。始皇帝の威厳はどこに行ってしまったのだろうか。

心で伝わりあえたなら

昨年（二〇一五年）、両親が住む家の庭にあるミモザの木に、大型のインコのつがい（野生化したらしい）がやってきて、実を爆食しているとお伝えしたが、今年も春の訪れとともに、やつらがやってきたことをご報告します。しかもベランダの手すりに、イモムシ状の巨大なフンまで残していくようになりました。おい、我がもの顔が年ごとに増していってるな！

ミモザの実がなる時期にだけ、ちゃんと姿を現すところを見るに、「鳥頭」というのは嘘なんだなと思う。いつ、どこに、どんな食物があるかを、インコはきっちり記憶しているようだ。

しかし私にも、人間さまの沽券（こけん）というものがある。ただ手をこまねいていたわけではない。冬のあいだ、両親の家の近所を散歩していて、葉を落としたケヤキの大木にやつらがとまっているのを目撃したのだ。インコのねぐらは突き止めた。これ以上、やつらが傍若無人な振る舞い（イモムシ状のフンを一回に三個以上残していくとか）をするようなら、ねぐらを急襲し、断固抗議してやる！

けれどケヤキの木は、本当に大きい。地区の名木百選とかに選ばれているほどだ。やつらがとまっているのは、てっぺん近くの細い枝である。登っていくことはむずかしいし、地上から抗議して、声が届くかなあ。「変なひとがいるんですけど」と近隣住民に通報され、私が警察に連行されてしまうのではないかと心配だ。結局、いまのところインコ夫妻は爆食（&巨大なフン）を続行し、私は対応に手をこまねいているのだった。人間さまの沽券が……。

インコ再襲来のほかに、今月衝撃だったのは、「電車でご老人に席を譲ろうとしたら、若い女性に座られた事件」だ。

私はその日、美容院へ行ったのちに仕事の打ち合わせを終え、「ふう、やれやれ」と帰途についた。夕方の電車は混みあっていたが、運良く座ることができた。私は、「最近、長髪の男性をあまり見かけないが（江口洋介氏ですら、さりげなく短髪寄りに移行している気がする）、なぜだ」と考えていた。原始人みたいな。洗うのが面倒だからか。しかし私は、男性のワイルドな長髪がわりと好きだ。原始人みたいな。あまり洗ってなさそうな。そんな長髪が好きだ。

そこから夢想は広がっていき、「では、原始人的長髪が似合う芸能人はだれか」と、いろんな顔を思い浮かべては、原始人のカツラをかぶせていった（脳内で）。結論として、「イケメンはどんな髪型でも似合う」というところに落ち着いた。問題はおじさんだ。芸能人に限らず、おじさんに似合う長髪って、あまりない気がする。

今度は身近なおじさんたちを思い浮かべ、原始人風、グラムロック風、ヒッピー風と、さまざまな長髪のカツラをかぶせていった(脳内で)。うーむ、どれもいまいちピンと来ない。しかし、最後に落ち武者風のカツラをかぶせてみたところ、「これだ!」と叫びたくなるほどしっくり来た。全国のおじさんに朗報です。長髪にしたかったら、落ち武者風を選択すべし! 月代部分にちょぼちょぼ毛が生えだしてるうえに矢が二本ぐらい刺さってて、側頭部から後頭部にかけての髪はざんばらな、あれで決まりです!

うむうむと一人うなずいていたら、おじいさんが電車に乗りこんできて、私のまえに立った。かなり老齢で足もよぼついているのだが、ものすごくファンキーでオシャレな恰好をしている。紫の小花が散った真っ赤なシャツに、カウボーイみたいなゴツいベルト、ズボンはきれいな辛子色だ。

電車の揺れに合わせてよろよろしているので、席を譲ったほうがいいと思うが、オシャレぶりからすると、「老人扱いされた!」とプライドを傷つけてしまうかもしれん。私は二秒ほど考え、「次の駅で降りるため、早めに席を立つひと」を装うことにした。

ところが、私がさりげなく空けた席に、おじいさんの隣に立っていた若い女性が座ったのである。おまえじゃない! ちなみに彼女の恰好は、紺のざっくりしたワンピースを着用した森ガール風(という表現、古いか?)、髪はお団子にひっつめ、化粧も薄めだが、アイラインだけはしっかり引いていた。「隣のおじいさんの存在に気づいてたくせに、ふてぇ野郎だな（野郎じゃなく女性だが）」と、思わずガン見してしまったので、覚えているのだ。

いや、これは私が悪い。席を譲りたかったのなら、「わしゃあ、まだまだ意気軒昂じゃ！」と怒られようとも、おじいさんに向かってはっきり「どうぞ」と言うべきだった。森子（と呼ぶことにした）の気持ちもわかる。疲れてて座りたかったんだろうし、「このおじいさん、ファンキーで元気そうだもん」と判断したのだろう。

以心伝心は無理だ。今後は気おくれせず、「どうぞ」と言おう。インコに対しても、「ここにフンをしないでください」ときちんと頼もう。でも、やつらが襲来するのは夜明け直後なんだよなあ。直接対話の機会をなかなか得られないまま、私は今日も、「ひぃーっ」と言いながらインコの落とし物の始末をしている。

母にも言いたい。自分ちのベランダの手すりなんだから、あたしに掃除を押しつけないでくれよ、と。でも無理だ。勇気がなくて言えない。ぐすん。

別れの理由

ものすごくいまさら感があるのだが、みなさま、ドラマ『重版出来！』をご覧になってましたか？　私は毎回録画して、楽しみに見てました！

漫画編集部を舞台にしたお話で、編集者が漫画家さんをどういうふうに支えるのかとか、出版社の営業さんがどんな苦労をしているのかとか、書店員さんがどれだけ熱い思いで作品を読者に届けてくれているのかとか、出版界のあれこれが楽しく丁寧に描かれており、見てる私も胸熱であった。主演の黒木華さんがとってもかわいかったし、そのほかの出演者も演技がうまいひとばかりで、「こういう編集者や漫画家さん、実際にいそうだなあ」とニヤニヤした。

私が特に注目していたのは、もちろんオダギリジョーさん演じる編集者です。漫画家から信頼されている、誠実な編集者という役どころだったのだが、つい妄想せずにはいられなかった。もし、オダジョーが私の担当編集者だったらどうしよう、と……。

結論として、あまりうれしくないなと思いました（本当はうれしいけれど）。だってだって、オダジョーが担当さんだったら、打ち合わせに行くときもいちいちオシャレして化粧しなきゃならない。そのまえに、十キロ痩せてエステ行って肌のお手入れして、それだけじゃ追いつかないから整形もしないと。会うための準備に異様に時間がかかるから、永遠に打ち合わせできないよ！

……いえ、わかってます。私がスッピンだろうと体重何百キロだろうと、担当さん（オダジョー）にとっては、極めてどうでもいいことだというのは。でもさでもさ、素敵な男性のまえでは、ちょっとでも身なりを整えたいのが乙女心というもんじゃない？と、虚構と現実の区別がどんどんつかなくなっていくのだった。編集者役のオダジョーがあまりにも麗しすぎるのがいけない（責任転嫁）。

ドラマ『重版出来！』は、出版社の人々の働きぶりも、編集部の雑然とした様子も、漫画家さんたちの苦悩や喜びも、とてもリアルだなあと感じられる描写だったのだが、一点、どうしても腑に落ちなかったのは、オダジョー演じる編集者が、奥さんに逃げられたバツイチである、という設定だ。

どういうこと!?　こんな優しくて誠実で見た目も素晴らしい、大手出版社でバリバリ働いてる夫（たぶん給料も高いだろう）と、離婚するなんて！　奥さん、本当に人類だったのか？　べつの惑星の、なんかグニャグニャした生命体で、地球の美的感覚や価値観とは乖離した趣味の持ち主だったんじゃないか？　そうとでも考えないと、納得がいかない。

創作物のなかで、「お約束」の描写というのがある。たとえば、「学校の保健室の先生は不在がち」。ドラマや漫画において、生徒が怪我などをして保健室を訪ねても、先生はほぼ確実に留守だ。勤務時間中なのに、なんで？　先生、いったいどこをフラフラさっているの？　私が通ってた学校では、保健の先生は勤勉で、たいがい保健室に詰めていたもんだけどなあと、非常に気が揉める。

ほかにも、「一人暮らしの女性がマンションの部屋に帰宅し、玄関の鍵も閉めず、手洗いうがいもせずに、『あーあ』と外出着のままベッドに倒れこむ」といった描写が散見される。危ないから鍵を閉めろ！　汚いから手を洗って服を着替えろ！　と、非常に気が揉める。

もちろん、保健の先生が不在じゃないと、保健室で生徒同士の恋がちょっと進展する、という展開に持ちこめない。帰宅して鍵を閉めて手を洗って、などという細かい日常の動作をしていては、話がさきに進まない。だから、創作上の「お約束」として、「保健室の先生は不在がち」「帰宅して、そのままベッドに倒れこむ」といった描写になっているのだと思うが、見かけるたびに「ちょっと変だな」と気になるのは事実だ。「そんなこと全然気にならない」という視聴者・読者のかたもおられるはずで、「リアルに見える描写」の塩梅はむずかしい。

刑事ドラマなどを見ていると、奥さんがブチ切れ、「ちっとも家にいてくれない。あなたが家族を顧みないから、私、さびしいしむなしい！」と刑事の夫に離婚を切りだしたりする。『重版出来！』でも、安田顕（やすだけん）さん演じる編集者が、同様の理由で奥さんに離婚を迫られていた。私はこの離婚理由も、創作物のなかの「お約束」表現だと思うのだが、実際に「夫が忙しすぎて、さびしさに耐えられず離婚した」ひとって、いるのだろうか。だって、家族のために一生懸命働いてるんですよ？　そこはおおらかに受け止めてあげれば？　どうせ定年退職したら、一日じゅう家でゴロゴロするようになって、それはそれで鬱陶（うっとう）しいんだから。「亭主元気で留守がいい」と言うし、奥さん、あまり思いつめすぎず、たまにパーッと買い物したりすればいいじゃないの。と、みのもんたが乗り移ったような口調で、テレビ画面に向かって提案してしまう。

オダジョー演じる編集者の離婚理由については、ドラマ内でついに明確に語られることがなかった。やはり、奥さんは地球外生命体だった、でファイナルアンサー！（古い）

熱帯夜の効用

なんじゃこの暑さは！　気温三十七・五度って、そんな状態で仕事なぞできるか！　ちょうど打ち合わせで会った編集さんが、「インフルエンザで発熱中のおすもうさんたちから、ぎゅうぎゅうとおしくらまんじゅうを仕掛けられてるようなものですよ」と嘆いており、「その比喩力、なかなかのものですな！」と感服した。

あと、「山の日」って、なんだ！　いつから八月十一日は休日になったんだ！　お盆まえは、原稿の締め切りが軒並み早めに設定されておりましてですね。そういうギリギリの状態のなか、さらに休日が増えるのは、俺に死ねと言うのと同じだ！　四十路の身に徹夜を強いる気か貴殿らは！　いや、「貴殿ら＝休日を決めたひと」がだれなのか、具体的にはわからんが！

すみません、冒頭から「！」を多用し、暑苦しく畳みかけてしまいました。猛暑が私の脳を沸騰させる。

夜も当然ながら、寝苦しい。窓を開けたり、保冷剤をタオルに包んで首筋に当てたりしつつ、「うーんうーん」と眠りの訪れを待つ。おとなしくエアコンをつければいいのだが、そうすると心地よすぎて、永眠という勢いで寝てしまうのだよな……。エアコンは本当に耐えきれない夜だけ、と自己を律しているのである。

そうやってがんばっていたところ、暑さにうなりながら寝ると、いい睡眠を得られることが判明した（あくまでも私は）。「もんだ眠」と独自に命名している睡眠なのだが、これはなにかというと、「いい気なもんだな、睡眠中の俺」略して「もんだ眠」だ。

私は寝てるあいだも厳しく自己を律しているので（？）、「素敵な男子に好意を寄せられ、まんざらでもない」というシチュエーションの夢を見ることは、通常だとほぼ皆無に等しい。しかし、暑さにうなりながら寝てたら、なんと連日のように素敵男子とつきあったり言い寄られたりするではないか！（夢のなかでの話です）昨夜なんて、ディーン・フジオカとつきあってましたよ！（夢のなかでの話です）ほんと、いい気なもんですな自分。

おディーンさまと私は高校生で、クラスでもイケてる集団に属してるようでした。学校帰りに二人でアイスクリーム屋さんに寄ったりしておった。照れる。って、ちょっと！　そんなリア充的経験、現実では一度も味わったことないのだが！　あと、私にとっての「リア充」って、「一緒に下校→アイスクリーム屋」なのか。九〇年代初頭の少女漫画か！　せっかくなら夢でぐらい、おディーンさまともっといい仲になればいいのに、あくまでも慎みぶかい我が脳というか、ぬぐいきれぬ中二感というか、裸がひとつかけらも出てこなくて残念だ！

またも「！」を多用してしまって、すみません。現実においては、おディーンさまのことを特に好きでもきらいでもないのだが、なぜ夢にご登場願ってしまったのだろう。私のごときものが、ずうずうしい！（夢の）出演料払えるのか！

すべては沸騰した脳みそが見せた幻……。みなさまも熱中症にならぬ範囲で、暑さにうなりながら寝てみてください。もしかしたら、「もんだ眠」が訪れるかもしれません。

今朝、夢の余韻も覚めやらぬまま、むくりと起きあがってコンビニに行き、女性週刊誌を買ってきた。そして朝ご飯を食べながら、「ふむふむ、このひととアイスクリーム屋さんに行ったのか（↑行ってないだろ）」と、巻頭に載ってるおディーンさまの写真を眺めたことです。ずうずうしい！　起きてても充分いい気なもんだよ自分！　ひとはこうして中年的図太さを獲得していくのだな、と実感した。

そんなこんなで、忙しいナイトライフを送っている。先日は飲みすぎて終電を逃し、タクシーに乗った。あ、これは現実の話です。

タクシーの運転手さんと私は、「連日暑いですねえ」などと、最初はあたりさわりのない会話をしていたのだが、そのうちなぜか、政治に関する話題になった。初老の運転手さんはしみじみと、

「でも、考えてみたらさ。田中角栄ってのは、やっぱり立派なもんだよ」

と言う。「ロッキード社からもらった金をいくら使おうと、国民の懐はべつに痛まないもんね」

「んん？　そう言われてみれば、たしかに」

「でしょ？　税金を勝手に私的に使ってる、某元都知事のせこさとは雲泥の差だよ！」

ロッキード事件の真相については、私にはよくわからないが、田中角栄と某元都知事の人間的スケールのちがいを、運転手さんはズバリと言い当てている気がしたのだった。

タクシーの運転手さんって、「人生の先達」という感じの、金言を宿したひとが多い。やはり、私が淫夢（!?）にうなってるあいだも、夜の街をひたすら走り、黙々と思索にふけりつつ仕事に打ちこんでおられるからだろう。あと、車内の空調が万全で、脳の回転がスムーズ、という理由もあるかもしれない。いろんな面で見習いたい、と思ったのだった。

未知との遭遇

夏のあいだ、仕事ばっかりしてましたよ！

噂に聞く海の家って、楽しそうだなあ。季節の行楽をあまりしたことがないので、夢想と期待だけがどんどんふくらんでいく。ふつうに洋服を着てる状態でも、海の家に行っていいのだろうか。ほら、わたくしがうっかり水着など着用してしまった日にゃあ、「うわあ、海から海獣ならぬトド型怪獣が出没した！」と、浜辺が大パニックになるかもしれんからな。

あ、怪獣といえば、話題の映画『シン・ゴジラ』（庵野秀明総監督）を見た。仕事ばっかりしとらんじゃないか。がっつり遊んどるじゃないか。

私が見たことあるゴジラシリーズは、初代『ゴジラ』（本多猪四郎監督）とハリウッド版『ＧＯＤＺＩＬＬＡ』（ローランド・エメリッヒ監督）ぐらいなのだが、前者は傑作、後者はすでに記憶から抹消済みである。今度の『シン・ゴジラ』はどうかなーと、特撮ファンからどやされそうな軽い気持ちで見にいったら、おもしろかった！　ゴジラがまじでこわくてよかった。

荒ぶるゴジラのせいで、東京は踏みつぶされ焼かれて大変なことになる。当然、人間がわも反撃するのだけれど、戦車の砲弾とかミサイルとかがバンバン命中し、「ちょっと痛い……」ってなってるゴジラを見ていると、「みんなでよってたかってゴジラをいじめないで！　ゴジラがんばれ！」という気持ちにもなってくるのが不思議だ。私が住んでいるあたりもゴジラの通り道になり、壊滅状態になったっぽいというのに、なぜゴジラに思い入れてしまうのか……。

かといって、人間がわのドラマに感情移入できないかというと、そんなことはない。「ああ、なんとかしてゴジラを止めて」とハラハラもしている。双方を応援してしまう感じは、初代『ゴジラ』を見たときの感覚と通じるなと思った。人間とゴジラは立場が異なり、決して通じあえない仲なのだが、どちらが善でどちらが悪といったように、単純に二分化できるものではない。

ゴジラは「荒神」や自然災害の象徴だ、という解釈は以前からあるが、たしかにそうかもしれない。台風や津波そのものに善悪の基準を適用することはできない。それはゴジラと同様、ただただ圧倒的な荒ぶり、エネルギーなのであって、その荒ぶりがもたらした事象からなんらかの感情を抱いたり言動を選択したりするのは、すべてひとの心がなすことだ。

つまり、ゴジラが出没したとしても、もし地球上に人間がいなかったら、「こりゃあ攻撃しないと大変なことになる」と判断する存在もいないわけで、ゴジラは気がすむまで暴れたのち、海へ帰っていったかもしれないのである。善悪や敵味方という概念を生みだすのは、ひとの心以外にない、ということだ。

似たようなことを、『NHKスペシャル　大アマゾン　最後のイゾラド』というテレビ番組を見ていて感じた（やっぱり仕事してないじゃないか、私）。これがすごいドキュメンタリーで、アマゾンの森のなかで生きる未知の先住民との接触の記録なのである。「イゾラド」と呼ばれるかれらは、文明社会とまったく交流がなく、裸で暮らしているらしい。ほかの先住民の言葉が一部通じるみたいなのだが、詳しいことはまったく不明。何人いるのかも、なんという部族なのかもわからない。

そんなかれらが川を渡って、文明生活をしている人々の村へやってくる。村人は大パニックだ。言葉もろくに通じない、弓矢を持った裸族の集団が急に森から出没したのだから、当然である。なんとか穏便にお帰りいただこうと、イモやバナナをプレゼントする。イゾラドは翌日も現れ、「バナナ！」と要求。イモよりもバナナがお好みらしい。どうにか友好関係を築けたかと思われたのだが、のちに文明社会の村はイゾラドに襲撃されてしまう。森に入った若者がイゾラドに矢で殺されるという事件も勃発した。

では、イゾラドがわが悪なのかというと、もちろんそう単純ではなく、森林開発が進んで住む場所がどんどん狭まり、しかたなく「文明人」の村の近くに来たらしい（なにしろ言葉がわからないので、詳しい事情は不明)。NHKスペシャルでは、未知の部族であるイゾラドと相対することになった人々の驚きと恐れ、困惑が生々しく描かれていた。

怪獣になぞらえるのは失礼だが、イゾラドが発散するわけのわからないエネルギー、「荒ぶり感」は、ゴジラと通じるものがある気がした。出没にはなんらかの事情があるのだろうとうかがわれるのだが、それもこちらが勝手にそう思おうとしているだけなのかも、という気もして、困惑が深まるあたりも。そしてなにより、こわい。「わからない」存在がこわい。善悪で割り切れず、敵なのか味方なのか判断がつけられない状態がこわい。まさに、イゾラドはゴジラ的なのである。たぶんイゾラドも、「文明人」のことを同じように感じているだろう。

そうか、人間ってのは、世界を善悪や敵味方で識別しないと落ち着かない生き物なんだなと、『シン・ゴジラ』と『大アマゾン』を見て思ったのだった。けれど世界は当然ながら、そんな単純な二元論で成り立っていない。だからこそ、ゴジラやイゾラドは何度でも出没し、そのたびに我々は恐怖におののきながらも、かれらに心惹(こころひ)かれずにはいられないのだろう。

善悪の軛(くびき)から解き放たれ、人間のいない大地で思うぞんぶん暴れまくるゴジラを想像する。

追記：その後、『大アマゾン』の取材をもとに、番組ディレクターの国分拓（こくぶんひろむ）氏が『ノモレ』（新潮社）というノンフィクションを刊行した。これがまた非常に胸打たれる傑作なので、ぜひお読みになってみてください。

『大アマゾン』の続編的番組として、『アウラ　未知のイゾラド　最後のひとり』も放送された。ご覧になったかたも多いと思うが、なんだか切なく、いろいろと考えさせられる内容でした。

　森からいきなり現れた先住民の男性二人。「アウレ」と「アウラ」と名づけられた彼らは、ほかのだれにも通じない言葉を使っていた。つまり、この地球上で、アウレがなにかを語りあえる相手はアウラだけ、アウラがなにかを語りあえる相手もアウレだけ、という状況なのだ。

　ところが、アウレが亡くなってしまう。アウラの話す言葉を理解できるひとは、とうとう一人も存在しなくなったということだ。ちょっともう、想像を絶する孤独である。言語学者が一生懸命、アウラの用いる言語を解明しようとするのだが、あまりうまくいかない。

　一緒に番組を見ていた弟は、

「アウラにポルトガル語（場所がブラジルなので）を教えてあげたほうが話が早いん

じゃないか!?　とにかく、だれかアウラと会話してやってくれ!」
とめずらしくテレビに向かって叫んでいたが、その気持ちもわかる。私も、「アウラよ～」と滂沱の涙であった。

これまでも、こうして消えていった言語はたくさんあったのだろう。だれにも通じない言語を抱えて生きる、最後のひとり。そのひとがどんな思いでいるのか、言語で通じあえないがゆえに、周囲のひとたちは十全には理解できないわけだが、しかしテレビという映像表現のおかげで、アウラの言動や振る舞いから伝わってくるものはある。それがせめてもの救いであり希望であるのかもしれないとは思うけれど、アウラはアウレとしゃべる夢を見るのかなあと想像すると、なんかもう切なくてたまらなくなったのだった。

文庫追記：校閲さんが調べてくださったところによると、番組の正式タイトルはそれぞれ、『NHKスペシャル　大アマゾン　最後の秘境　第4集「最後のイゾラド　森の果て　未知の人々」』（二〇一六年）、『NHKスペシャル　アウラ　未知のイゾラド　最後のひとり』（二〇一八年）であった。ちゃんと確認せずに書いた私がいけないし、タイトルでなるべく情報をお伝えしたいという気持ちはわかるが、ちょっと長すぎやしないか、NHKよ。

章末おまけ　その二　すれちがいは細部に宿る

「別れの理由」の回で、「夫が（あるいは妻が、ということもあろう）忙しすぎてさびしいから、離婚」という、ドラマなどで散見される事態は現実でありえるのか、と書いた。

論理的に考えても、離婚したら配偶者がいなくなってしまうわけで、もっとさびしいと感じるようになっちゃうのではと心配だ。もう次の配偶者候補の目星がついているということかな？　それとも、「いてもさびしいなら、いなくてさびしいほうがまし」ということかな？

いや、配偶者がいたためしのない身ではあるが、なんとなく想像はつく。たぶん、「忙しすぎてさびしいから」とは、表向きの理由なんだろう。「性格の不一致」とか「音楽性のちがい」みたいに、非常にざっくりとした、しかし周囲のひとが口を挟む余地のない理由。性格や音楽性を挙げられたら、「もともと異なる人間なんだから、そりゃ一致しない部分があって当然なのでは……」と思いつつも、「とにもかくにも、一緒にやってくのは無理ってことなのだな」と部外者は納得せざるを得ない。

夫婦でも恋人でもバンドでもいいが、なんらかの人間関係が破綻する背後には、表向きのざっくりした理由とはべつの次元で、すごく細かいいろんな齟齬が積み重なっているのだと推測される。しかし、当事者同士もそんな齟齬のいちいちを覚えていられないし、ましてや部外者にいちいち説明する義理はない（説明するほうも煩雑だし、説明されるほうだって困惑する）。それゆえ、「忙しすぎてさびしいから」といった表向きのざっくりした理由が語られるのだと思う。

先日、友人たちとしゃべっていたところ、そのなかの一人が、

「このあいだ、夫にブチ切れた」

と言った。ブチ切れの理由を尋ねたら、

「食洗機を導入したい！」

だったそうだ。

「え？　旦那さんは食洗機導入反対派なの？」

「ううん。ブチ切れたらあっさり、『わかった。じゃあ導入しよう』ってことになって、我が家にめでたく食洗機がやってきた」

それならブチ切れる必要はなかったのでは？　と、その場に居合わせた全員が思ったのを、友人は察したのだろう。ブチ切れに至るまでの経緯を説明してくれた。

結婚して十五年以上になる友人は、どちらかといえば、使った食器をそのつど洗うの

が苦手で、一日ぶんをまとめて洗いたいほうだ。しかし旦那さんは食器をシンクに溜めておきたくない性分で、さっさと洗う。旦那さんの仕事は激務かつ勤務時間が一定ではないのだが、帰宅して食器が溜まっているのを見ると、文句も言わず率先して洗う。

友人は、「疲れて帰ってきた旦那に食器を洗わせるのは悪いなあ」と思い、なるべく食事が終わるごとに食器を洗うよう努めてきた。しかし友人自身も働いているし、なによりも、そのつど洗うのがとにかくストレスに感じられてならない。だから結婚当初から、折に触れて「食洗機が欲しい」と表明してきたのだが、食器をまめに洗うことがまるでストレスではない旦那さんは、「なんで？　いらないでしょ。俺が洗うし、なんにも気にすることないよ」と柳に風だったのだそうだ。

「気にするなって言われても、気になるんだよ！」

と、友人は私たちに向かって吼えた。「そりゃあ、夫がまったく気にせず皿を洗ってるってことはわかってるけど、私の心持ちが！『ああー、また溜めた食器を夫に洗わせてしまった……』と思っちゃうわけよ！　べつに洗いたいほうが洗えばいいと頭ではわかってても、共同生活をしているものとしてのうしろめたさがぬぐいきれない！　かといって、努力はしてみたけど、そのつど洗うのは私はほんとにいやなの！　この事態を打開する手段は、もう食洗機しかない！　なのに夫は、『えー、いらないでしょ』なんて呑気だから、とうとうブチ切れた！」

ちっちゃい……。私たちはげらげら笑った。なんとちっちゃいことで夫婦喧嘩しているのだ。いや、喧嘩にすらなっていない。ブチ切れた友人に対し、旦那さんは即座に食洗機導入に同意したのだから。

「しかもさ」

と友人は言った。「夫は、『それにしても、そんなにストレスだったんなら、ブチ切れるまえにちゃんと言ってくれればいいのに』って言うんだよ。ああああたしは、何度も言った！　結婚してから十五年以上、何度も何度も言ってきた！　でも、通常のテンションで持ちかけると、『切羽詰まってる』ってことを認識できないらしいんだよ！　言葉が通じない！　『何度も言っただろー!!!』って、またブチ切れた。『え、そうだった？　いやごめん、とにかく落ち着いて……』って、夫は平謝りだった」

ありがち……。私たちはげらげら笑った。「どうして言ってくれなかったの」「何度も言った！」問題は、いろんな男女間でしばしば起きていると推測される。「女のひとって、どうして急に怒りだすのかなあ」なんて首をかしげてる男性を見るたび、「貴殿はもう少しひとの機微に敏くなったほうがいいし、言語感覚を磨いたほうがいい」と私は思う。

こうして友人宅には食洗機が導入され、友人と旦那さんの仲は平穏を取り戻した。というかまあ、もともと旦那さん的には夫婦仲は終始平穏なままだったと言えよう。私は旦那さんのことも知っているが、きわめて優しく穏やかなひとなのである。まさか友人が、「ぐるる、食洗機……」と内心でマグマをたぎらせていたとは想像もしていなかったはずで、突然の（と旦那さんには思えた）ブチ切れに見舞われた困惑を思うと、笑いを、いやいや、涙を禁じ得ない。

友人夫婦は離婚の「り」の字もこれまで出たことがない関係性だが、もしも右記のような、食洗機にまつわるあれこれが最終的な決定打となって離婚することになった夫婦がいたとしよう。「いろいろ細かい齟齬の積み重ねはあったんだけど、決定打は食洗機で……」と離婚理由を周囲に説明するのは、ものすごくめんどくさい。

なるほど、「『忙しすぎてさびしいから』って理由にとりあえず集約させとこう」ということになるよなと思ったのだった。

三章

幸いなるはもっけ

イベントとフィーバー

ある朝目覚めたら、左上腕部が痛くなっていた。骨を直接ぐりぐり触られているような痛みだ。

むむ、寝ているあいだに、左腕に体重をかけすぎたか……。なにしろ体重三十トン（推定）だからな。うっかり腕を下敷きにしてしまったら、まあこういう結果も引き起こされるというものだろう。

そう納得し、「いてて、いてて」と左腕を動かすたびにうめく生活を送ること数日。ちょうど予約を入れていた近所のマッサージ屋さんに行ったら、マッサージ師さんは私の左上腕部をちょっと揉んで一言、

「四十肩です」

と宣言した。

ななな、なんですと!?　私は必死に、「いえ、痛いのは肩ではないですから」と訴えたのだが、

「四十肩です」

とマッサージ師さんはなおも宣言する。「よく誤解されているかたがいるのですが、四十肩は、肩が痛くなるとはかぎりません。むしろ肩関節周辺、つまり上腕部や胸がわの肩の付け根が痛むことが多いのです」

ななな、なんと……。私はこれまで、あらゆる季節のイベントに疎かった。花見、海の家、花火大会、紅葉狩り、クリスマス、バレンタインデー。あらゆるイベントに乗り遅れるというか、ついに乗車できぬまま、去っていく汽車を駅のホームで何本も見送るばかりの人生であった。涙。

しかし、今日からはちがう。四十歳の誕生日を迎えて一週間も経たぬうちに、めでたく四十肩デビュー。イベントカレンダーどおりに、乗り遅れることなくデビュー。ついにむっちゃイケてる人間になれたような気が……、しないよ！　なんでこういう事案に関してばっかり、流行（？）の最先端を行っちゃうんだ。私の体よ、そのイベントは無視していいのですよ……！

すごすご帰宅する。マッサージ師さんに揉んでもらったおかげで痛みは軽減したが、「四十肩」の称号が心に重くのしかかってくる。一刻も早く軽快なる腕の動きを取り戻し、はなはだ不名誉な称号を返上せねば。まあ、いままでだって、ひとに驚かれるほど肩の可動域が狭かったのだが、四十肩状態と比べれば、ぐるんぐるんまわすことができた気がする。端（はた）から見れば、「にぶく左右に揺れる振り子」程度の動きだっただろうけれど、本人の主観ではあくまでもプロペラだったのだ。嗚呼、再びの飛翔能力を我に……！

無理のない範囲で腕をまわしたり、風呂で揉んだりするといいですよ、とマッサージ師さんにアドバイスいただき、私は一筋の希望を見いだしていた。ちょうど、仕事で山形県鶴岡市に行く予定があったからだ。山形といえば、温泉！　温泉に浸かって腕を揉みしだけば、必ずや改善するはず。ここで体操とかストレッチとか、体を動かす系の解決法を選択しないのが、吾輩の吾輩たるゆえんだ。

というわけで、勇んで鶴岡に行ってきたのだが、いやあ、いいところだった。広々として澄んだ日本海。一面に広がる収穫期の田んぼ。温泉がたくさんあるし、ものすごく良心的な値段で品揃え豊富な古本屋さんもあるし、「極楽か？」と思った。

加茂水族館という、クラゲに特化した水族館もすごかった。多種多様なクラゲがふわふわと水槽のなかを漂っており、幻想的でうつくしい。仲間のクラゲと触手が絡まっちゃっても、意に介さず、ひたすら水流に乗っかってふわふわしているものもいて、クラゲというのは不思議な生き物だなあと感心する。クラゲの脳内を覗いても、たぶん「……」というゴルゴ13状態だろう。無の境地。見てるこっちも、四十肩といった些事を忘れ、「……」となった。

仕事で行ったくせに、ちゃっかりあちこち見物もして、はじめての鶴岡の地を満喫したのだが、一点解せないことがあった。海辺の岩場に、やけにいっぱい釣り人がいるのだ。県外からの釣り客なのだろうか？　しかしそのわりには、「その岩場まで、どうやってたどりついたの？　道路からは見えるけど、海辺に下りる道なんてなさそうな場所なのに」という、いかにも穴場っぽい岩場である。

地元のかたが教えてくれたところによると、鶴岡では江戸時代から釣りがすごく盛んなのだそうだ。お殿さまが釣りを奨励したとかで、参勤交代で江戸詰になった武士も、他藩の武士から、「あいつら、釣り好きすぎじゃね？」と噂されるほど、釣りのことで頭がいっぱいだったらしい。

その伝統はいまも生きていて、特に男性は幼少期から釣りをたしなむそうだ。父親と息子がするのは、キャッチボールではなく釣り。大人になっても、出勤まえに釣り、帰宅後に釣り、とにかく年中釣りフィーバー。必然的に、岩場のあちこちにいつでも釣り人がいることになる、というわけだ。

うーん、奥深く愉快だな、鶴岡の文化。地元のひとは呼吸するように釣りをするので、岩場の釣り人の多さに驚きを感じていないらしいことが、また愉快だった。

そして私の四十肩は、温泉でモミモミしまくったおかげで治りました。ありがとう、鶴岡！　だが、おいしい魚や芋煮（鶴岡は味噌仕立て）を食べまくったおかげで、体重が三十五トン（推定）になりました。罪作りだよ、鶴岡！

追記：山形県には仕事で年に一度はお邪魔するのだが、そのたびに驚かされるのが、県民のみなさまの芋煮への熱き愛だ。私は最初、「芋煮」と聞いて芋の煮っ転がしのようなものを思い浮かべたのだが、実際はサトイモの入った鍋である。しかしもしかしたら、「鍋」などと迂闊(うかつ)に言うと、「芋煮は芋煮だ！　鍋ではない！」と怒られてしまうのかもしれない。それぐらい、芋煮への愛は熱い。

しかも、地域によって具材や味つけが異なり、「俺のところの芋煮が一番だ」「いや、私のところの芋煮だ」と、激烈な芋煮論争が繰り広げられる。冗談ではなく、宗教論争レベルの対立のようで、お互い一歩も譲らない。私はどの芋煮もとてもおいしいと思うのだが、「そういう問題じゃない」らしいので、口角泡を飛ばす勢いの県民のみなさまの議論に耳を傾けつつ、粛々(しゅくしゅく)と芋煮をいただいている。

こういう熱さも、いいなあ山形県！　と思うゆえんだ。

「水もしたたる」はシタルとは無関係です

新しい単位を考案した。「シタル」だ。「したり顔」の度合いを表す単位である。テレビの朝の情報番組で、あらゆる事件・事象にしたり顔でコメントする男性がいる。ものすごい度胸（臆面のなさともいう）だなと、いらだちやあきれを通り越して、もはや感心させられる域に達しているのだが、彼の通常時のしたり顔ぶりを、「10シタル」と算定しようと思いついた。

この単位を導入したことによって、我が心中は少し平安を取り戻し、「今朝は8シタルぐらいだな」とか、「おお、いつになく高ぶっておるな。12シタル」などと、冷静に判定しつつ画面を見ることができるようになった。そんな手間をかけるぐらいなら、テレビを消すか、べつのチャンネルに替えればいいんじゃないか、とも思うんですがね。今日は何シタルなのかを見定めたくて、ついつい「チャンネルはそのまま！」にしてしまう。敵（？）の術中にはまってる気がする。

「他人（ひと）の振り見て我が振り直せ」で、したり顔というのは、ちょっと油断するとだれでもしてしまいがちなものだろう。私もエッセイに、「みんなで考えていくべき問題と言えよう」なんて書きそうになって、「ぎゃー！　38シタル！　なにをえらそうに、したり顔しちゃってんだ俺！」と部屋で一人絶叫することがある。あぶない、あぶない……。

小学生とかのしたり顔はかわいい。「カブトムシがすんげえよく集まるクヌギの木を、俺はまあ知ってるんだけどね」なんてしたり顔をされたら、かわいさに悶死すると思う。だが、大人のしたり顔はみにくい。なぜなのかと考えるに、「いい年して、井のなかの蛙」感がぬぐえないからだろう。「ぷっ、当然のことを、したり顔で言ってる」という滑稽さが、愛敬に裏打ちされていればまだしもだが、たいていは「家で寝てろ」と言いたくなるような不遜さを醸しだしつつの「井のなかの蛙」感なので、シタルは本当に危険で手に負えない。

ところで私は最近、NHKドラマ『運命に、似た恋』に夢中だ。謎をはらんだラブストーリーで、見ていてときめくうえにハラハラするし、出演する役者さんたちの熱演も楽しい。主人公は原田知世（驚愕の若さ）なのだが、恋に落ちた彼女は、「私なんておばちゃんだし」などと言いながら、彼氏（斎藤工）との旅行の際に白いふわふわしたワンピースを着用している。

ちょっと待てぃ！　自分を「おばちゃん」だと認識してる女は、そんなワンピースは絶対選ばないだろ！　でも原田知世だから許せるし、似合ってる。しかしそうなると、原田知世が「おばちゃん」なのだとしたら、世の大半の女性はどうしたらいいんじゃい！　という思いにも駆られ、もうどの次元でツッコめばいいのかわからない！

と思っていたら、旅行の次の回で、原田知世の恋敵（山口紗弥加）が、原田知世が着ている黄色いカーディガンに物言いをつけていた。「だよねー」と溜飲が下がるとともに、細やかな脚本（北川悦吏子）に感動する。だからおもしろいんだな、このドラマ。

ちなみにヒーローの斎藤工は、絶妙のエロさだ。私は毎週、「抱いてくれ！」と画面に向かって懇願している。

でもね、やっぱりヒロインが原田知世だから成立するのであって、わたくしよく考えたら、体脂肪率が、野球で言うところの首位打者争いに参戦できるぐらいあるんですよ。ほんと、かなりの好打率なんですよ。

工は首位打者を抱いてくれるか？　否！（たとえ私が首位打者じゃなかったとしても、ほかの多数の要因〔顔面とか性格とかその他諸々〕から抱いてもらえませんけどね。ええ、ええ）

『運命に、似た恋』は、幼いころに知りあった男女が、長い時を経て再会し、恋に落ちる、というストーリーなのだが、再会した相手が原田知世でよかったな、と思うのである。原田知世が首位打者と化していたら、はたして工は恋に落ちたのであろうか。だが、たとえ相手が首位打者だったとしても、そんなことはおかまいなしに恋に落ちるのが本当の恋ではないか、とも思える。（工の）愛が試されるとき。

創作物のなかでぐらい、美男美女のすてきな恋物語を見たい、という気持ちはやみがたくあるのだが、同時に、「ヒロインが原田知世ではなく、首位打者だったときバージョン」も見たい気がして、そのバージョンの『運命に、似た恋』も作ってくださらんかNHK！ DVD特典にしてくれたら、絶対に買うのだが！ ……ちがう話になっちゃいますね、すみません。

とにかく、早急になんとかすべきは、私の打率ならぬ体脂肪率だ。新しい単位を考案したり、ずうずうしく「抱いてくれ！」とか言ったりしてる場合じゃない。首位打者の栄誉が目前に迫っているとはいえ、それをあえてなげうって、生活のすべてを見直すべき局面に差しかかっていると言えよう。自身に猛省をうながしたい。↑52シタル。

追記：やっぱりたとえに野球を使ってしまうあたりが、おっさんくさ……、いやいや、なんでもない。

愛の鞭

　この一カ月の記憶がない。ばりばりと仕事をしていたからだと思いたいのだが、そのわりに原稿が進んだ形跡がない。十一月なのに雪が積もったりしたので（東京では観測史上初らしい）、たぶん冬眠してしまっていたのだろう。

　そうこうするうち、もう十二月か……。ということは、みなさまがこのコーナーをご覧になるのは、お正月も過ぎたころですね。よい一年になりますよう、心からお祈りしております。そして私のことは、二〇一六年に置いていってくれ！「あいつ、またするべき仕事を終えぬうちに大晦日を迎えたらしいぜ」と白眼視してやってくれ……！

　え、なんですって？　二〇一七年一月に発売される「ＢＡＩＬＡ」は、一月号ではなく二月号ですって？　ファッション界はせっかちすぎるぜ。置いていってくれ！（号泣）

　さて、と（↑一人で悲嘆に暮れ、一人で気を取り直す）。新しい年を迎えるにあたり、いろいろ準備が必要だ。大掃除をしたり、年末年始用の食材をいろいろ買いこんだり。

　なかでも私が重視しているのが、スケジュール帳の購入である。かわいい手帳がお店にたくさん並ぶので、「どれにしようかな」と毎年うきうきしながら物色する。そのわりに結局、機能性重視のポケット手帳を毎年買う。おじさんがよく使っている、合皮っぽいカバーのものです。うきうきしたのはなんだったんだ。

ノベルティなどでかわいい手帳をいただくことがあるのだが、それはネタ帳や短歌帳（たまにこっそり詠むのである。照）として活用する。私の場合、締め切りや日々の予定を書きこむにあたっては、おしゃれさ皆無の「おじさん手帳」が最適なようだ。

ところがおじさん手帳も、毎年進化している。ロゴが変わったり、巻末のメモページが増えたり、罫線に色がついたり、「大安」とかの表記がなくなったり。もしやおじさん手帳、おしゃれ方向に迎合しようと目論んでいる……？　そのうち、「大安」とかのかわりに、「月の満ち欠け」を表記するようになるんじゃあるまいな。「新月からはじめるのが効果的らしいわよ」なんて、世のおじさんたちがおじさん手帳を見ながら、ダイエットの計画を立てる世の中になりそうだ。

私がいつも使っているおじさん手帳も、二〇一七年版は少々リニューアルされていて、日付の書体が丸っこくかわいいものに変わっていた。お店で見本を見た私は、「こんなのおじさん手帳じゃない！」と嘆き、明朝体ふうの書体を採用している、べつのおじさん手帳に乗り換えた。中途半端な「かわいさアピール」はいらんぜよ。かわいい手帳はほかにたくさんあるのだから、素っ気ないぐらいの機能性街道を驀進(ばくしん)してほしいものだ。

それにしても謎なのが、「手帳の構成」だ。私は「一月はじまり」の手帳を使っている。しかし、二〇一七年版の「一月はじまり」の手帳は、「二〇一六年十二月」からはじまるのだ。終わりはきっちり、「二〇一七年十二月」。

おかしくないか？　一応「一月はじまり」の手帳として売りだしているのだから、「二〇一七年一月〜十二月」のみを収めるか、おまけをつけるのなら、「二〇一六年十二月」ではなく、「二〇一八年一月」にしてもらいたい。

いや、手帳会社が長年蓄積したノウハウに基づく、最適の「手帳の構成」が、現状の手帳なのだろう。だが私からすると、謎というか不便だ。たとえば二〇一六年の十一月とか十二月には、すでに二〇一七年の予定がいろいろ入ってくる。まだ翌年の手帳は買ってないし、どこかにメモしておかなきゃな、という局面だ。

そういうとき、二〇一六年の手帳の末尾に、二〇一七年一月の欄もおまけでついていたら、とっても便利。とりあえず予定を書いておき、二〇一七年版「一月はじまり」の手帳を買ったときに書き写せばいい。なのになぜ、「一月はじまり」の手帳は毎年毎年、きっちり十二月で終わってしまうのだ。そして毎年毎年、前年の十二月の欄が巻頭についているのだ。意味ないだろ！　ていうかこれ、「一月はじまり」じゃなくて、実質「十二月はじまり」ってことじゃないか！

人情として、十二月に新しい手帳をおろしたくないですよね。できれば一月から、新しい手帳を使いはじめたいですよね。賭けてもいいが、「一月はじまり」の手帳を使ってる人々の九割九分が、「前年の十二月の欄」にまったく記入したことないと思う。「前年の十二月の欄」をはぶくかわりに、「翌年の一月の欄」をおまけとしてつけておくれ！

でもな、「手帳に翌年の一月の欄がない」のは、もしかしたら、手帳会社の優しい心づかいなのかもしれないな。「この一年は、十二月できっぱり終わり」ということを手帳で厳然と示してやらないと、私みたいな人間は、「残り時間はいくらでもあるぜ」と錯覚し、するべき仕事をずるずると次の年、そのまた次の年へと繰り越そうとしてしまうから。

ううう、一年がもう終わりだなんて、信じたくない。置いていってくれ！

生きるってなんだろう

私は人生のなかでなにをしている時間が一番長いのだろうか、と考えてみた。書いている時間、と答えられればかっこいいのだが、どう検証しても寝ている時間が一番長い。子どものころから長時間睡眠派で、八時間は寝ないと頭がボーッとする。十時間眠ると、頭だけでなく体もしゃっきりし（自社比）、体調が万全になる。通常なら徒歩二十五分かかる最寄り駅までの道のりも、二十三分半ぐらいで着くほどだ。

もう少し駅から近いところに住みたい、と友だちに言ったら、

「え、あなたの家、二十五分はかからないでしょう。遊びにいくとき、いつも駅から二十分ぐらいで着くよ」

と言われた。私の歩みがトロトロしているのではない。友だちはたぶん、毎日十二時間ぐらい寝て、気力体力ともにみなぎっているのだと思う。

もちろん私も、自業自得な仕儀によって徹夜することもある。その場合、あとで十四時間ぐらい寝溜めをしないと、使いものにならない。以前はぴくりとも動かぬまま連続十四時間眠れたのだが、最近は十時間目ぐらいで尿意に襲われ、しかたなく起きだして

用を足したのち、残りの四時間に取りかかる、というペースだ。

お年寄りは夜中に何度もトイレに立った挙げ句、結局朝早くにぱっちり目が覚めてしまうという。私が睡眠十時間で尿意を覚えるようになったのも、加齢であろう。と、べつの友だち（二歳年下）を相手に嘆いたら、

「私は昔から六時間ぐらいしか眠れないし、最近では五時間目ぐらいで一度トイレに行くようになっちゃったよ！　あんた全然元気だよ！」

と嘆き返された。薄々気づいてはいたが、やっぱりわしは寝すぎなんじゃのう。

とにかく、寝るために生まれてきたのかというぐらい寝ている。「あなたの人生の意味はなんですか」と問われたら、「眠ることです」と答えざるを得ない状況だ。たとえ八十年生きたとしても、実質は四十年ほどしか覚醒してる時間がない計算になるわけで、いいのかこれで。絶望的な気持ちになる。

では、人生のなかで二番目に時間を費やしていることはなにかと言えば、断言できるが読書だ。移動中も食事中も寝る直前も、本や漫画を読んでいる。もっと率直に言えば、仕事をするふりをして、パソコンのまえでも本や漫画を広げている。一日に六～八時間は読んでる気がする。二十四時間のうち、八時間寝て、八時間読書をしてるとすると、残りは八時間だ。家事や日用品の買い出し（このときに本屋にも寄る）に二時間かかるとして、一日に六時間しか仕事していない。そりゃ、仕事が進むはずがない。

さらにおそろしいことに、私は近ごろ、ネット配信でいろんな映画やアニメを見られることに気づいてしまった（遅い）。私は汚部屋に住んでいると思われがちだが、そして現に整理整頓が行き届かず本をはじめとする種々の紙類に埋もれて生活しているのだが、実は潔癖症な部分もあって、帰宅したら即行でうがい手洗いをするし、外出着のままベッドに倒れこんだり、鞄や脱いだ服をベッドのうえに置いたりということは絶対にできない。なによりも苦手なのが、レンタルビデオ（いまはＤＶＤか）に触れることだ。図書館の本も若干苦手だが、まだ大丈夫だ。古本屋の本はまったく問題ない。いったいどういう基準なのか、自分でもわけがわからない。

ところが、いまやネットで映画やアニメを見られる世の中になっていたのだ！　ひゃっほーい！　会費を払えば見放題だったり、パソコンでポチリとすればレンタル配信されたりすることに気づいた私は（遅い）、年末年始にいろいろ見まくった。『００７／スカイフォール』がおもしろかった（遅い）。

映画やアニメを見る時間が、一日に二時間ほど加わった。あと、テレビで録り溜めておいたアニメ『ハイキュー!!　烏野高校ＶＳ白鳥沢学園高校』が、一話見終えるたびに「おもしろい……」と一人でつぶやいてしまうほどおもしろくて、原作漫画（古舘春一・集英社）を電子書籍でまとめ買いしようとする手を、「やめろ、いまは漫画をまとめ読みしてる場合じゃなかろう、やめるんだ！」とぶるぶる制止するのに、一日に十五分ほど費やしている。もう無駄な抵抗はよして、買えよ。そのほうが時間の使いかたとして有意義だよ。

創作物を読んだり見たりする時間（&創作物の購入を迷う時間）が、トータルで一日に十時間十五分。仕事をする時間が、一日に三時間四十五分に減った。危機的状況だ。本当に絶望的な気持ちだ。

でも、これで堂々と胸を張って言える。「あなたの人生の意味はなんですか」と問われたら、「創作物を読んだり見たり、形式上、購入を迷ってみせたりすることです！」と。やったー、悔いなし！　さあ、漫画『ハイキュー!!』のまとめ買いボタンをポチリと押そうっと！

まっとうなる市民の愉しみ

前回、「漫画『ハイキュー!!』のまとめ買いボタンをポチリと押そうっと!」と書いた。そのあと二日間は耐えたものの、とうとう欲望に抗いきれなくなり、既刊すべて(当時、二十四冊)を無事購入したことをご報告します。そして三日間かけてじっくり読んだ。とてもおもしろかった。

『ハイキュー!!』は、バレーボール部に所属する男子高校生たちの青春スポーツ物だ。私は運動が大の苦手なのだが、スポーツの試合を見るのはわりと好きだ。夜中にテレビでテニス中継とかやってると、「猫が喜ぶ映像を見た猫」みたいに、寝るのを忘れて画面を凝視してしまう。

しかし、そんな私が唯一面白味を見いだせなかったスポーツ。それが実は、バレーボールなのだ。「なんで球の行き来が一区切りつくたび、コートのなかでメンバーがわちゃわちゃするんだろ」と思っていた。順繰りにポジションが変わるからなんですね! 『ハイキュー!!』のおかげで、はじめてうっすらとバレーボールのルールがわかった気がして、実際の試合を今度テレビでやっていたら見てみよう、と俄然興味が湧いてきた。

『ハイキュー!!』を読んでもうひとつわかったのは、「赤点を回避するために勉強するシーン」が、私はすごく好きなんだなということだ。スポーツ物といっても、主要登場人物の大半は高校生なので、学校生活も描かれる。ふだん部活に打ちこむあまり、勉強が苦手なメンバーももちろんいる。そんなかれらが、うんうんうなりながら机に向かうシーンが来ると、「大好物の猫缶にまっしぐらな猫」みたいに、すべてを舐めつくす勢いでページを凝視してしまう。

スポーツ物のなかに差し挟まれる勉強シーンは、『SLAM DUNK』(井上雄彦・集英社)にもあった。むろん、「猫まっしぐら」であった。なぜこんなに「赤点を回避するために勉強するシーン」が好きなのだろうと考え、

一、親近感が湧く。

二、日常を垣間見られた気がする。

三、立場の逆転を味わえる。

という理由に行き着いた。

「一」は、私も数学や物理で追試になることがあり、理数系が得意な友だちに泣きついて、なんとか赤点だけは回避できるように特訓(?)を受けていたからだ。バスケやバレーで超高校級のプレーを見せる漫画の登場人物たちも、やっぱり「ひとの子」だったか、と身近な存在に感じられるのが、「赤点勉強シーン(と略す)」だ。

それに関連する理由として、「二」がある。スポーツ物の主眼はスポーツを描くことにあるので、当然ながら漫画の登場人物たちは、ほとんどのページでスポーツしかしていない。しかし、かれらとて高校生のはず。「授業はどうしてんのかな」とか、「いつも体育館にいる気がするけど、もしかして家がないのかな」とか、読んでるうちにだんだん不安になってくる。

「赤点勉強シーン」は、そんな不安を一気に払拭してくれる。教室やメンバーの自宅で、みんなで集まって勉強するのである。「おお、やはり授業にも出てたし、家もあるんだ」と読者としてはうれしいし、我々と変わらぬ「日常」を送っているんだなとホッとする。つまりは、登場人物たちを身近に感じられるのだ。

「三」の「立場逆転」とはなにかというと、部活動のときには目立たなかったり、そのスポーツがそれほど得意ではなかったりするメンバーが、花形の選手に勉強を教えてあげる、というパターンだ。体育館ではブイブイ言わせてる子が、机に向かうとてんでヘナチョコ。スポーツでは押され気味の子が、鬼と化して勉強を指南。こういうシーンを見ると、人間関係のスリリングさと、互いの弱点を補いあうかっこよさを感じて、「いい！」と興奮してしまうのだった。

というわけで、「部活動スポーツ物は、必ず『赤点勉強シーン』を入れるべし」と、脳内幕府がお触れを出した。津々浦々まで、このお触れが浸透することを余は願っておるぞよ（猫将軍談）。

一方、パソコンでの映画鑑賞も順調に進行中だ。ダニエル・クレイグ主演の『007』シリーズを全部見たのだが、いい塩梅に現代風味にアップデートされてるなと感じた。とはいえ『007／スペクター』で、列車内で敵に襲撃され、食堂車をはじめ三両ぐらい破壊しまくったジェームズ・ボンドが、「これからどうするの？」とヒロインに聞かれるやいなや、客室に彼女を連れこんでニャンニャンしはじめたときには、「そうだな、『007』ってこういう映画だったな」と爆笑。

「どうするって、そりゃあ、まずは車掌さんに謝って、壊したテーブルとかグラスとか弁償して……」なんて考えた自分、ちっちゃかった。このぬぐいきれぬ小市民感をなんとかしないと、とても世界を股にかけた諜報活動などできないぞと反省する。

ジェームズ・ボンドはたぶん、「赤点勉強シーン」を飛ばして読む派だろう。さすが、女と目が合った瞬間に口説きだすようなやつはちがうぜ、と思うが、「そのページに醍醐味があるのに、ばかっ」と胸毛の五、六本ぐらいむしってやりたい気もする。

追記：『ハイキュー!!』は全四十五巻で完結。むろん、ポチリと購入しつづけた。サイコーにおもしろかったと思わないか、みんなたち……！

ファッションは愛と平和

おしゃれなファッション誌にエッセイを書かせていただいているのに、ふと気づいたらこれまで、「顔を洗うのが面倒くさい」とか「漫画をまとめ買い」とか、そんな話ばっかりしてしまっていることに気づいた。いまさらながらですが、すみません。

でもまあ、「ＢＡＩＬＡ」読者のみなさまのなかにも、実は洗顔って面倒だなと思ってたり、実はオタク成分がビンビンにあるけどふだんはさりげなく隠蔽(いんぺい)してたり、というかたもおられるはずだ（と信じたい）。

人間とは、一筋縄ではいかない矛盾や裏の顔を併せ持っているものなのだから！

てなわけで、ファッション誌にふさわしい、私の裏の顔を暴露いたしますと、本当は洋服や靴が大好きで、ファッションに興味津々なんですの。「中学のときから着てる袖がほつれたトレーナーに、足首にかけてすぼまってるダサいジャージズボンで、冬場はドテラを羽織ってるくせに！」と、信憑性がまるでないと思うが、待って、それはあくまでも部屋着なの！　たまーに仕事で外出するときは、「なにを着ようかな」とうきうきでお洋服と靴を選んでるの！

真におしゃれなひとは、部屋着もちゃんとしてますよね。すみません（まだ規定枚数の半分も書いてないのに、二度目の謝罪）。

年が明けてすぐ、なんの気なしに欲望百貨店に寄ったら、ちょうどセールの時期だった。ちなみに「欲望百貨店」とは、新宿の伊勢丹のことだ。我が物欲をくすぐることにかけては右に出るもののない百貨店なので、個人的にそう呼んでいる。

期せずしてセールにぶち当たると、テンションがMAXになりますよね。百円の宝くじが三万円ぶん当たってたと知ったときぐらいのテンションだと思う。宝くじを買ったことがないので、あくまでも想像だが。

まずは欲望百貨店の上階で天ぷらを食し、心と胃袋を少し落ち着かせてから、「MARC JACOBS」に突入した。かわゆいお洋服がいっぱい！　やだ、どうしよう。あまりのかわゆさに正気を保つのが困難だよ！　でも、最近の服は肩幅とかが華奢すぎると思う！　最近の私が（横方向に）成長著しいのがいけないのですけど。

店員さんにお願いして、大きなサイズの在庫を探してきてもらい、セーターとブラウスとスカートを試着した。問題はスカートだった。

「いかがですか？」

と店員さんに声をかけられた私は、スカートを穿いた状態で厳かに試着室から出た。

「とてもかわいいスカートだと思います。しかし、ほら……」

そっとセーターをめくりあげ、ウエスト部分を見せる。「なんとかホックを留められたけど、きついんですよ！　いま、天ぷらをたらふく食べてきたから？」

そんなこと聞かれても困るだろうに、店員さん（若くてかわいい女性）は、すごくいいひとだった。ぱんぱんな私の腹まわりを見て、

「天ぷらのせいですよ、お客さま」

と優しくうなずいてくれたのだ。「それに、きつくてホックが留まらなかったら、うえに着てるセーターとかカーディガンとかパーカーとかで、さりげなく隠せばいいんです！　ファスナーが三分の二ぐらいまで上がれば、なんとかなるものです。私もそういうときあります！」

彼女は、スカートを穿いた私の尻のラインなどを真剣な目で検討し、「大丈夫です、サイズは合ってます」と言った。

なんだか感動してしまった。セールストークではまったくなく、本当に服が好きだから、服を売る仕事に就いてるんだなと感じられる言動だったからだ。

たとえ、ウエストのホックをこっそりはずしてるときがあろうとも、気に入った服を大切に着る、という基本を忘れなければ、それでいいんだ。改めて、そう気づかせてくれる言葉だった。店員さんが腹を割って話してくれたおかげで、「こんなおしゃれなひとも、留まらないホックを隠してるときがあるんだな」と、非常に勇気づけられもした。

そういうわけで、セーターとブラウスとスカートを無事購入した。幸せな気持ちで、外出時に着用している今日このごろだ。腹具合（と言うと、べつの意味に取れるが）によっては、スカートのホックが留まらないんですけどね。天ぷらにばかり責任を押しつけてみたが、やっぱりちがった。ひとえに私の不摂生のせいじゃった！　でも無問題。ウエストまわりなんざ、隠せばいいのだ！

あれ？　せっかくファッションの話題なのに、私が書くと、なんだかおしゃれ感が皆無になってしまうような……。すみません（三度目）。

オタク成分濃厚な猛者（私）と、若くてかわいい店員さんは、端から見たら「異文化の激突」って感じかもしれない。だが、「洋服大好き！」という思いが、我々を結びつける。ファッションの持つそういう力が、私は好きだ。ラブ&ピース。

それに、おしゃれな店員さんたちが、たとえば漫画オタクという可能性だってあるだろう。留まらないホックを秘匿するように、だれしもにいい意味での「裏の顔」が存在する。人間のそういう奥深い味わいが、私は好きだ。ラブ&ピース。

弱腰ダース・ベイダー

悲劇は春の昼下がりに起こった。

自宅でさして重くもない段ボール箱を持ちあげた拍子に、我が背中から腰にかけてビキビキビキッと電流が走った。「ふごぉっ」と短い悲鳴を上げ、箱を持ったまま、まえかがみの体勢で動きを止める。

これが噂に聞くぎっくり腰か、と推測はついたのだが、どうすることもできない。とりあえず箱を床に下ろしたいのだけれど、背中の角度を変えるのに多大な勇気がいる。脂汗を垂らしながら、一ミリぐらいずつ前傾姿勢を深めた。痛みが間断なく襲いくるので、「しゅごー、しゅごー」と、「出産に臨むダース・ベイダー」みたいな呼吸法を駆使しつつ、なんとか箱の底を床面に接地させる。

両手は自由になった。しかし、問題はまだあった。間が悪いうえに尾籠（びろう）な話で恐縮だが、私は尿意を覚えていたのだ。「この箱を運び終えたらトイレに行こうっと」と思ってたところだったのだ。なのに、ぎっくり腰。オーマイガッ。

究極の前傾姿勢で、ほぼ床しか見えていない状態のまま、秒速一ミリ程度の速度でトイレへ向けて進撃を開始する。苦しい戦いじゃった……。背筋を駆ける痛みで、もう尿意があるのかないのか自分でもよくわからなくなっていたのだが、膀胱（ぼうこう）は確実に、「おいら、ここにいるよ」と存在を主張してる気がする。その主張に応えるのが俺の使命、と自身に言い聞かせ、徒歩三歩の距離を五分弱かけて移動する。

トイレのドアを開閉すること、便器のまえで体の向きを百八十度回転させること、パンツを下げつつ便座に腰を下ろすこと、排尿後に紙で拭くことなどなどに、どれだけ時間と勇気を費やしたか、もはや言うまでもあるまい。あと、ぎっくり腰が治癒するまでのあいだ、小はともかく大がまた大変だったことも、お察しいただけると思う。

だが、苦心惨憺（さんたん）してトイレに行って、よかったこともあった。小用を終え、便座から立ちあがってみてわかったのだが、前傾姿勢よりも直立不動の姿勢のほうが、なぜか楽だったのである。「しゅごー、しゅごー」と呼吸しつつ、「能舞台に立ったダース・ベイダー」みたいな歩きかたで部屋に戻る。

仕事机のうえを手探りし（なにしろ、直立の状態から少しでも角度がつくと、背筋により激しい電撃が走る）、携帯電話をゲット。行きつけの近所のマッサージ屋さんに、緊急で揉んでもらおうと思ったのだ。

しかし、マッサージ師さんと電話で話してるうちに、痛みはどんどん強くなっていった。こりゃダメだ。とてもマッサージ屋さんまで歩いていくことなどできない。マッサージ師さんは電話口で、「最初はとにかく冷やすように」と教えてくれた。

以前に使っていた腰痛ベルトを装着し、冷凍庫にあった保冷剤を挟む。すべての動作にふだんの二十倍ぐらい時間がかかる。疲れはて、ベッドで横になりたいのだが、一番楽な姿勢が直立不動なものだから、「しゅごー、しゅごー」と部屋でボーッと突っ立っているほかない。不毛だ。

手持ち無沙汰なのでテレビをつけ、立ったままワイドショーを眺めるダース・ベイダー。こんなことしてる場合じゃない、と我に返り、ノートパソコンを慎重に持ちあげ、高さ調整のため台所のトースターのうえに載せて、立ったまま仕事してみるダース・ベイダー。不毛さと痛みで朦朧（もうろう）としてくる。腰は命、とつくづく思った。

本当に重いぎっくり腰は歩くこともできないそうなので、直後からなんとかトイレに進撃し、一週間後にはほぼもとどおりになっていた私は、まだまだ「ぎっくりのこわっぱ」だったのだろう。だが、ぎっくり腰は癖になるとも聞く。どうしたものかと、「ぎっくりの先輩」に予防法の伝授をお願いしたら、「ヨガが効く。『ワニのポーズ』と『コアラのポーズ』がいい」とのこと。

ヨガか……。著しく柔軟性に欠ける私にできるだろうか、と思いつつ画像検索してみたところ、「ワニのポーズ」は「仰向けになったイヤミが『シェー』をした感じ」、「コアラのポーズ」は「仰向けになった半跏思惟像（はんかしいぞう）が腿（もも）の下に腕をまわした感じ」だった。

いや、ヨガをやってるかたは、「ぜんっぜんちがう！」と思われるだろうけれど、ド素人の私にはそれぐらい複雑怪奇なポーズに見えた、ということだ。

これは……、むずかしすぎる（※個人の感想です）。腰と膝を八カ所ぐらい骨折しないと、私には「ワニのポーズ」は取れない。「コアラのポーズ」に至っては、柔軟性とともに脚の長さも要求されるように見受けられ、今生（こんじょう）の私に可能なのか？　来世、脚の長い生き物（よくわかんないけど、アシダカグモとか）に生まれ変わってからチャレンジしたほうがいいのではないか？

こんなこと言って運動しないから、ぎっくり腰になるのだな。励みます。

ぼんやりした世界

前回「ぎっくり腰になった」と書いたが、予防策のヨガは案の定つづけられず、体重も順調に増加の一途をたどり、このぶんだと次の「ぎっくり襲来」も近いのではと戦々恐々とする日々だ。

唯一よかったのは、「世の中にはこんなに『ぎっくりの先輩』がいるのか」とわかったことで、友人知人と「ぎっくりつらいよ話」で盛りあがり、共感しあえた。花粉症の季節に、あちこちで熱き連帯が生じるのと同じようなものだ。一定以上の年齢になると、人間だれしもぎっくりやらなんやら、体に不具合が出るのだなと痛感する。

ぎっくり腰だと、飲食店の丈の高いカウンター席に座るのが非常にむずかしい。腰をかばいつつ、動きの遅い虫のようにもぞもぞと椅子によじ登っていたら、

「もしかして、ぎっくり腰？」

と、知人（私より少し年上）が見事に言い当てた。

「そうなんですよ！　なんでもない動きをしただけだったんですが……」

「なんでもないようなことが、大敵なんだと思う」

と、知人は厳かにのたまった。知人と私が、『ロード』（THE虎舞竜(トラ・ブリュー)）のサビをしんみりと口ずさんだのは申すまでもない。

こんな辛気(しんき)くさい話題はなるべく避けたいのだが、腰だけでなく目も相当老化が進んでいる。いわゆるひとつの老眼だ。

ここ数年、ものすごい勢いで手もとの小さい文字が見えにくくなっている。仕事でゲラ（校正刷り）を確認していても、濁点と半濁点を見分けるのが一苦労だ。「バイラ」が「パイラ」になっていても気づかないわけで、こりゃあ問題である。

さらに問題なのが、老眼ゆえに若人(わこうど)に介助（ていうか介護）してもらわないとならない局面が増えたことだ。最近、小説の取材で某大学の研究室に行くことが多い。その研究室では大学院生のみなさんが、主に「シロイヌナズナ」という植物を使って実験や観察をしている。道端に生えていそうな地味な草なのだが、白くて小さなかわいい花が咲く。

作業を見学させてもらったり、顕微鏡で細胞を見せてもらったりするうちに、私もすっかりシロイヌナズナに愛着が湧いてきた。すると、自分でもシロイヌナズナの栽培を手伝ってみたくなるのが人情だ。

そこで先日、シロイヌナズナの種播(たねま)きをやらせてもらった。実験用に室内で育てるので、水を含ませたサイコロ状のスポンジのようなものに種を播く。スポンジは、トレイのうえにずらりと並んでいる。

　ところが、シロイヌナズナの種がむちゃくちゃ小さいのだ。全長一ミリもない、茶色の砂粒みたいなものである。当然、ピンセットでもつまめないから、水で湿らせた爪楊枝（つまようじ）のさきっちょに、細かい砂のようなサイズの種を一粒くっつける。その一粒を、スポンジにちょいと載せるのだ。

　老眼の身にとって、目の焦点を合わせるのが至難の業だった。爪楊枝のさきを凝視し、一粒だけくっついていることをなんとか確認する。それをスポンジに載っけて、次の一粒を爪楊枝にくっつける。そしてまたスポンジのほうへ視線を戻すのだが、どのスポンジに種を播けばいいのか、わからなくなってしまうのである！　なにしろ極小の種なので、スポンジにすでに載ってるのか載ってないのか、まったく視認できないのだ。顔を近づけたり遠ざけたりしてスポンジを眺めるも、視界がブレブレでまるでだめだ。

　しょうがないから、そのつど院生のかたに見極めてもらった。彼女は二十代なので、「このスポンジまで播き終えてます」と苦もなく判定する。

「一ミリもない種ですけど……、見えるんですね？」

「はい、見えます」

　ううう、なんという曇りのない瞳をしていなさるんじゃ。若さの輝きにやられたわしの目は、老眼＋涙でもうなんも見えん。

「世話をかけてすまないねえ」

とよぼつきながら、彼女が指すスポンジに種を播いていったのだった。取材に行ったら、なるべく先方の邪魔にならないよう努めるのが鉄則だが、そうも言っていられない段階に突入したようだ。

と書いていたら、近所に住む母が拙宅にやってきた。腕輪をはめたはいいが、留め具がよく見えなくて、自力ではずせなくなってしまったと言う。

だから、私も老眼なんだってば！

母の手首をつかみ、近づけたり遠ざけたりして腕輪を凝視するも、いまいちよく見えん。留め具の出っ張りを押したり引いたりひねったり、苦闘すること十分。スマホのカメラ機能で留め具部分を拡大する、という手法をようやく思いつく。腕輪をはずすだけなのに、内視鏡手術（？）みたいなことになっている。

こういうとき、身近に若人がいたら〇・五秒で留め具をはずしてもらえるのになあと思うも、拙宅には私と観葉植物しかいないので、どうしようもない。虫眼鏡(むしめがね)を買おうっと。さっさと老眼鏡を作ったらいいのでは、と自分でも思うが、うんにゃ！　そこはまだまだ踏みとどまりたいお年ごろだ。

奔放なる人々との旅

前回、某大学でシロイヌナズナの種播きをさせてもらった、と書いた。その後、私が播いたシロイヌナズナは順調に育っているようで、院生の女性がメール添付で写真を送ってきてくれた。

おお、かわいい葉っぱがにょきにょき顔を出しておるのう。孫の写真であるかのように、目を細めて眺めたのだが、よく見ると、全然芽が出ていない一角がある。ま、まさか、この一角に播いた砂粒ほどの種を、播いたはしから私が鼻息で吹き飛ばしてしまったのではあるまいな?

慌ててメールで尋ねたら、「いいえ、種がちょっと古かったから、発芽率が悪いだけだと思います」とお返事が。しかし、まんべんなく発芽率が悪いならまだしも、ある一角だけ不毛地帯になるなんて変だ。これは明らかに、犯人は私だ……!

老眼のせいで種播きもおぼつかなかったうえに、鼻息まで荒い。迷惑をかけてすまないねえと、よぼよぼお詫びしたのだった。

シロイヌナズナだけでなく、さまざまな植物の新緑がまぶしい季節の、ある週末。私は両親と弟とともに奈良に行った。法事や親戚の集まりはべつにして、家族そろって旅をするなど、何十年ぶりだろうか。

老齢の両親と中年の弟と私が、なぜ家族旅行をせにゃならんのか、本人たちにもよくわからなかったが、いろんな流れが重なって、「じゃあ奈良に行くか」ということになった。だが、べつに改めて会話するべき事柄もない。道中、それぞれ黙りこくって、本を読んだり寝たり駅弁食べたり車窓から風景を眺めたりしており、おい！　これ家族旅行じゃないだろ！　個人旅行だろ！

しかしまあ、レンタカーで奈良県内を移動し、明日香村（あすかむら）へ行く。私は寺や遺跡が好きなので、飛鳥寺（あすかでら）や石舞台古墳に大興奮したのだが、弟は「なんか甘いもん食べたくなってきたな」などと言っている。弟は下戸（げこ）で甘味好き、そしておそろしいことに体を鍛えるのが趣味という、私とは正反対の人間なのである。

しかたがないので、シャレオツなカフェに入る。今回、奈良に行って驚いたのは、市街地はもちろんのこと、明日香村にもカフェがたくさんできていたことだ。さすがはひとが押し寄せる観光地だ。コーヒーもケーキもおいしいし、うちの近所にこんなカフェがあったら日参するよ。うらやましい！

弟はカフェのメニューをじっくり吟味し、なにやらかわいらしいケーキを注文した。運ばれてきたケーキを、スマホで撮影なぞしている。女子か！　中年男のくせに、女子か！

食べ物を撮影するという習慣のない父と私はおののき、

「なんなの、あれ」

「さあ……。お父さんの携帯にはカメラなんてついてないぞ」

「ついてるよ。お父さんが気づいてないだけ。あ、ちょっと、撮った写真をＬＩＮＥでだれかに送ってるみたい！」

「らいんってなんだ？」

と、不毛な囁き（ささや）を交わしたのだった。母はといえば、私のぶんのケーキまでがつりとフォークで削り取っていった。自由すぎる振る舞い。

このメンバーでは、意思の疎通もままならないし、統率も取れない。

何十年も家族をやっていても、計り知れない部分があるなと思わされたのは、弟だけでなく父に対しても同様だ（母については、ずっと昔から計り知れないと知っていたので、もういまさら驚かない）。

明日香村方面から奈良市街地方面へと向かう途中には、「古墳銀座」と言っていいほど、ぼこぼこと古墳が並ぶ地帯がある。そのときは父がレンタカーを運転していたのだが、彼は急にハンドルを切り、古墳のまえの駐車場に車を停めると、

「さあさあ、降りなさい」

と我々をうながした。「ほら、古墳だよ！」

うん……。だが古墳って、「まわりに濠(ほり)がある、木々の生えた小高い丘」みたいなもので、見どころとかがあんまりピンと来ない。テンションの上がった父につきあい、「？」と思いつつも付近をちょっと散策し、車に戻った。

またも父の運転で、数百メートルほど進んだところで、よもやの急ハンドル。

「さあさあ、降りなさい。古墳だよ！」

うん……。いや、さっきの古墳とのちがいがよくわかんないし、この古墳銀座に並ぶ古墳一個一個、こうやって立ち寄ってくの!? 日が暮れるどころか朝が来ちゃうよ！ なんでそんなに古墳が好きなの!?

「このひと、ちょっと変じゃない？」と私。

「私はまえから、とっくにそう思ってた」と母。

「土を盛りあげたものを見て、よくあんなに興奮できるよなあ」と弟。

ドン引きする私たちにおかまいなしで、父はまた散策を開始した。持参したカメラで、うきうきと古墳の写真なぞ撮ったりもしている。それならケーキの写真を撮ったほうが、断然華やかだろう。

ちなみに父が写真を撮っていた古墳は、「崇神(すじん)天皇陵」なのだが、この古墳のまえに「御陵餅本舗(ごりようもちほんぽ)」という小さなお店がある。また甘いものを食べたがった弟と一緒に草餅を買ったところ、すごくおいしい！　父のことは気がすむまで散策させておき、母と弟と私は草餅を堪能(たんのう)したのだった。むろん、弟は草餅もスマホで撮影していた。女子か！

文庫追記：法事があり、父と二人で三重県へ行くことになった。名古屋で近鉄に乗り換えるとき、「こっちだ！」と言ってタッタカタッタカ歩く父についていったら、全然「こっち」ではなかった。同じような事態が道中で五回ほどあり、ついにたまりかねて、

「どうしてちゃんと確認せずに歩きだしちゃうのさ。あと、私のほうが重い荷物を持ってるのに、歩調を合わせようって気配りがない！　全体的にせっかちすぎるんだよ、お父さんは」

　と猛抗議するも、

「え？　歩くの速かった？　やっぱり脚が長いからなあ」

という反応だった。答弁が嚙(か)みあってないうえに虚偽が混入している。この「聞かない力」ぶり、もしや政治家に向いてるのではと思う。

　ホテルの予約は「お父さんに任せなさい」とのことだったのだが、案の定、シングルが一部屋しか取れておらず、しかもそのホテルはすでに満室だったので、私のぶんは自分でべつのホテルを手配するはめになった。父が予約していたホテルのフロント

のかたは、「当方の手ちがいでしょうか」と憂い顔だったが、「いえ絶対、父のポカです」「そうだな、なにか入力をまちがえた気がするな」と責任の所在を明確にする。ていうか親父、ミスしたくせに、なんでそう平然としていられるんだ。娘があやうく宿なしっ子になるところだったんだぞ。

極めつけは帰りの新幹線で、父はスマホから座席を予約し、私の席は私のスマホにチケットを分配するという。そんなハイテクなことが父にできるのかなと不安だったのだが、私は自分のスマホでピッと、新幹線の改札を通ることができた。おおー、お父さん、やればできるじゃん！　と思って振り返ったら、父が改札で引っかかっていた。なぜか父のぶんのチケットが、父のスマホにうまく入っていないらしい。自分で席の予約したのに、どうしてそんな事態が生じるんだよ。

新幹線の発車時刻が迫っていたため、駅員さんは父に、「こいつ、チケット持ってるって言い張ってるんですけど、詳細不明。あとはよろ」的な車掌さん宛の伝言を書いた紙を渡し、改札を通してくれた。新幹線の座席につき、通りかかった車掌さんに事情を説明する。

まだ二十代と思しき車掌さんは、とても親切なひとで、父にスマホの操作方法を優しく伝授したり、本部に問いあわせたりと、チケットが電子空間のどこに行っちゃったのかを調べまくってくれた。その結果、静岡通過あたりの地点で無事に、父のチケットがスマホに届いたのであった。名古屋から静岡通過まで、車掌さんの本来の業務のお邪魔をしてしまったわけで、父と私は車掌さんに盛大に詫び、感謝を捧げた。車掌さんはいやな顔ひとつせず、「いえいえ、解決して本当によかったです」と言ってくれた。

「なんて心が広いひとなんだろう。端で聞いてるだけで、私はお父さんの機械オンチぶりにブチ切れそうになったのに」

「ほんとだなあ。まったくスマホってやつは」

ちがうよ、なんでしれっとスマホのせいにしてるんだよ！　とにかく今後はおとなしく紙のチケットを買え、と厳命したのだが、父は知らん顔で車内販売のコーヒーを買い、スマホで決済なぞしとる。使いこなせないくせに、新しいもの好きなのだ。そして私のぶんのコーヒーは。ふつう、同行者にも「いる？」って聞くだろ。自分で買った。

東京駅構内でも、丸(まる)の内(うち)がわに出ようねと言ってたのに、父はタッタカタッタカ八重洲(やえす)がわに向かうので、「お父さん、そっちじゃない！」と必死に呼び止めたら声がかれた。父と旅をすると疲労が著しいのだった。

まちがいにときめく

急いで仕事相手に連絡せねばならないことがあり、夜の七時すぎに、携帯に電話した。メモしておいた番号をぽちぽちと自分のスマホに打ちこんでかける。

すると、

「……ふぁい、もしもし」

と男性の寝ぼけ声が応答した。私はあせっていたので、

「あ、三浦です。Ｆさん……」

と勢いこんで呼びかけたのだが、そこで「ん？」と思った。

会社で仕事してるはずのＦさんが、なぜ寝ぼけ声なのか。早寝すぎる。それにＦさんは、たぶん四十代だろう男性なのだが、いま電話に出た声はどう聞いても二十代前半ぐらい。Ｆさん、いつのまに若返ったんだ？

「……Ｆさんの携帯にかけたつもりだったのですが、ちがいますよね？」

おずおずと尋ねると、

「はい、Ｆさんではないですね」

と、相手も目が覚めてきたご様子。

恐縮の極致になって、「すみません、すみません、まちがえました！」と謝る。ふつうはそこでブツリと電話を切られても当然だと思うのだが、名も知らぬ二十代（推定）男子は、とても親切なかただった。

「あの、何番におかけになりましたか？」

「090-○○○○-○○○○です」

「あー、最後の下二桁がちがいます。僕の番号は○○××なので」

「ぎゃふんっ。二桁もまちがえていたか……。大変失礼しました」

「いえいえ、大丈夫ですよー。では」

へこへこしながら電話を切ったのだが、私はむろん、思っていた。

Fさんはもうどうでもいい（仕事上の緊急連絡が必要なので、どうでもよくないわけだが）。この二十代男子と、もっとお話ししたい、と……！

いや、私にも理性ってもんがありますから、かけ直したりはしませんでしたよ。「もうまちがえないようにしよう」と、Fさんの番号を慎重に自分の携帯に登録しつつ、発信履歴に残った二十代男子の番号もあやうく「名なしの君」として登録しそうになりましたが、踏みとどまりましたよ。

でもさあ、ドラマとかだったら、これをきっかけに素敵な恋に発展する局面じゃない？　寝てるところを叩き起こされたのに（推定）、いやな顔ひとつせずに（推定）親切に対応してくれるなんて、なんと優しい青年だろうか。彼とつきあわずに、いったいだれとつきあうというのだ！

私はしばらく、

「私の声は、彼にいい印象を与えることができただろうか。『素敵な声だったな。もうちょっと話してみたいものだ』と彼も思ってくれてたらいいのだが……。え、ちょっと待って。もし彼から電話があったら、どうする？　若者の前途を思えば、『ごめんなさい、私、声は若いってよく言われるんですけど、実は六十五歳なんです』って嘘をついてでも身を引かなきゃ……。やだ、つらいわ〜！

ところが、『それでもいいです。もっとおしゃべりしませんか』と彼が言ってくれて、頻繁に連絡を取りあうようになる私たち。そのうち彼は言うだろう。『電話で話すだけではたりない。一度、会いませんか』と。待ちあわせ場所は、ベタに渋谷ハチ公でいいかな。

ハチの尻尾を握って待つ私に、さわやかな好青年である彼が歩み寄ってくる。そして、『六十五歳だとうかがってましたけど、若く見えるんですね』と照れくさそうに微笑むのだ。うきゃーっ。

よし、あとあとのことも考えて、ここは絶対、六十五歳だと嘘をついとくべきだな。

実年齢を明かしてしまったら、せっかく会えたときに、『老けてるんですね』と言われることまちがいなしだからな。ふっふっ、こわいほど戦略家な俺だぜ」などと、アホかつ自意識過剰な妄想を繰り広げてにやにやしていた。そのころFさんは、

「三浦さんから全然連絡ないけど、仕事はどうなったんだろう」

と、鳴らない電話をまえに首をかしげて会社で待機していた。めんごめんご！（↑古い）

「六十五歳だなどとわざわざ嘘をつかなくても、二十代男子は相手が四十歳だと判明した時点で、充分身を引く（ていうかあとずさる）だろ」というツッコミは、私も我に返ってから苦さとともに重々嚙み締めましたので、くれぐれもご無用に願いたい。

はー、まちがい電話がきっかけで、思いがけず楽しい気持ちを味わえたなあ。まちがえられた二十代男子にはとんだ災難で、まことに申し訳ないことだが。やっぱりスマホの操作にいつまでたっても慣れないのが敗因だな。反省し、これからは念には念を入れて確認したのちに発信ボタンを押さなければ（スマホにボタンはないのに、「ボタンを押す」と言ってしまうあたりが旧世代）。

携帯が普及して以降、まちがい電話は激減したと思うが、「まちがい」って実はそんなに悪いことばかりじゃないのかもしれない。予期せぬ相手、顔も名前も知らないだれ

かと、偶然にもつながり、言葉を交わす。それを「まちがい」の一言で片づけてしまったら、あらゆる出会いがまちがいになってしまう。

まちがい電話にも親切に対応してくれた二十代男子のおかげで、まちがいを安直にまちがいだと断じることこそまちがいなのかもしれぬ、という視座を授かったのだった。物事の多面性、多層性を教えてくれて、ありがとう二十代男子！　まちがい電話しちゃって、ほんとめんご！（↑軽い）

招かざる客

一人暮らしなうえに在宅仕事の私は、生き物との交流に飢えている。この際、「人語を解する相手がいい」などという贅沢(ぜいたく)は言わぬ。自分以外の生命体と触れあいたいのだ。かといって、犬や猫やトカゲといったペットを飼う踏ん切りはつかない。粗忽者(そこつもの)の私が飼い主では、エサをやり忘れたり散歩をサボったりしてしまいそうで不安だ。じゃあ、自宅に勝手に侵入してきたコバエや蚊やクモとの触れあいで満足できるかというと、そうでもない。むしろあんまり触れあいたくないので、叩き殺したりそっと逃がしたりしている。「贅沢は言わぬ」と言ったそばから、わりと贅沢を言っている。

結局、植物に落ち着いた。拙宅の居間には現在、観葉植物の鉢が複数置いてあり、繁(しげ)った葉っぱが邪魔でテレビを見にくい状態だ。どんどん成長し、野放図に枝や葉を生やすかれらのせいで、家主であるはずの私が縮こまって暮らしている。でも、長年同居する相手ゆえ、愛着を覚えるのも事実。水や肥料をこまめにやって、毎日話しかけている。ま、かれらが私にどんな感情を抱いているのか、そもそも私の存在に気づいてくれているのか、まったく不明なんですけどね。一方通行の愛。

いまは夏なので、観葉植物以外の鉢植えはベランダに出している（冬のあいだは、かれらも室内に退避させるので、部屋の人口密度ならぬ緑口密度が半端ない。まさに足の踏み場がないほどだ）。ミニバラや朝顔やポインセチアのほかに、適当に買ってきた正体不明の鉢植えが、ベランダにずらりと並ぶ。

屋外組に対しても、水やりと肥料は欠かさない。傷んだ葉を毎朝取り除いたり、病気や害虫を発見次第適宜対処したりするおかげで、無茶苦茶元気に育った。もしかして私、案外植物を育てる才能があるのやもしれぬ、などと悦に入りつつ、今年何度目かの花をつけたバラを観賞している。朝顔も順調に咲き、種ができはじめましたぞ。

ところが、ベランダの楽園に危機が到来した。ポインセチアにコナジラミが発生したのだ。コナジラミとは、ほんとに粉みたいな白い虫で、飛翔する。人体に悪影響を及ぼす虫ではないようだが、とにかく数がすごくて、きゃつらが葉っぱに取りつくと植物が弱ってしまう。

最初は、「なんか白くてちっちゃな虫がいるなあ」と、鉢ごと揺すって追い払っていたのだが、きゃつらはどんどん繁殖し、しまいにはポインセチアだけでなく、バジル、朝顔、名前がわからん紫の花をつける植物にまで魔の手をのばしていった。葉っぱをちょっと揺らすと、ぶわっと白い粉的な虫が舞うほどの、大量発生である。

殺虫剤を噴霧したり撒いたりしても、きゃつらの繁殖力が上まわるようで、あまり効果がない。しかも、羽があるもんだから、どこからかまた新顔が飛んでくるのだ。ぐぬぬ、大事に育てた鉢植えを、こんな悪い虫に食われてたまるか……！

「娘に彼氏ができて憤激にかられる頑固親父」みたいになった私は、ネットでコナジラミ撃退法を収集しまくった。そして夏のある朝、五時半に起きだして（張り切りすぎ）、反撃ののろしを上げた。

まず、ベランダにサバイバルシートを敷いた。コナジラミは太陽の光を感知して、どっちが空でどっちが地面かを判断しているらしい。銀色のサバイバルシートは、日光をぎらぎらと反射させる。そのため、コナジラミはどこから光が差しているのかわからなくなり、目をまわして墜落してしまうのだ。

サバイバルシートのうえに鉢植えを並べると、おお、効果があった！　コナジラミどもがうまく飛べず、シートに落下しはじめたではないか。ふっふっふっ、所詮は虫。私の敵ではなかったようだな。

だが、この程度の戦果で反撃の手をゆるめる吾輩ではない。次に私は、黄色い虫取りシールを設置した。コナジラミは黄色に集まる習性があるそうなのだ。虫取りシールは、七夕の短冊みたいな形状で、粘着力が強い。これに引き寄せられたコナジラミどもは、身動き取れずに死亡するというわけだ。

ベランダの柵に等間隔で、黄色い虫取りシールを何枚もぶらさげた。そうするあいだにも、コナジラミが虫取りシールに吸い寄せられ、「あれー、動けないよう」と困惑している。ふっふっふっ、愚かな虫けらどもめ。私が手塩にかけて育てたかわいい鉢植えたちに、これ以上のちょっかいは許さん！

だが、コナジラミだけじゃなく、いろんな虫が黄色に惹かれるようで、蛾や蜂までふらふらとシール周辺に集まってきた。ちがーう、きみたちを殺戮するつもりはない！　ここは危険だからすぐに退避したまえっ。ベランダで暴れまわって、コナジラミ以外の虫を遠ざける。

あと、サバイバルシートの反射光で、鉢植えの土がすぐに乾いてしまうことが判明。私の一日は、ベランダで暴れることと水やりで終わると言っても過言ではない。

しかしまあ、コナジラミはどんどん減少しているので、よかったよかった。一息つき、居間で扇風機にあたりながらふとベランダを見て、気づいた。

一面銀色に輝き、黄色いお札状のものがいっぱいぶらさがっている……。「UFOを呼ぼうと、宇宙に合図を投げかけるひとが住んでる部屋のベランダ」みたいになったぞ、やったー！

……そろそろ地球外生命体とも触れあえるかもしれんなと、楽しみだ。人語を解さぬ相手との触れあいは植物で慣れてるので、問題ない。

きらめきの夏！

ある夏の暑い日、またもベランダで鉢植えの手入れをしていたら、チビッコの笑い声が聞こえた。なにげなく声のしたほうに視線をやると、眼下の歩道を、「きゃははは！」と五歳ぐらいの男の子が素っ裸で走り抜けていくところだった。

な、まじで靴も履いてない、マッパ……!?

思わず立ちあがり、ベランダの手すりから身を乗りだして、走り去っていく男の子の勇姿を見送る。するとかなり遅れて、男の子のお母さんらしきひとが、

「タッくん、待ちなさーい！　せめて服を着てー！」

と、子供服を振りかざしながら必死で追いかけていった。

わかるぜ、タッくん。と私は思った。今日はいい天気だもんな。ビニールプールかなんかで水浴びしてるうちに、テンションが上がって、全裸で駆けだしたくなっちまったんだろ？　でも、そこは公道だから、パンツぐらいは穿こうな！

一人の人間がストリーキングに目覚める瞬間を目撃でき、なんだかすがすがしい思いになったのだった。

夏のきらめきは、ひとをおかしくさせる。みなさんも覚えがあるだろう。海の家で知りあった男といい感じになったとか、河原でバーベキューして、友だちだと思っていた男と夕闇のなかしんみり語りあううちにいい感じになったとか、そういう経験が！　ちなみに私はそんな経験一度も味わえたことないけど、とにかくおかしくなったっていいんだ！　だってきらめく夏だから！

え、「フルモンティで激走してた五歳児より、おまえのテンションのほうが変だ」って？　ふっふっ、よくお気づきになられましたね。常にテンションがおかしいことでは定評のある吾輩ですが、いまおかしさの絶頂に位置している！　なぜなら、映画『HiGH&LOW』シリーズを見てしまったから！

一応説明すると、『ハイロー（と略させていただきます）』は、EXILE一族のみなさんが多数出演している作品です。私はEXILE一族の顔と名前がまったく一致していないほどの門外漢なのだが（人気者に疎いから）、「とにかく『ハイロー』がすごいから見るべし」と友人たちに勧められていた。

それで先日、映画第一弾『HiGH&LOW　THE　MOVIE』を配信レンタルして鑑賞した。これが予想をはるかに上まわるすごさで、「祭りじゃあい！」と一気にテンションが頂点へ。ちょうど、「原稿を完成させるか、腹をかっさばいて果てるか」という崖（がけ）っぷちにいたため、四十八時間ほぼぶっ通しで映画を流しながら、書きに書きまくる。おかげさまで、なんとか腹に刃物を突き立てずにすみました。ありがとう、琥珀さん！　ありがとう、SWORDのみんなたち！

「『琥珀さん』とか『SWORDのみんなたち』ってだれだよ」と思うかたもおられるかもしれないが、細かいことは気にするな！　映画を見ればわかる、超絶どうかしてるやつら（失敬）だ、と！

祭りはまだまだ終わらない。数時間の仮眠からむくりと起きあがった私は、上映中の第二弾『HiGH&LOW THE MOVIE2 END OF SKY』を見に映画館へ行き、「まじか！　俺の人生で、絶頂のそのさきを知るときが来るとは……！」とテンションフルMAXになって、友だちと深夜に数時間、喫茶店で『ハイロー』について熱く語りあった。

そしていま、スピンオフ映画『HiGH&LOW THE RED RAIN』もレンタルで見て、「ドラマ版をいつ見るかが問題だ。なにしろ、そろそろまとまった睡眠取らなきゃ死ぬからな！」とタイミングを計っているところだ。

なんでこんなに、『ハイロー』は見るものの心をわしづかみにしてくるのか。個人的には、「志の高さに胸が熱くなった」というのが一番の理由だ。

『ハイロー』には、常識的観点からすれば、たぶん欠点もたくさんある。「そのセリフ、正気か！」とか「いいから早くenterキーを押せ！」とか、爆笑のツッコミポイントが目白押しで、腕がだるくなるほどだ。でも、そんな作劇上の穴なんて、実は穴とも言えぬ些末なことなのだ。

役者さんとスタッフが、「俺たち、こういうものが好きなんだ！」という要素を全部ぶちこんで、このうえなく真剣に作った映画なんだなってことが、画面からびんびん伝わってくる。だからこちらも胸が熱くなり、「『ＨｉＧＨ』はわかるけど、『ＬＯＷ』はこの作品のどこにあるんだろう……。タイトルからして謎だが、とにかくありがとー！」と叫びたくなるというか。

気の合う仲間たちと、大好きなテイストの映画を作る。『ハイロー』には、ものすごくうまくいったときの、学生の自主制作映画イズムがあって（規模もクオリティも、もちろん格段に異なるが）、もうきらめきでなんも見えねえ……。「琥珀さんはなにがしたいんだ!?」と少々（どころじゃなく）理解に苦しむ点があったとしても、「これが好き！」という思いが結実した作品だからこそ、見るひとの胸を打ち、テンションが臨界突破する興奮をもたらしてくれるのだ。

映画第三弾が公開されるまで絶対に死ねない。友人と私は、固く誓いあった。「車にはねられても、車が大破しても死なない九十九さん（登場人物）を見習おうね！」と。九十九さん、頑丈すぎます！

追記：二章で予告したとおり、このあたりから様子がおかしいことになっている……。そしてまだまだこんなものではないおかしさを、このあとも露呈しつづけるのであった。

文庫追記：『ハイロー』シリーズはその後も公開され、現在は年齢がちょっと若いひとたちを中心にしたストーリーが展開中だ。またもきらめく人々が大勢出演し、超絶アクションを見せてくれるのでとても楽しい。私はイキッて電車から降り、なにかとあるたびに「ここまでされたんだぞ！」と吼える危険人物となりはてている。どの登場人物もすごく魅力的だが、強いて言えば泰清(やすきよ)コンビがかわいくて好きですね。冷蔵庫に泰清コンビのブロマイドを貼っちゃってます。ええ、ええ。

というわけでみなさま、『ハイロー　THE　WORST　X(クロス)』もぜひご覧ください。私はまわりで、「シリーズのどの作品をどんな順番で見ればいいのかわからない」というかたがいたときのために、独自に内容説明と見どころ、順番指南を記した文書まで作成して備えております。布教に余念がなさすぎる。暇なのかな。

映画三昧

前回はテンションのおかしさを露呈してしまい、失礼つかまつった。結局、『HiGH&LOW THE MOVIE2 END OF SKY』を合計四回、映画館へ見にいき、いまも順調に私の頭はアレなままだ。ひゃっほーい！

急いでつけ加えると、ほかの映画も見た。『ダンケルク』と『新感染 ファイナル・エクスプレス』だ。仕事が一段落すると、映画館に吸いこまれがち。

『ダンケルク』は、第二次世界大戦中の実話に基づく作品らしい。ドイツ軍に包囲され、海岸に取り残された大量のイギリス兵とフランス兵を、イギリスの民間船が大挙してピストン輸送し、救出したよ、というストーリー。見ていて私は、「なるほど」と思った。兵士の命を第一に考える。この姿勢に欠けていたから、日本は戦争に負けたんだなと。

たぶんイギリスは、綺麗事（きれいごと）だけで「兵士の命を第一」としていたわけでもないのだろう。実際問題として、死んでしまった兵士を次の戦場に送りこむことはできないし、政府に対する遺族の不信も高まる。すべてを冷徹に勘案して、「取り残された兵士をできるかぎり救出する」という判断を下したのだと思われる。

この人道主義（戦争に人道もなにもあったものではないが、「とにかく兵士を迎えにいく精神」）と合理主義の絶妙な配合が、さすがだなと感じた。と友だちに言ったら、

「『プライベート・ライアン』『アポロ13』『オデッセイ』とも通じるところがあるよね。人間に捕まったエイリアンを助けに、エイリアンの母艦が攻めてくる、って展開も多いし」

という意見が出て、「そういえばそうだな」と目から鱗(うろこ)が落ちた。

「だれかを助けにいく（あるいは、宝物などのなにかを奪いにいく）」というのは、物語を作りやすい（劇的効果を生みやすい）構造を持っているから、似たような展開の映画がたくさん作られるのだろう。しかし、エイリアンですら母艦で救出に来るというのに、日本ではあまり、「救出」に主眼を置いた作品がないような……？　まあ、史実に基づく映画だと、『八甲田山(はっこうださん)』にしろ『野火(のび)』にしろ、「だれも救出に来んのかいっ」という絶望を描く以外にないわけだが。

もしかして、史実に基づかない作品においても、日本では「救出はついに訪れず」という展開のほうに劇的効果を見いだす傾向にあるのかもしれぬ、って気がして、だとすると戦争は絶対にしちゃいけないなと思ったことでした。負けるから。いや、たとえ百パーセント勝てると言われても、私は頑として戦争には反対ですが。

『新感染』は、シナリオがとにかく素晴らしくて、最上級によくできたパニック映画だ

った。列車内がパニックに陥る原因が「ゾンビ発生」なのだが、ゾンビ物が苦手なかたにも自信を持っておすすめできる。もう、すべての登場人物の感情と言動に共感できて、私は物語中盤からずっと泣きっぱなしであった。

感動したのは私だけではなかったらしい。観客の大半が、上映終了後はゾンビみたいにふらふらになっていた。涙を流しすぎて、体内の水分量が減ってしまったようだ。ふらふらしながら、みなさん帰路についたり、トイレに寄ったりする。

私はトイレ派だったのだが、女子トイレ内の譲りあい精神が半端なきレベルにまで高まっていた。「やっぱり危機に瀕したときにこそ、真の人間性が問われるなあ。私はあんな行動ができるだろうか」と、それぞれが考えずにはいられない気持ちになっていたからだろう。見たひとの人間性を（一時的かもしれんが）向上させるという、素晴らしい影響を与える映画。それが『新感染』だ。でも、説教臭さとかはまるでなく、ひたすらパニック↓アクションが乱打されるところも、また素晴らしい。

トイレの外では若いカップルが、

「やべえ、俺、めっちゃ泣いちゃったよ……（照）」

「なんで、いいじゃん！　これはもう泣いちゃうよ！　あたしもめっちゃ泣いた〜」

と、いちゃいちゃしておった。カップルの仲の良さをも昂進させる映画。それが『新感染』だ。

泣いたことを恥ずかしそうに申告する男子も、それを優しく受け止める女子も、なんだかかわいいなと胸がキュンとした。年取ると涙腺とか鼻穴とかがどんどん緩んでくるので、男性が感動して大泣きしたとしても、「まあ、そうだよな。うむうむ、存分に泣くがよい」と、当然のことと見なすだけに終わる。いやだ、人生から新味や驚きが失われつつあるわ！

たとえば、こっちは感動してんのに、「なに泣いてんの、バカじゃね」ってリアクションされたら、「バカはおまえだー！」と百年の恋も冷める。そうか、だからカップルはデートで映画館へ行くといいんだな、と気づいた。映画の好みはちがってたっていいけれど、「この映画が好きだな」と感じている相手の思いを、尊重できるひとなのかどうかって、おつきあいする際にとても重要な判断ポイントだ。

前述のカップルは、たぶんうまくつきあっていけるだろう。うむうむ。幸せな気持ちで一人、映画館をあとにした。拙者、いつでもソロ活動！

追記：あっ、『海猿』シリーズは救出に主眼を置いた映画ですね！　ほかにもなにかあるかなあ。当然あると思うが、パッと思い浮かばないなあ……。「これをお忘れでないかい？」と教えていただければ幸いです。

はじめての体験

前回、「人生から新味や驚きが失われつつある」と書いたが、ここに謹んで訂正します。そんなことはなかった。私は新しい体験をした！　三代目Ｊ　Ｓｏｕｌ　Ｂｒｏｔｈｅｒｓの東京ドームコンサートで！

「またＥＸＩＬＥ一族の話か！」と思われるかたもいらっしゃるかもしれず、すみません。でもでも、すごかったの……。三代目（と略させていただきます）がすごいことなんて、昔からのファンのみなさまはとっくにご存じだと思いますが。なんか全方位に向けてすみません。だけど書かずにはいられないんだ、書かせてくれ！

わたくしが映画『ＨｉＧＨ＆ＬＯＷ』シリーズにはまったことは、すでにご報告しました。その段階ではＥＸＩＬＥ一族の顔と名前を一人も知らず、「ＬＤＨに所属してて」と友だちが説明してくれても、「……なんで電球に所属？」（↑それはＬＥＤ）とトンチンカンな質問をするほどの門外漢じゃった。しかし、それから二カ月のあいだに順調に進化を遂げ、三代目のドーム公演に行ったわけだ。

結論から言うと、命の危険を感じた。それぐらい輝きがすごかった。一年ぶんの許容は破裂した。

量を大幅に超えるきらめきが短時間に押し寄せたため、我が体内の「きらめき貯蔵袋」

（以下、二〇一七年のコンサートの演出に触れますので、ネタバレを避けたいかたは半目になってお読みください）あのですね、七台の移動式ミニステージに、メンバー（七名）が一人ずつ乗って、一斉にアリーナ席外周をまわるんですよ。「東京ドームが巨大な回転寿司屋と化し、まわってくる寿司が超高級ネタばかり」という状況をご想像ください。

その瞬間、かろうじてつながっていた理性の回路がちぎれる音を聞いたと思った。東京ドームじゅうの観客が、性別問わず、老いも若きも、黄色い声を超えて超音波を発しておった。一周目は私も、「きええええ」って脳天から怪鳥音が出てた気がする。

でも三周目に突入したときには、「もう、もう、受け止めかねるよ！　この回転寿司、一周で充分だよ！」と息も絶え絶えだった。素敵すぎてつらい。「きらめき貯蔵袋」はとっくに破けて使いもんにならんかった。ちなみに一緒に行った友だちは、「心臓が痛い……、物理的にほんとに痛い……」と、隣でずっとうめいていた。ふだんだったら心配して救急車を呼ぶところだが、そんな場合じゃないので見捨てることにした（残酷物語）。

まじで昇天するひとが続出してもおかしくない。それぐらいのレベルの輝きに接した人間は、どうなるか。

気づいたら私、合掌していました。自分でも驚いたのだが、もう声も出ず、次々にまわりくるミニステージに向かって、自然と手を合わせていました。奈良時代とか平安時代とかに、金色（こんじき）に輝く仏像を見た農民が、あまりのありがたさに思わずひれ伏して拝んだ。その気持ちを、我が身をもって体験&実感できた。しかも、ありがたい仏像が七体もまわってくるんだぜ！　三十三間堂か！　そりゃ拝む！

こんなのはじめて……！　という、数多（あまた）のエッチな漫画などで目にしてきたセリフ。そのたびに失笑してきたセリフが、よもや自分の脳内をよぎる日が来るとは（不穏当な発言をお許しください）。生きてはみるもんじゃのう。なむなむ。

薄々お気づきかと思いますが、最前から「すごかった」としか感想を言えていない。一応、文章で身を立てているものとして面目ない次第だが、しょうがないのです。「きらめき貯蔵袋」が破けると同時に、脳の言語野も破壊されたらしく、コンサートを見てから二日間、「……」とゴルゴ13みたいになってしまったのだ。東京ドームで見聞きしたものを分析・咀嚼（そしゃく）しようとしても、「……」。物心ついてからこのかた、ずーっと脳内で（一人で）しゃべりっぱなしだった私なのに、こんなのはじめて……！（それはもういい）

二日後の深夜、ようやく少し言語野が回復して思ったのは、「生まれ変わったら三代目になりたい！」という、中学生男子のような感想だった。何度生まれ変われば、あんな鍛えあげられた肉体＆ダンス＆歌のスキル保持者になれるのかわからんが。

同時に、二日ぶりに猛然と腹が減り、中学生男子が食べるような量のスパゲッティを茹で、ぺろりとたいらげてしまった。深夜にそんな量の炭水化物を摂取してるEXILE一族はたぶんおるまい。貴様、本気で三代目に生まれ変わるつもりあるのか！

これまでも、きらめきを放つステージを見るたび（宝塚とか）、「生まれ変わったらなりたい！」と思ってきた。「抱いてくれ！」方向ではなく、「憧れ」の感情が多分に含まれたものが、私のなかでの最高潮の感動であり「好き」なのだろう。しかし、自分が感じている気持ちが、「生まれ変わったらなりたい！」なのだと分析できるまで二日もかかったことは、いままでなかった。

というわけで、いくつになっても新味や驚きって降りかかってくるものなのだなと痛感しつつ、破けた「きらめき貯蔵袋」をちくちく縫いあわせています。また拝みにいく気まんまん！

追記：はい、様子のおかしさが最高潮に達しました。当時、会うひとすべてに『ハイロー』シリーズのおもしろさと三代目の素敵さを布教しまくり、ありとあらゆるエッセイでも書きまくった。私がエッセイの連載を持たせてもらっているのがちょうど集

英社の雑誌やウェブばかりだったので、必然的に集英社がＥＸＩＬＥ一族色に染まることになったぜ！（おおげさ）

と、過去の事象のように語っているが、現在進行形で様子はおかしいままだ。「すみません、その日はちょっと別件が入っておりまして」と打ち合わせを断るときの「別件」とは、「精神統一して、三代目コンサートのファンクラブ先行チケット申しこみをせにゃならん」とかだったりする。正気に返りたいが、素敵だから無理だ！

文庫追記：改めて読んでも、どうかしてる感が否めませんね。と、過去の事象のように語っているが、今年（二〇二三年）の私も忙しい。三代目がコンサートツアーをしてくださってるんですよ。ありがたい！　チケット全然取れないけど、気持ち的には私も会場で応援してるつもりですし（意味がわからないことを言いはじめた）、ほかのグループのコンサートにも行かなきゃだしで、てんてこ舞いです。仕事してる場合じゃねえ！　いや、します。ここまでされたんだぞ！　すみません、言ってみたかっただけです。

常識を超える体

肩のみならず全身の凝りがひどいので、定期的に近所のマッサージ屋さんで揉んでもらっている。

ところで以前も書いたと思うが、私の体脂肪率は、野球で言えば首位打者争いに参戦できる打率程度にある。

……念のため、近年の首位打者の打率を調べてみた。なるほど。私が一番熱心に野球を見ていたころ（一九八〇年代）よりも、首位打者の打率はやや下がっているようだな。言い直そう。私は、余裕で首位打者確定な程度の体脂肪率を誇る。反比例して、筋肉量が著しく低い。だから、凝るほどの筋肉が我が肉体に存在するのかはなはだ疑問なのだが、マッサージ師さんには毎回、「いい具合に仕上がってますねえ」と感心される。

「ええ。試合への調整は万全ですよ」

「……なんの試合への出場を目指してるんですか」

わからん。わからんが、「凝りがひどいひと五輪」とかを、なぜ人類は開催しようとしてこなかったんだろう。運動神経がいいアスリートばっかり、そんなに見たいか？

見たいな。凝りのひどさを見せつけられても、「おおー！」とはならないもんな。

マッサージ師さんに驚かれるのは、凝りだけでなく足首の硬さもで、これは生まれつきなのだが、可動域がものすごく狭い。

「どの方向にも、まったく動かないじゃないですか！」

「ええ。捻挫（ねんざ）して医者に行ったときも、捻挫してないほうの足首を診て、『ひどい捻挫ですね！』と言われたぐらいです」

「あ、でも、つまさき部分はバレリーナなみになりますね！」

「ええ。足首の硬さを、つまさきでカバーしてるのかもしれません。ちなみに足の指の力と器用さも相当なもので、床に落ちた箸や大豆も足指で拾えます」

「それ、単なるものぐさ……。ちゃんと体を屈伸させてものを拾わないから、こんなに全身が凝っちゃうんですよ！」

「面目ない。しかし私にとっては、物心ついたときから、この関節の硬さがフツーだったんですよ。なので、特に不便を感じたこともなく、ほかのひとの足首の関節がもっと動くのに気づいたときは、まじで驚愕しました。『え、大丈夫!? なんかぐにゃぐにゃしてるけど、関節がはずれたとか腱が切れたとかってことはない!?』と」

「そういうものかもしれませんね……」

とマッサージ師さんは、岩盤のごとき私の全身を揉みほぐしながら言った。「僕もずっと、『トイレは腹が痛くて行くもんだ』と思ってましたよ」

「……すみません、ちょっと意味がわかりません」

ここ三カ月で最大ぐらいの戸惑いを感じる私。マッサージ師さんの説明によると、子どものころから極度におなかが弱く、「腹痛に襲われてトイレに行く」以外のパターンで大用を足したことがないのだそうだ。「みんな毎回、こんな大変な思いをしているのか。人間ってつらいなあ」と子ども心に無常を感じていたのだそうだ。

「それ、誤った認識ですから！」

と、私は揉まれながら叫んだ。「大半のひとは、大半の便意において、そんな苦しみは味わってないですから！」

「はい、僕も高校生ぐらいのときにようやく、『どうもほかのひとはちがうらしいぞ』と気づき、裏切られた思いというか、またも無常を感じました」

無常を感じすぎの人生だが、とにかくマッサージ師さんは、ほぼなにを食べても腹が痛くなるのだそうだ。

「トウガラシなんてもってのほかです。肉や油っこいものやニンニクもダメですね」

「つらいですね。じゃあ、食べられるものが限られてくるでしょう？」

「いえ、いま挙げたもの全部食べてますね」

「食べるんかい！」

「好きなんで。先日は二郎系のラーメン食べました」
「むちゃくちゃボリューミーなうえに、ニンニクたっぷりだろう！」
「好きなんで。案の定、二時間後ぐらいに猛烈な差し込みに襲われましたが、おいしかったので悔いなしです」

マッサージ師さんは腹痛をものともせず、焼肉やラーメンなどに果敢に挑んでいるらしい。マゾなのか？

「僕にとっては、『なにを食べても腹が痛くなる』というのは、物心ついたときからフツーのことなんですよ。三浦さんの足首と一緒です」
「わーい、仲間！　足首と腸を一緒にされてなんか複雑だけど、仲間！」

自分にとってはフツーだが、一般的にはあまりフツーじゃない。そういう習慣や体質って、実はけっこういろいろありそうだ。しかし、自分ではフツーだと思ってるので、フツーじゃないことになかなか気づけないのであった。

そう考えると、「フツー」なんて実体のない、どうでもいいことなんだなと思う。フツーかフツーじゃないかなんて、気にしなくていい。我々は今後も食べたいものを食べ、つまさきを存分にしならせる！

マッサージ師さんは、近隣の主要な駅のトイレ位置をすべて把握しているとのこと。なかでも、小田急線下北沢駅のトイレはホームに設置されているので、電車内で急な腹痛に襲われたときにとても助かるらしい。切実な観点によるトイレ評価で、涙を禁じ得ない。

文庫追記：その後の首位打者について。大変衝撃的な事実をお伝えせねばならず心苦しいのだが、なんとわたくし、またもぶっちぎりで首位打者の座を獲得してしまいました。歴代の首位打者記録を遠く引き離す好打率達成。おめでとう、自分！

節制もトレーニングもせず、こんなにも易々(やすやす)と首位打者になれてしまうなんて、天才じゃあるまいか。これほどの才能を見せつけてしまっていいものなのかと、なんだか心配なぐらいです。

年末年始は平穏

（二〇一七年の）年末に遠方から友人が遊びにきてくれた。

ひさしぶりに会うので話はつきず、拙宅で深夜というか朝までがんがん飲みながら、爆発的におしゃべり。そして友人は数時間の仮眠ののち、午後の便で羽田（はねだ）から帰路についたのだった……。

なにしてんだ、私たち。四十過ぎたもののすることか？　無駄に元気だ。

いや、私も、「東京観光とかしなくていいの？」とは聞いたのだ。でも彼女は、「いらんいらん。もう年やけん、にぎやかしいところとか行くと疲れる」というお返事。わざわざ飛行機でやってきて、東京でしたことといえば、「一緒に好きなバンドのライブに行く」「飲酒」「おしゃべり」って、アクティブなのかそうじゃないのかわからん。

そんな彼女も、二児の母。「さすがに、子どもらになにか買って帰らんとなあ」なんてクールに言っていたが、かわいがっているのは丸わかりだ。子どもたちからは頻繁に、ＬＩＮＥのメッセージとスタンプがぽこんぽこん届いていたし、彼女も羽田空港で熱心にお土産を選んでいた。最近は小学生もＬＩＮＥを使いこなすのだな、と驚きました。

私にとっては未だに謎のアイテム（？）だというのに……。

ちなみに子どもたちが送ってくるＬＩＮＥの内容は、「おばあちゃんちでご飯食べた」「おフロ入った」「おはよう！」（↑朝六時。元気じゃのう……）などなど、近況報告。ちゃんとやってるよ、と母親を安心させようという気づかいが感じられるとともに、「なにしてるー？」「ディズニーランド行った？」などの文言もちょくちょく挟まれ、旅先の母の様子に興味津々なのもうかがえた。子どもたちよ。きみたちのお母さん、ディズニーには目もくれず、いまうちで三本目のワイン開けたところですよ。

驚いたといえば、羽田空港にも驚いた。友人を見送るため、十五年ぶりぐらいに羽田へ行ったのだが、空港ってこんなんだったっけ!?　大きなショッピングモールみたいじゃないか！　これじゃ飛行機に乗るのを忘れて、ご飯食べたり買い物したりしてしまうひとが続出しそうだ。

私は飛行機が極度に苦手で、最後に乗ったのが十五年ぐらいまえなのだが、そのときは迫りくる恐怖によって視野が極端に狭まり、羽田空港の情景がまったく目に入らなかった。むろん、搭乗まえに飲食したり買い物したりする余裕もなく、ロビーの椅子に座ってぶるぶる震えているばかりだった。

だから定かには言えぬが、それにしても、ここまでショッピングモールふうではなかったような……？　友人がお土産を選ぶかたわらで、私は出汁パックを買いました。なんで空港で出汁パック。いえ、ちょうどストックが切れちゃって、「お正月の煮物ぐらい、ちゃんと自分で出汁を取れという天の思し召しかなあ。でもめんどくさいなあ」と思っていたもので。

買い物を終えた友人と私は、昼ご飯に天丼をむしゃむしゃ食べ（朝まで鯨飲したのに、胃が丈夫）、空港内を思いきり満喫したのち、「またなー」とお別れしたのだった。軽く十四時間はしゃべりまくり、笑いまくったので、しまいにはお互い、頰が筋肉痛になるほどだったが、楽しかった。

年始は、近所の神社に初詣に行くぐらいで、家に籠もっていた。なぜなら、箱根駅伝のテレビ中継を見るという、重大な使命があるからだ。私が勝手に自身に課しているだけの使命だが。箱根駅伝を見ながら、溜めこんだレシートを仕分けるという苦行もしなければならない。年が明けたら、確定申告はもうすぐだ。のんびり正月気分にひたってる場合じゃないのだ。

そういうわけで例年どおり、「なぜ、そのつどレシートを分類しておかなかったんだ」と泣きながら箱根駅伝を眺める。そして、これも毎年思うことなのだが、箱根駅伝の中継は、もっと洗練する余地があるのではないか？　特に、五区の山のぼり区間！

狭い道なので、中継車が自由に動きにくく、すべての選手をカメラで追うことができない、という事情はわかる。わかるがしかし、いまはスマホでだって手軽に動画を撮れる時代ですよ。沿道のひとに協力を請うとか、選手一人ずつにカメラマンが乗ったバイクを一台つけるとか、なんらかの方法を考案してほしいと切に願う。五区で順位に変動が起きたり、すごい区間記録を叩きだしたりしても、その瞬間や選手の走りがまったくテレビ画面に映らないことがあるって、スポーツの中継としてどうなのだ。サッカーの試合で、ゴールシーンを撮り逃すようなものですよ。万が一にもそんなことがあったら、テレビのまえのサッカーファンが暴徒と化すであろう。

　私は今年（二〇一八年）も、「レシート分類に特化した千手観音」みたいに手を動かしながら、「もそっと下位チームも映してあげて！」と懇願したのでした。でも、暴徒と化すまでには至らなかった。やはり、なんだかんだ言って正月気分にひたっていたということか……。

　もし、箱根駅伝が仕事はじめの日に開催されるレースだったら、温厚で鳴らす（？）箱根ファンたちもさすがに、「そろそろ行動に出るべきときが来ただ」「んだんだ、筵旗（むしろばた）の代わりにスマホを掲げ、箱根の山道さ行くべ！」と、蜂起（ほうき）していると思う。

章末おまけ　その三

絶頂を更新中

……あ、すみません。気づいたらまたEXILE一族のDVDの穴に人差し指をぶっこんでました。テレビに飲みこませるのは踏みとどまります。ちゃんとケースにしまいます、はい。

誘惑は遠ざけたので、ひきつづきこの原稿を書くことに集中するが、それにしても三代目のコンサートチケットを取るの、激戦すぎやしないか!? 当たる気がしない！（↑原稿に全然集中できてない）

一族のみなさんを好きになってはじめて、チケット争奪戦に臨む姿勢として、「徳を積む」という言いまわしをすることを知った。たぶん、日ごろから精進潔斎し、徳を積んでおかなければチケットを取れないぐらい倍率が高い、って意味だろう。それで行くと、ダライ・ラマなみに徳を積んでいなければ、欲しいチケットは入手できまい。

自身の徳の低さを痛感する出来事は二〇一八年にもあって、ずーっと参戦しつづけていた年末恒例BUCK-TICK武道館ライブのチケットが取れなかった！ ファンクラブ先行発売でも一般発売でも落選し、クジ運を前世に忘れてきてしまった我が身を憂えた。特に近年、ＢＵＣＫ－ＴＩＣＫのライブチケット取りにくくなってきてるな、と感じてはいたのだが、よもや武道館までもはずれるとは……！　いや、人気があるのはいいことだ。だけど私もライブ見たいので、どうかアリーナとかドームとか、もっとキャパの大きいところで開催してくださいますように……。と、涙ながらにお星さまにお祈りしている。

徳は積むとして、実際チケットってどういうふうに当落が決まるのだろうと考えていて（※純粋な抽選です）、ふと気づいた。もしかして、無事にチケットが当たってコンサートに行ったときの、私の鑑賞態度がよくなかったのではないか？　それで、「あいつ、ノリが悪いから次からは落選させよう」ってことになってしまっているのではないか？（※そんなことはありえません。チケットの当落は純粋な抽選で決まります）

というのも、私はどんなコンサートに行っても、腕組みをして直立不動なのだ。たまに脳天から怪鳥音を発したり、腕組みしたままびょーんびょーんと跳ねたりしているが、基本は微動だにせずステージを眺めている。ほんとにファンなのか。ファンです。脳内では、「うおお、いまの、イイ！」とか「サイコー！」とか、大変なことになっているのだが、あまり動作や歓声として感動を表明できない。そのかわり、帰宅してから猛然と「コンサート報告書」を書き、友だちに送りつける。迷惑。心を動かされると、なにはさておき文章化せずにはいられない性分らしい。あと、運動神経とリズム感が皆無かつオンチなので、コンサート会場ではおとなしくしてるほかない、という理由もある。

例外はＥＸＩＬＥのコンサートに行って、ＴＡＫＡＨＩＲＯさんが移動式ミニステージに乗ってまわってきたときですね。はじめて生のＴＡＫＡＨＩＲＯさんを至近距離（あくまでも相対的）で見た瞬間、

「……まじか！　かっこいい！」

と、ものすごく低い声が腹の底からほとばしってしまいました。自分におっさんの悪霊が取り憑いたのかと思って、驚いた。人生史上最高に低い声だった。そこは黄色い声で「かっこいー！」って叫んどけよ。なんで肝心な局面でおっさん化しちゃったんだよ。とにかく、「常に腕組みした地蔵みたいになっている」「たまにおっさんの悪霊が取り憑く」という鑑賞態度が、徳を積む妨げとなっているのではないかと、吾輩そう思うのですな。改善するためには、「走りこみなどをして運動神経を磨く」「ダンス教室に通ってリズム感を磨く」「カラオケ教室に通って音感を磨く」といったことをせねばならず、それってもはや、「ＥＸＩＬＥ一族をはじめとするコンサートのチケットを取る」ための修行というより、「ＥＸＩＬＥ一族になる」ための修行なんじゃないか？　四十歳オーバーの身でいまからそんな修行をしたところで、オーディションには到底受からないのでは？

……落ち着け。なんで一族のオーディションを受ける話にすりかわっているのだ。あ

たしが欲しいのは一族とかＢＵＣＫ－ＴＩＣＫとかのチケット！

　徳を積む云々よりも、やはり正気に返ることが先決だ。ちょっと水垢離（みずごり）してきます。ついでにＤＶＤの穴に人差し指をぶっこ……、ダメー！　まだ今日の仕事終わってないんだから、ケースにしまってー！


文庫追記：ＢＵＣＫ－ＴＩＣＫは二〇二二年にデビュー三十五周年（！）を迎え、横浜アリーナで二日間のライブを行った。両日とも満員で、親子や三世代で来ているファンのかたもおり、「さすがＢＵＣＫ－ＴＩＣＫ先輩！」と胸熱であった。

　ＢＵＣＫ－ＴＩＣＫはライブハウスからドームやフェスまで、あらゆる規模の会場でコンサートを開催した経験を有している。そのため、箱に応じた演出をさりげなく施したうえで、どんな会場でも演奏によって見事にＢＵＣＫ－ＴＩＣＫ色に染めあげる力がものすごいのだ。アルバムを作り、全国ツアーをし、という音楽活動を愚直なまでに三十五年も（！）つづけてきた底力と魅力を、改めてびんびん感じた二日間だった。応援してきてよかったし、これからも全力で応援させてください！　と思わせてくれて、本当にありがとうございます、ＢＵＣＫ－ＴＩＣＫ先輩！

　会場でＢＵＣＫ－ＴＩＣＫを見てるときのファンの幸福度、たぶん（生活や人生面での幸福度が高いとされる）北欧の人々より断然高いと思う。

四章

おいしいのはほっけ

雪によって判明

今年（二〇一八年）の冬はひとしお寒いですね。東京でもめずらしく何度か雪が降り、拙宅近辺では三十センチぐらい積もりました。大変な豪雪に見舞われている地域もあるので、この程度でぶーぶー言ってる場合ではないですが、慣れないせいで雪かきに手こずりました。

頑健で鳴らすわたくしも、つづく寒さにさすがに耐えかねたのか、そもそも雪が積もるまえの一週間ほど風邪っぴきだったのだ。しかも、複数の風邪にめまぐるしく罹患（りかん）している感があり、微熱が出たり下がったりを繰り返しつつ、咳→鼻水→喉がいがらっぽい→腹下しと、ほぼ一日ごとに症状が変わる。本人のみならず、かかる風邪まで気分屋か。なまじっか頑健ゆえに、一日で風邪から快復しては、また新たな風邪を引く、という状態だったのかもしれないが、「どう対処すりゃいいんじゃ！」と途方に暮れた。いずれの症状も寝こむほどではないのが、また中途半端で腹立たしい。

そんな調子で一週間を過ごし、仕事で徹夜して迎えた早朝六時。やけに表が静かだなと思ってカーテンを開けたら、雪が三十センチ積もっていたのであった。天気予報をまったく見ていなかったため、「こりゃ一大事」と慌てた。

拙宅の近所には元気で親切なお年寄りが多く住んでおり、雪が降ると必ず朝早くから、雪かきに精を出す。ご自身の家のまえだけでなく、ほかの家のまえもざくざく雪かきしてくれるのだ。「いいのいいの、若いひとは仕事で忙しいんだから」と言ってくださるのだが、いくらお元気とはいえ、私より何十歳も年上のひとたちに雪かきを任せ、自分だけのうのうとコタツでミカンを食べていられるほど、厚顔無恥ではないつもりだ。しかも私、在宅仕事だしな。手のかかるチビッコもおらず、通勤の労もないいんだから、そりゃ雪かきをするのが当然だ。

しまいこんでいた雪かき用のスコップを引っ張りだし、マスクと軍手を装着して、長靴を履いてドテラ姿で道路に飛びだす。顔も洗ってないし、髪の毛はぼさぼさだしで、不審者以外のなにものでもない姿だが、かまってはいられない。

案の定、道にはお年寄りたちが集結し、早くも雪かきをはじめたところだった。みなさん、とにかく足腰が強い。これが戦中派というものか……！　と改めておののきながら、必死に食らいついていく。汗だくになったけれど、ドテラを脱ぐことはできぬ。下に着てるトレーナー、二十年選手で生地がたるんたるんなうえに、裾がほつれている。ご近所のみなさまからこれ以上、「あのひと、いっつも家にいるけど、なにしてるんだろう。まさか爆弾製造とか？」と疑惑の目を向けられるわけにはいかん。ドテラ死守！

死守！

必死に食らいつき、必死に守ったつもりではござるが、拙者、討ち死にでござった。つまり、積もった雪の大半は、元気で足腰の強いお年寄りたちにかかせてしまう結果と相成った。無念かつ面目ない次第……。雪かき用スコップを杖(つえ)がわりに、よろよろしながら、「ろくにお役に立てませんで……」と荒い息で頭を下げた！　武士たるもの（？）、せめて礼儀はちゃんとせねばな。ていうか、日ごろの鍛錬をちゃんとしろ。私の二倍生きてるひとより体力ないってどういうことだ。

杖、じゃないじゃないスコップをつきつつ、とぼとぼ帰宅しようとしたら、近くに住む母から電話が入った。「ちょっと大変！　すぐ来て」とのこと。拙者、汗が冷えてきたので、そろそろ人目のないところでドテラを脱いで着替えたいのでござるが……。

母の家でどんな大変な事態が出来(しゅったい)したのか知らないが、母からの呼びだしを無視したほうが大変なことになる、ということだけは経験則としてわかっていたので、スコップをつきつつ、とぼとぼと行き先を変更する。寒い……。体が冷えて、まじで凍えてしまいそうだ。

庭に立っていた母は、「見てこれ」と言った。私は見た。ミモザの木が、雪の重みで根もとからひしゃげていた。

そう、これまでも何回か触れた、大きくて派手なインコ（野生化したらしい）が、むっしゃむっしゃと実を食べにくるミモザの木。それが倒れ伏してしまったのだ。けっこうな大木にもかかわらず、雪の威力恐るべし。

地面に伏したミモザの枝から、母が雪を払おうとする。私は慌てて止めた。

「もし、根もとが折れたんじゃなく、しなってるだけだとしたら、雪を払ったとたんにはじき飛ばされて、宙を舞うことになるかもしれないよ。ほら、古代の投石機みたいに」

「それも気持ちよさそうだけど、たしかに危険だわね。根もとがどうなってるか、ちょっと見てきて」

宙を舞わせときゃよかった、と思いつつ、ずぼずぼとミモザの根もとまで近づき、軍手で雪を掘ってみる。根もと付近の幹は完全に折れてしまっていた。今年も花芽をいっぱいつけていたのに、残念だ。

ミモザの木はとりあえずそのままに、母の家の庭も雪かきし、やっと帰宅したところで、わたくし高熱を発してとうとう寝こみました。風邪気味、徹夜明け、雪かきで体力消耗、冷えが重なれば、たとえゴリラであったとしても寝こむであろう。しかしなんと、またも一晩で快復。もっと言えばそれを境に、軽微な風邪すらも引かなくなっていまに至る。

もしかして私、まじでゴリラなのか……?

非実在野球人生

先日、編集Tさん（四十代女性）が急に、

「野球観戦が好きなひととは、脳内で自分の野球人生を築きあげているものなのです」

と言った。私はポカンとした。

「すみません。なにをおっしゃってるのか、ひとつも意味がわかりません」

「つまりですね」

Tさんは駄犬に対するように、優しく懇々と説いてくれた。「『自分がプロ野球選手だったら、どの球団に入団し、どんな選手で、どういう野球人生を歩むのか』を、完璧にシミュレーションずみだということです」

「はあ（シミュレーション……？）。Tさんの野球人生は、どんな感じなんですか」

「私は横浜商業高校を卒業し、ドラフト三位で横浜ベイスターズに入団したんですよ。二年目ぐらいからレギュラーに定着して、あ、ポジションはライトで、打順は三番なんですけどね。華のあるタイプではないです。肩が強く技巧派の、いぶし銀の職人っぽい選手っていうんですか。それなりにファンのかたにも評価していただいてます」

私同様、みなさんも頭が混乱してきたと思うんですが、Tさんは編集者（女性）です。プロ野球選手ではありません。

「妻は、高校時代の同級生です。ずっと交際してたんですよ。高三の夏、Y校（↑横浜商業高校の愛称）は予選の決勝で負けて、甲子園に出場できなかったんですが、そのときもレモンのハチミツ漬けとか作って応援してくれて」

　妄想です。すべてTさんの妄想です。

「で、小学生の息子が二人いて、特に『やってみれば』と言ったわけではないんですが、地元のリトルリーグで楽しそうに野球してます。やっぱりうれしいですよね。私は引退後、野球解説者とか監督とかになれるようなスター選手ではないので、どうしようかなと考えてます。二軍のコーチとして声かけてもらえればいいんですけど、空きがあるかなあ。わりと堅実に貯金してきたんで、それを元手に飲食店をはじめるのもいいかも、なんて妻と話してます。妻は料理が上手なんですよ」

「こわいです」

「なにがですか」

「Tさんの妄想がです。なんでそんなに微細に、野球選手としての人生を脳内で築きあげてんの!?」

「野球に限らず、スポーツ観戦が好きなら、こんなのふつうですよ」

Tさんはドヤ顔である。「本当はもっと細かい設定があるんです。故障に苦しんだときのこととか、遠征中で妻の出産に立ち会えなかったときのこととか……」

「いや、もうけっこうです。Tさんの頭がアレだってことは、充分わかりました」

「三浦さんに言われたくないですよ。はまったものがあると、すぐ『なりたい！』って騒ぐじゃないですか」

「たしかに。しかしたとえば、『どういうルートでアイドルになり、どんなアイドル人生を送り、引退後になにをするか』なんて、具体的に想像したことありませんよ。くそう、妄想力で完敗した気がするな」

「やっぱり芸能人は遠い存在ですからね。『自分の身に起こること』として想像しにくいんじゃないですか」

「プロ野球選手だって遠いよ！　フツーはなれないよ！　目を覚ましてくれ！」

「えー？」

すでに脳内で「プロ野球選手としての自分」が確立しきっているらしく、Tさんの反応はにぶい。「横浜入団ほど萌えないんですけど、『パ・リーグの球団に入った場合の野球人生』もあるんですが、聞きたいですか？」

「聞きたくないっ。なんで横浜に入団するのには萌えて、パ・リーグの場合はそれほどでもないんですか。横浜のファンなの？」

「もちろんきらいじゃないですが、一番応援してるのは楽天です」

「パ・リーグじゃんか！　じゃあなんで……、いや、いい。理由はあるんだろうけど、説明してくれても理解できなそうだから、なにも言わないでいい！」

「えー、じゃあ黙りますけど……」

Tさんは不満げだ。「ちなみに私が、ラグビー観戦も『趣味』という言葉ではくくれないほど好きなこと、三浦さんもご存じと思いますが、『ラグビー選手人生』も、むろんのこと完璧にシミュレーションずみです」

「たすけて、こわい、たすけて……！」

ぶるぶる震えた。

Tさんの妄想を聞いて、「なるほど」と気づいたことがある。私は、「好きだな」と感じる対象（芸能人とかスポーツ選手とか）ができると、「そのひとになりきって」、あれこれ妄想する。ずうずうしくも、「○○さんと結婚したら、どんな毎日なんだろう」と仮定してみることももちろんあるが、そういう場合もいつのまにか、○○さんの視点や気持ちに勝手になり、私とは似ても似つかない、かわいい妻との結婚生活を微細に妄想してしまうことが多い。

しかしTさんの場合、「好きだな」と感じる「職業」などに、「自分がなったところ」を妄想しているようだ。私の妄想が「憑依（ひょうい）派（は）かつ覗き見派」だとしたら、Tさんの妄想は「自己実現派」と言えるだろう。その発想はなかった……！
妄想の方向性って、ひとそれぞれなんだなと、非常に興味深かったのでした。

文庫追記：今回読み返してみて思ったのだが、Tさんと私の妄想のベクトルのちがいは、「努力するか否か」にも起因しているのではないだろうか。Tさんは妄想のなかであっても、ちゃんと段階を踏み、部活動に勤しんだり引退後の将来に備えたりしている。しかし私は段階をすっ飛ばし、なんかよくわからんけど憧れの芸能人に「なりきって」妄想している（ずうずうしい）。芸能人本人には、そこに至るまでにいろんな努力や苦労があったはずなのに、その点はまるで無視して「いいとこ取り」をしてるわけだ。
自身のちっちゃさを痛感させられるとともに、たとえ妄想のなかでも努力は微塵もしたくないって、私はどんだけ努力がきらいなんだと顔が赤らむ思いがした。Tさんは実在の野球選手へのリスペクトがちゃんとあるからこそ、妄想のなかでも努力をするんだなと気づき、誠実なお人柄への信頼が増す。それにしても細かすぎる妄想で、ついつい笑ってしまうのですが。

ありがとう地球！

書くことが、ない！

それもあたりまえだ。みなさん、驚かないでくださいよ。この一カ月で私が外出したの、四回だけでした（「近所のスーパーに買い物に行く」は除く）。そのうち三回は仕事の用件があってのことで、出先でむずかしい顔して打ち合わせとか議論とかしておった。嘘です。ちょっと見栄を張ってしまった。アルコールを摂取しつつ、私はだいたいちゃらんぽらんなことをくっちゃべっておった。

でもとにかく、一カ月のあいだに外出したのは四回だけで、しかもそのうちの三回はアルコール入ってたせいでなにしゃべったか覚えてなくて、残りの時間はずーっとずーっと家に籠もって黙々と仕事してたんですよ！　これでエッセイに書くことがあるほうがおかしい。「見えないお友だち」と積極的に会話とかせんかぎりは、エッセイのネタが生まれるはずがない！

というわけで、まだ十行ぐらいしか書いてないですが、今回はこれで終わります。余白はメモにお使いいただければ幸いです。

……え？「四回の外出のうち、三回は酩酊してたのはわかった。じゃあ残りの一回は、どこに行ってなにをしたんだ」って？……その話、しますか？（もじもじ）

残りの一回も、酩酊した！　陶然と美酒に酔った！　でも、それはあくまでも比喩的な意味でだ。私は東京宝塚劇場で、花組公演『ポーの一族』を見たのだ！　最高だったと言えよう……（感動を嚙み締めている）。

萩尾望都先生の『ポーの一族』が、たくさんの読者にとって、どれぐらい大切で特別な作品か、どれほどの影響を与えつづけてきたかは、いまさら説明するまでもないだろう。私も『ポーの一族』が大好きだ。本当は「好き」とか迂闊に言いたくないぐらい好きだ。そんな『ポーの一族』が、宝塚で、しかも明日海りおさまがエドガー役で、舞台化されるだと!?　そりゃ見たいだろ、見るだろ！

前夜はうきうきしすぎて眠れませんでした。しょうがないから、むっちゃ早くに劇場まえに到着して、そのへんをうろうろしていました。不審者以外のなにものでもない。席についてからも、購入したパンフレットを胸に抱きつつ、じっと目を閉じて集中を高めましたね。もしかして私が舞台に出演するのか？　というぐらいの集中ぶりでした。

そうしてはじまった舞台はもう、「まじか！　麗しすぎる！」だったわ……。漫画『ポーの一族』と出会ってから、十五年。嘘だ。サバを読んでしまった。出会ってから、四半世紀以上。まさか、まさか、実写化を目にすることができるなんて……！　いや、舞台なのに「実写化」って言葉がおかしいが、そうとしか言いようがないほど、登場人物の再現性も、作品世界の根幹を的確にとらえた演出も、素晴らしかった。生身の人間でエドガーを演じられるのは、明日海りおさまをおいてほかになし！　ありがたや、ありがたや……！

感激の嵐が吹きすさび、私は宝塚のみなさんに感謝の舞いを捧げずにはいられなかった（心のなかで）。再演希望！　再演めっちゃ希望！（気が早い）

幕間(まくあい)には、もはやじっと席に座っていることなどできず、かといって一人で見にいったので、「すごすぎる！」と語りあえる相手もおらず、しょうがないから劇場内をやみくもにうろつく。不審者以外のなにものでもない。ショップも覗いてみたが、その時点ではクリアファイルは品切れのようだった。なんてこと……！　でもわかる。この舞台見たら、みんなクリアファイル欲しくなる。

劇場内の放浪に出るため、私が席を立って階段を上りかけたら、まえを行くおばさまがよろけて転げそうになっていた。咄嗟にお支えしたところ、

「もうだめ……、腰が抜けて……」

とおばさまは言った。

「わかります！」

と私は言った。おばさまと私は見つめあい、強くうなずきあった。観客がこの調子で

骨抜き&腰砕けになっているのだから、そりゃあクリアファイル、百万枚作っても追いつかないと思う。

アルコールを摂取したわけでもないのに、ふわふわふらふらした心地になった私は、帰宅して猛然と、何十度目かの漫画『ポーの一族』再読週間に突入した。仕事してないじゃないか。いいのだ、人生は仕事するためにあるのではない。漫画読んだり舞台見たりと、創作物を味わうためにあるのだ！

原作の漫画が傑作なのは、いまさら言うまでもないことだが、宝塚の舞台も、当然ながらものすごく練られたものであることがよくわかった。詳しい比較をする紙幅が尽きたが（本稿冒頭の与太話、いらなかったんじゃないか？）、宝塚版は「エドガーの物語」に集約するよう、うまくエピソードを取捨選択しているというか。でも、『ポーの一族』の肝の部分、ひとが抱えるさびしさについては、まったく捨て去っていないばかりか、生身の人間であるトップスターの輝きと美によって、いよいよ鮮烈に伝わってくるというか……！

なに言ってんのかわからん、と思われるかもしれませんが、とにかく少女漫画と宝塚のある地球に生まれて、よかったと思った。宇宙のどこかには、少女漫画と宝塚がない星に生きる生命体もいるはずで、かわいそうだよ。いや、その星にはまたべつの、私には想像もつかないような素晴らしい文化がきっとあるのだろう。それも見てみたい！

と、最終的にはなぜか宇宙にまで思いを馳せてしまうほど、感動の体験ができたのだった。外出四回でも、充実の一カ月だったと言えよう。

文庫追記：宝塚はいつでも夢を見せてくれる。二〇二二年、なんと『ハイロー（と略させていただきます）』が宝塚になったのだ！　ちょっとよく意味が呑みこめない、というかたもおられるだろう。私もだ。『ハイロー』と宝塚という、自分の好物が合体するなんて夢でも見てるのかなと思った。カツ丼とチョコバナナパフェ（特大）を一気に食べるみたいなもんで、いくらなんでも摂取カロリー過多。我が腹から聞こえてくる歓喜の叫びを受け止めきれるだろうかと不安になったほどだ。

……たとえが意味不明になってしまったが、とにかく驚きと喜びでふわふわした足取りで、兵庫県の宝塚大劇場（通称「ムラ」）へ行った。私はムラへ行くのがはじめてで、「東京の宝塚劇場よりおっきい！」「劇場のまえにある素敵なマンションに住みたい！」と大興奮した。そしていよいよはじまった宙組公演『HiGH&LOW　THE　PREQUEL』は……。「最高」としか言いようがなかったです。それ以上の細かい言語化は人類には不可能。あまりのうっとりと感動に茫然自失としてしまって、どうやって劇場から帰ったのか記憶が定かじゃないもん。いま自宅にいるってことは、たぶんどうにかして帰ってきたんだろうなとは思うんですけども。

トップスターの真風涼帆（まかぜすずほ）さん、ほんとさわやかでときめいた。真風さんは、男役中の男役って感じの、キメッキメのかっこいい男性が似合う印象だったのだが、今回はかっこよさのなかに絶妙の少年っぽさがあり、「演技力……！」とひれ伏す。娘役トップの潤花（じゅんはな）さんも、女性にきらわれない女性像を見事に体現してらして、かわいく切なく愉快でもある完璧なヒロインぶり。それを言ったら出演者のみなさま全員が、『ハイロー』の登場人物そのものになって世界観を表現しきってくださっており、繰り広げられる歌とダンスに恍惚（こうこつ）とした。原作の『ハイロー』シリーズへのリスペクトが全編に感じられ、演出の野口幸作（のぐちこうさく）先生と宙組のみなさまへの感謝の念が止まらない。すごいものを見た……。ちなみに、ショーの『Ｃａｐｒｉｃｃｉｏｓａ（カプリチョーザ）!!』（演出・藤井大介（ふじいだいすけ）先生）も素晴らしくて、個人的にはいままで見た宝塚のショーのなかでも、一、二を争うほど好きな作品だった。

というわけで、東京宝塚劇場にも行き、もう一回見ました。何度見ても、イイ……！　もっとチケット取ればよかったが、宝塚歌劇団はいつでも大人気なので、それはなかなかむずかしいのであった。

ひとつ気になったのは、劇中に苺美瑠狂（いちごみるく）というピンクの特攻服を着たレディースチームが登場するのだが、ふだん宝塚を見ておられるご高齢のご婦人たちは、特攻服がなんなのか理解できたのかなということだ。「なんでしょうねえ、あの丈の長いド派手な羽織りものは」と思われたんじゃないかと気が揉める。

はっ。そういえば、真風さんは『ハイロー』公演の数カ月まえに、『FLY WITH ME』というリサイタルを行っており（演出は同じく野口先生）、出演した宙組娘役のみなさまが、苺美瑠狂のピンクの特攻服を着ておられた……！　あれがたぶん、宝塚の長い歴史のなかで、「衣裳が特攻服」だった最初ではないかと思うのだが、そうか、「本公演でいきなり特攻服では、お客さまを戸惑わせてしまうかもしれないし、『ハイロー』の世界観について予習の機会を」というお心くばりだったか……。ありがたい。ご高齢のご婦人たちも、きっと余裕のかまえで特攻服を受け止めてくださったことだろう。

宝塚版の『ハイロー』では、苺美瑠狂のみなさんも木刀持って喧嘩に参加しており、その点も感涙だった。喧嘩と宝塚の食いあわせって……、とまたも気が揉めなくもないが、少なくとも男役はわりと喧嘩や乱闘シーンがあるものだし、チーム間の抗争というのも、『ウエスト・サイド・ストーリー』だと思えばいいわけで（真風さんもトニーを演じたことがある）、『ハイロー』と宝塚、やっぱり親和性が高い。

今後もぜひとも、いろんな組で『ハイロー』を上演してほしいなあと、夢見心地でお祈りする日々だ。

豊富な経験に基づくアドバイス

友人Aちゃんは、最近友だちから、結婚したい相手に関しての相談を受けているそうだ。

「私の場合、生まれてこのかた『結婚したい』と思ったことがなく、しかも結婚できためしもない身なので、有用なアドバイスはなんら浮かびそうもないな」

と、私は言った。

「私もなんだよ」

と、Aちゃんはため息をついた。「でも、友だちは熱心にコンカツして、彼氏ができたって喜んでるから、相談されたら話を聞くぐらいはしたいなと思って」

Aちゃんが言うと、婚活がトンカツであるかのように聞こえる。言い慣れていないのが明白だが、とりあえず会話を続行した。

「どういう相談をされるの?」

「『いざつきあったら、彼氏が結婚の「け」の字も口にしないばかりか、三股してるのが発覚した』って」

「すぐ別れろよ、そんな男！」

「うん、私もそう言った。でも、その子は別れないばかりか、『彼氏が、私も含めた三人の交際相手に、顔面偏差値をつけてるのを知っちゃった。ちなみに私は偏差値58だって。どう思う？』って報告してきた」

「どう思うもなにも、別れろ！　そんな男、結婚相手云々以前に、人間として失格だろう！」

「だよねえ。私もそう言った。だけど、別れないんだよ」

「Aちゃんの友だちは、人間ではない生き物が好みってことなのかな……？」

「わからない……」

Aちゃんと私は首をかしげあう。

「その三股男の、どこに魅力があるんだろう。性格と品性が最悪なことは、すでに判明してるよね。顔？」

と私は尋ねた。

「いや、写真を見せてもらったけど、特筆すべき点はなかった」

三股男の顔面に偏差値をつけるなどという、品性に欠ける行いはすることなく、Aちゃんは遠まわしに表現した。

「じゃあ、年収が三億あるとか？」

「ないでしょう。ふつうの会社員らしいもん。それに、たとえ稼ぎが三億あっても、サイテーの人間性で相殺どころかマイナスだよ」

「となると……」

Aちゃんと私は顔を見あわせ、

「『夜』の方面か？」

「うん、私もそれかなと推測した」

と、にまにました。

「しかしさあ、交際がある程度つづけば、夜方面などどうでもよくなるもんじゃないのかね」

「備わっていてほしい大事な能力って、夜方面ではなく、思いやりとか他者への想像力とかだもんねえ」

「そもそも、思いやりと想像力に著しく欠けているだろう三股男に、真に素敵な夜方面の能力があるとは思えんしな」

「ほんとだよ」

Aちゃんと私は、これまで味わってきた恋愛にまつわる創作物をあれこれ思い浮かべた。小説やら漫画やら映画やらだが、そのなかにはもちろん、エッチなものも含まれる。

「私は、石油王とも造船王とも財閥の総帥ともつきあってきたが（脳内で）、Aちゃんもそうだろうと思う」

と、私は言った。

「うん」

Ａちゃんはたじろがず受け止め、言葉を添えた。「学園の王子さまともヤクザとも一流スポーツ選手とも、私たちはつきあってきたよね（脳内で）」

「うむ。その豊富な恋愛経験（？）から、わかったことがある。人間にとって本当に大切なもの、人間を本当に幸せにしてくれるものは、金でも地位でも夜方面の能力でもない。お互いに対する愛と理解だ、と……！」

「完全に同感だよ。だからこそ、『別れたほうがいい』と言ったんだけど、いまいち響かないアドバイスだったみたいで……。やっぱり私が漫画ばっかり読んでるから、説得力がなかったのかな」

「バカヤロウ、弱気になるな！　大丈夫、我々の恋愛経験（？）は十二分だ。全世界の男たちとつきあってきたおかげで（脳内で）、人間への知見もいい塩梅に深まっている。自信を持つんだ！」

なぜ、人類に「想像力」が備わっているのかといえば、実際には体験できないこと、出会えないひとについても思いを馳せ、世界をより深く広く知るためなのである。

「そうだね」

と、Aちゃんは気を取り直した様子でうなずいた。「今後も相談されたら、『そんな偏差値大好き三股男とは別れろ』とアドバイスしつづけてみる」

「それがいい。諦めたら、そこで試合終了だからな。しかし一般的に、人々は結婚になにを求めているものなのかね？」

「わからない……。結婚自体を求めたことがないから、皆目見当がつかない……」

実体験至上主義に陥ることなく、想像力に磨きをかけてきた我々ではあるが……。

Aちゃんの友だち、結婚相手の選定のみならず相談相手の選定も誤ってるよ！

黄色いボタンを押せ！

居酒屋で一人で晩ご飯を食べていて、ある店員さんに目が釘付けになった。

その店員さんは、学生アルバイトなのだろう。若い男性で、飲み物を準備したり、料理を運んだり、洗い物をしたり、レジを打ったりと、忙しく立ち働いている。おとなしそうな、真面目（まじめ）な感じのひとだ。

しかし彼は、しばしば注文の伝票を下唇の下に挟んでいるのだ。いや、なにを言っているのか、文章ではうまく伝わらないかもしれない。下唇と顎のさきとのあいだに、ちょっとだけくぼんでる部位がありますよね？　そこに、お札（さつ）状の注文伝票をぺろーんと挟んでいる。しかもその状態で、「少々お待ちくださーい」とか、ふつうにしゃべることもできている。

私は最初、作業をする彼が両手を空けるために、伝票の端っこをちょっとくわえているのかと思った。でも、ちがう。伝票は確実に、上下の唇のあいだ（つまり口）ではなく、下唇と顎さきとのあいだに挟まっている。伝票には、お客さんやほかの店員さんが触れる可能性もある。それをくわえるのはよくない（万が一にも唾で湿ってしまったらまずい）、と彼は判断したのだろう。その奥ゆかしさは好ましいが、しかし下唇の下に、ものって挟めるの!?

私はお会計に備えるふりで、席についたまま財布からお札を出した。お札を下唇の下に挟もうと、こっそり試みる。……無理だよ！　どんなに下唇を突きだしても、こんなとこにものは挟めないよ！

彼はあいかわらず、下唇の下に挟んだ伝票をぴらぴらさせながら料理を運んでいる。ものすごい安定感だ。彼が私のところにハイボールを持ってきてくれたとき（そのときは伝票は挟んでいなかった）、私はとうとうこらえきれず言った。

「あなたは、伝票を下唇の下に挟めるんですね」

「えっ。はい」

急にメニューとは関係ない話題を振られ、たじろぐ彼。

「それ、すごい特技ですよ！」

「いえ、そんなことないです」

彼は両手と首をぷるぷる振って謙遜した。「だれだってできる、ふつうのことで……」

「ふつう……ではないと思う！　これまでどんな飲食店でも、そこに伝票挟んでる店員さんを見たことないし、少なくとも私はできない。ほら！」

私はお札を、自分の下唇の下に当てた。その直後、お札はひらひらとテーブルに落ち

た。それを見て彼は、

「……あれ？」

と首をかしげた。「ほんとだ、挟めてないですね」

「でしょ？　やっぱり特技だと思います」

「そう……なのかな。ありがとうございます」

彼は私の勢いに気圧（けお）されつつ、恥ずかしそうに笑ったのであった。

しかし実際のところ、どうなんだろう。下唇の下に紙を挟めるひとと挟めないひと、どちらが多数派なんだろう。

気になった私は居酒屋からの帰りがけに、近所に住む両親の家に押しかけた。ぼんやりとバラエティー番組を見ている両親の、下唇の下にブスッとメモ用紙をつっこんでみる。メモ用紙は一瞬たりとも固定されることなく、はらはらと床に落ちた。

「やっぱり、挟めない……！」

「なんなんだ」

と父は言い、

「なんであんたは勝手に鍵開けて入ってきて、無言で親の顎に紙を突き刺すのよ」

と母も言った。

かくかくしかじか、と私は説明した。両親は「へえ」と感心し、改めて各々、メモ用紙を下唇の下に挟もうとしはじめた。私ももう一度試みた。親子三人で、「下唇を突きだしたり、顎を引いたり上げたりして、なんとか紙を挟もうと黙って奮闘する人々」になった。

「無理ねえ」

と母は言った。

「七十年以上生きてきて、ここに紙を挟もうという発想すら抱いたことがなかったが」

と父は言った。「それは発想を抱けなかっただけで、実際にやってみたらできるのでは、と思った。でも、そもそもそれをできる骨格や唇のつくりではないから、七十年以上、発想も湧かず挟もうと試みることもしなかったのだ、ということがわかった」

理屈っぽいよ！　「だめだ、挟めない」って素直に言えよ！

だがたしかに、親子だから骨格が似ている、ということはありそうだ。つまり、我々三人は紙を挟めなかったが、実は世の中の大多数のひとが、「下唇の下に紙？　挟めるよ。……えっ、挟めないひといるの!?」ということだってありえる。

そこで、アンケートを実施いたします！　「下唇の下に紙を挟めるひと」は、お手持ちのリモコンの青いボタンを、「挟めないひと」は赤いボタンを押してください。って、文章で呼びかけてるのになんのリモコンなんだ。あと私、リモコンのボタンを使うテレビのアンケートに、これまで一度も答えたことがないです。青いボタンと赤いボタンのどちらかを押すって、なんか誤った選択をしたらテレビが爆発するんじゃないかとびくびくしてしまう。

それではここで、もうひとつアンケートを実施いたします！「リモコンを使うテレビのアンケートに答えたことがあるひと」は青いボタンを、「一度もないひと」は赤いボタンを押してください。って、この場合、赤いボタンを押したひとはなんなんだ。矛盾しておろう。

追記：この原稿を担当さんに送ったところ、「ＢＡＩＬＡ」編集部内でさっそくアンケートを取ってくれた。結果、下唇と顎のあいだのくぼみに紙を挟めたのは、編集スタッフ十名のうち、二名でした！

二割か……。まだまだ分母が少ないので、軽々（けいけい）には判断できないが、やはり「挟める派」のほうがめずらしいと言えそうだ。今後もアンケートのご回答受付中です。リモコンの青か赤のボタンを押してね！

もんもんはいい男

山口県長門市にある「ルネッサながと」という劇場で、文楽（人形浄瑠璃）の公演を見てきた。演目はなんと、『出世景清』！

……興奮のあまり、「なんと」と大きく振りかぶってみたが、文楽にあまりご興味のないかたにとっては、「なんのこっちゃ」かもしれない。しかしこれは、文楽好きには大事件なんですよ！　絶対に見逃したくない公演だったのです！

『出世景清』は、近松門左衛門作。私は彼のことを、「もんもん」と勝手にあだ名で呼んでいる。いやもちろん、もんもんと私は知りあいでもなんでもない。なにしろもんもんは、とっくの昔に鬼籍に入っておられますからね。『曽根崎心中』など、多くの名作を書いた江戸時代の戯作者です。

しかし『出世景清』は、初演以降三百三十三年間、人形浄瑠璃では全編の上演が途絶えてしまっていた。演目の名前はけっこう有名なのだが、舞台で見ることができなかったのだ。それが今回、三味線の六世鶴澤燕三さんが新たに作曲をなさって、見事に復活上演と相成った。

でも私としては、ひそかに不安もあった。初演以降、なぜ上演が途絶えてしまったのかは謎らしいのだが、まあ素人がまっさきに思いつく原因としては、「つまらなかったから」っていうのがありますよね……。もんもん、まさかの失敗作なのでは!? どうしよう、「三百三十三年のときを経て、『なるほど、つまらない』ということが実証される公演」になってしまったら……!

若干どきどきしながら舞台を拝見したのだが、結論から申しあげるとむっちゃおもしろかった! もんもん、疑ってごめん! えー、なんでこの作品、上演が途絶えちゃったんだろう。せっかく復活したのだから、ぜひとも本公演でもやってほしい。現代の劇場で人気の演目になる気がする!

『出世景清』は、源平合戦後の世界を描いた話だ。平景清という二メートル超の大男がいましてね。平家が敗れてしまって、景清は潜伏生活を送りつつ、源頼朝（みなもとのよりとも）の首を狙っている。つまり暗殺というかテロを志す男なんですな。

しかし景清、潜伏先でちゃっかりかわいい女の子と結婚なぞしとる。強いし、二メートル超だし、景清はモテモテなんですな。けれど問題は、景清には阿古屋（あこや）という古くからの恋人がいるってことだ。しかも阿古屋とのあいだに息子を二人もうけている。恋人というか、もはや内縁の妻的な感じですよね。阿古屋は遊女なので、お仕事をしながら息子たちを育て、遠く離れて潜伏生活を送る景清を案じているのです。

なんかまずい予感がする……、と観客のだれしもが思っていたら案の定、三角関係が露見してしまう。ひさしぶりに阿古屋の家に行っていた景清のもとに、妻から手紙が届くのだ。「噂にちらちら聞いていた、阿古屋とかいう遊女と仲良くなさってる、なんてことはありませんよね……。未来をともにと誓った私との仲を、まさかお忘れじゃないですよね……」的な手紙です。

その手紙を見てしまった阿古屋は当然、怒りと嫉妬に燃える。「あとから出てきて妻に収まったのはそっちなのに、ひとを『遊女』呼ばわりか！」と。なによりも、「景清をずっと愛し、大切に思ってきたのに……！」と悲しく悔しい。それで阿古屋は、「景清はいま、私の家にいますよ」と敵である源氏方に密告してしまうのです。

阿古屋の密告によって景清は捕らえられ、そこからまた大変な事態が次々に起きるのだが、私は阿古屋の描きかたを見て、「もんもん、すごいな」と思った。嫉妬に燃える阿古屋のことを、もんもんは「理(ことわり)がある（阿古屋の気持ちゃ言いぶんはもっともだ）」と地の文で評するのだ。

手紙を寄越した景清の妻のほうが、「貞淑で夫につくす女」というキャラクターだ。でも、もんもんは明らかに阿古屋のほうに思い入れて書いているように見受けられる。だって景清の妻は、景清宛と言いつつ、わざわざ阿古屋の家に長ったらしい手紙を送りつけてくるんですよ？　マウンティングってやつじゃないか、やな女！

もんもんの作品は、心理と行動の描きかたがものすごく的確だ。書かれてから三百年以上経ってるのに、「ああー、わかる！　こういうひとっている！」とすごく納得がいく。あと、「貞淑ぶって感情を押し殺す、じっとりした女」があまりお好みじゃないんだな、ということも伝わってくる。たぶん実生活でも、気が強くて基本的にはほがらかな女性陣に尻に敷かれたり怒られたりしつつ、「でもま、じっとりされてるよりいいや」と思っていたんだろう。そうじゃなければ、激しく嫉妬する阿古屋に対して、「理がある」という言葉は出てこない。

「嫉妬なんかせず、夫の言うことに従え」って価値観が大勢を占めていたであろう江戸時代のひとであるにもかかわらず、もんもんの人間観察力と女のひとへの眼差しは、非常に深く公正だ。だからこそ、長い時間を経てももんもんの作品は人々の胸を打つ。

今回の公演を見て、私は思いましたね。もんもんはセクハラとか絶対にしない。なぜなら、だれかを（たとえば女性を）「下に見る」って発想がないから。セクハラは世代の問題じゃないんだな、と改めて感じた。江戸時代人のもんもんがこれほど公正なのに、現代人のおっさんとかがセクハラするって、やっぱり問題は世代ではなく他者に対する想像力と共感力の有無だろう。

危険な夏

今年の夏の暑さは異常だ。と、ここのところ毎年言っている気がするが、つい先日、「壮絶なる暑さは、やはり人命にかかわる」という事態に遭遇した。

私は最寄りのバス停にボーッと立って、バスを待っていた。午前中にもかかわらず、すでに日差しは圧力を感じるほど強い。

乗ろうとしていたのは、地域の細い道を走る小型コミュニティバスなので、バス停も住宅街のなかの、一方通行の道に設置されている。自宅からそのバス停までは徒歩五分とかからないぐらいなのだが、それだけの距離を歩くあいだにも汗が滝のように流れた。日傘を差してバス停に立つ私は、「ずぶ濡れのトトロ（かわいくない）」みたいな状態であった。我ながら日に日にトトロに体型が似てきていると思う。

バス停には、私のほかにおじいさんもいた。小さなバスが細い道に姿を現し、ゆっくりと近づいてくる。私たちは「やれやれ、やっと涼める」と、日傘を畳んだりポケットからパスケースを取りだしたりした。

その一瞬の隙をついて、バス停のそばの角から、中学生ぐらいの男の子の乗る自転車が飛びだしてきた。「あっ」と思う暇もなかった。ちょうどバス停に差しかかったバスに、男の子の乗る自転車は正面からつっこんでいった。

もともと停まる寸前だったバスが、急ブレーキをかけた。私は見た。目のまえで、男の子の自転車の前輪がドカーンとバスの前面にぶつかり、その衝撃で自転車の後輪と男の子の体がふわっと浮きあがるのを。

「ひゃあああ！」と間抜けな悲鳴を上げてしまった。もう絶対、男の子は死んだにちがいないと思った。しかしなんと、いわゆる「逆ウイリー」状態になった男の子および自転車は、バランスを崩すことなくボヨヨヨーンともとどおりの体勢で着地したのである。

呆然(ぼうぜん)としていたら、男の子はバスに向かってへこへこと頭を下げ、なにごともなかったかのように方向転換して、自転車を激漕ぎして逃走しはじめた。「な、な……」と思ううち、バスのドアがバーンと開き、運転手さんが「おいこら、待てー！　ぶつかっといて逃げんなー！」とまろびでてきて、男の子を追って走っていった。

「な、な、な……」と、私は立ちつくしたまま口を開け閉めした。バスと自転車が眼前で正面衝突。逆ウイリー。逃走。自転車相手に自分の脚で走って追いかける運転手さん。一分弱のあいだに次々と起きた出来事に脳の処理が追いつかず、もうわけわからん。動揺して暑さを忘れ、わなわな脚が震えた。あんなにふわっと浮かぶ自転車、映画『E.T.』でしか見たことなかったよ。映画とちがって逆ウイリーだったけど。

しかし、一緒にバスを待っていたおじいさんはさすが年の功と言うべきか、

「だいじょぶだあ」

と泰然とした態度で、志村けんみたいな感想を述べた。「自転車の前輪がクッションになったおかげで、男の子の体は、バスにはちっともぶつかってなかった。それにあの子は、イヤホンをしてた。そのせいで注意力散漫になっとったんだろう」

「あの一瞬で、そこまでご覧になっていたんですか」

「うん。暑いし、バスのなかで運転手さんの帰りを待とう」

冷静なおじいさんにうながされ、開いたままのドアからバスに乗りこむ。運転手さんはどこまで男の子を追いかけていったのか、細い道から姿を消していた。

バスには、まえの停留所から乗っていたお客さんたちがいて、みんな衝突事故にざわめき、運転手さんの身を案じてもいた。「こんなに暑いなか走っていっちゃって、運転手さんが熱中症になるんじゃないかしらねえ……」と。

五分ほどして、「ずぶ濡れのトトロ（かわいくない）」と化した汗だくの運転手さんが戻ってきた。運転席のマイクを手に、ぜえぜえ言いながら状況を説明する。

「大変申し訳ありません。自分、必死に追いかけたのですが、振りきられました……！」

そりゃそうだ、という気配が車内に充満した。激漕ぎする自転車を相手に自力で走って追いつけるのは、トップレベルの長距離走者ぐらいだろう。ややトトロ体型の運転手

さんに、がんばりを称えつつ同情する眼差しが乗客たちから送られた。

どう考えても男の子に落ち度があるとはいえ、事故が起きたのは事実だ。運転手さんは携帯でバス会社の本部に電話し、判断を仰いだ。結論として、車載カメラもあるし、ぶつかってきた本人はピンピンして逃げちゃったしということで、とりあえず運行を続行せよと指示が下ったらしく、バスはまた住宅街の道をゆっくりと走りはじめた。

よかった、これで運行休止ということになったら、炎天下に駅まで三十分は歩かねばならないところだった。もちろん、怪我人がだれも出なかったのも本当に不幸中の幸いであった。

あの男の子がバスにつっこんでいったのは、イヤホンで音楽を聞いていたためもあるだろう。しかしなによりも、暑さでボーッとしてたからじゃないか。そうとしか思えないほど見事な正面衝突ぶりだった。

酷暑は判断能力やら反射神経やらの働きをにぶくする。熱中症以外でも人命にかかわるような影響を及ぼす暑さなので、みなさまくれぐれも気をつけて、お体を大切になさってください……！

発想の転換

友人が遊びにきた。友人は子どもたちと一緒に旦那さんの実家に行き、おじいさん、おばあさんの畑で野菜を収穫したのだそうだ。その野菜をお裾分けしにきてくれたのである。

友人は都会っ子なので、「どういう状態の野菜をもいだらいいか教えてもらったんだけど、どうも自分の見極め能力に自信がなくてさ……」と言っていたが、立派なトウモロコシやピーマンやジャガイモは、どれもとてもおいしかった。

夏休みはほかになにをして過ごしたのかと聞くと、お盆あたりに開催されるオタクのビッグイベントに赴いたとのことで、「貴様、あらゆるところでもぎまくりの大活躍だったんだな」と称える。

私はお盆休み返上で仕事しないと新刊が刊行予定日にまにあわない、というありえへんピンチに陥っていたので、そのビッグイベントに行けなかったのだ。「オタクの名折れ……」とシュンとしていたところだったため、友人が持ってきたオタクな収穫物も見せてもらったりして、数時間にわたってしゃべりまくる（「オタクの友だちはほぼ全員オタク」の法則)。

そのあいだ、残暑をしのぐため拙宅の扇風機が稼働していたのだが、なにしろ二千円ぐらいで購入したうえに年季の入った代物。首のすわらない赤ん坊みたいに、がっくんがっくんと脈絡なくうなずくのだ。友人はそのたびに、扇風機の首を優しく起こしてやっていた。

「ごめんね、買い替えようと思いつつ、ついそのままにしちゃってて……」

「いいんじゃない、ちゃんと風を送ってるんだし」

またうなずいた扇風機の首を、友人は鷹揚(おうよう)に起こした。そこから最近の扇風機についての話題になり、

「ダイソンの羽根のない扇風機はかっこいいよね」

「うん、あれはお店で展示されてると、絶対に手をつっこんでみちゃうよ。でも、実際に家に置いてみたら、けっこう大きくて場所を取るんじゃないかという気もする」

などと語りあう。

そのとき友人が、ハッとしたように言った。

「いま、すごいことを思いついた。我々は未だに天動説にとらわれていたのではないか？」

「……というと？」

「扇風機はせいぜい首を振るぐらいで、我々のほうが風に当たらんと座る位置を調節したりしていた。しかし、意識の転換を図るときが来たのだ！　つまり、扇風機のほうが動く！　ルンバに扇風機が乗ってるような製品を想像してみてほしい。人感センサーがついていて、涼みたいひとの周囲を扇風機がぐるぐるまわり、三百六十度から風を送ってくれる！　すなわち、地動説的扇風機を、いまこそ開発すべきではないか！」

「貴様……、天才か！　それだ、それだよ！」

私たちは感極まり、「ルンバに扇風機が乗ったような製品」を使用しているところを想像した。

「……ちょっと言っていいか」

と私は言った。

「うん」

「ものすごく邪魔っていうか、気が散るんだけど。死角から扇風機が現れるたび、ビクッとするんだけど」

「そうだね」

と友人は言った。「私なぞが発想するような製品は、家電メーカーの開発部のひとがとっくに考えついてるはずだもん。なのに商品化されないということは、やはりなんらかの欠点があると予想されるからだよね……」

というわけで、地動説的扇風機は、発想して三分も経たぬうちに残念ながらお蔵入りとなったのだった。

それにしても、友人の発想力はすごいなと感心した。思いつきそうで思いつけなかったよ、「扇風機自体が動く扇風機」なんて。

そんなある日、母が電話してきて、

「このあいだ靴を買ったの。今度こそ足に合うと思う」

と自慢げな報告を受けた。母は足の形がよくないのか、これまでどんな靴を履いても、「うーん、なんか痛いのよね」とご不満な様子だったのだ。

「どうかなあ、やっぱり今回も痛くなるんじゃないの？」

と応じた瞬間、私のなかでも友人なみにすごいコペルニクス的転回が起きた。「わかった！　お母さん、もう靴は諦めなよ。それよりむしろ、裸足で歩いて足の裏を鍛えるべきだ。ああー、どうしていままで、この発想に至らなかったんだろう。七十年以上も無駄にしてきたよ、お母さんは！　それだけの時間をかけて鍛えていれば、いまごろ靴を履かなくてもすむような、ガッチガチの足の裏を得られていただろうに……！」

「そういえばそうね……」

と納得しかけた母は、直後に思い直したらしく、「いやよ！　そしたらオシャレな靴を履く楽しみがなくなっちゃうじゃないの。他人事（ひとごと）だと思って、勝手なこと言って！」

と、おかんむりになったのだった。

革新的な提案だったというのに、くそー。

地動説（？）が民衆に受け入れられるまでには、時間がかかるものなのである。

文庫追記：ルンバと扇風機を合体させた友人は、発想力に優れてるなと感心させられることが多い。しばしば、「え、よく思いついたね」ということを言ったりやったりするのだが、日常の些細な事象についてなので、具体的に覚えていられず無念だ。友人は事務作業にも秀でており、たとえば旅行の段取りもちゃちゃっとこなし、アプリなどを駆使して「旅のしおり」的なものも参加人員にぬかりなく配ってくれる。たぶん、頭のなかの整理整頓能力が高く、「こうすると便利だな」と臨機応変に工夫できる脳みその持ち主なのだろう。マメだし。

私は常に脳内が混線しがちで発想力に欠けているので、友人の言動に接するたび、「すごいな、貴様！」とまばゆさに腹を見せて降参するのだった。

たいらな世界

「出張するたびに風邪を引くひと」になってしまい、生命力の衰えを感じる。移動距離が長かろうが、乾燥しきったホテルの部屋で何泊しようが、以前はビクともしなかったのだが、この一カ月弱で二回も風邪を引き、しかも治るまで一週間はかかる。これが寄る年波というものか。週末に出張↓風邪を引く↓一週間かけてようやく完治↓週末に出張↓風邪を引く↓一週間かけてようやく完治（イマココ）。しかしこの週末も、外出仕事の予定がめずらしく詰まっており、みたび迫り来る風邪の予感。風邪を引くために生きてるような今日このごろだ。

とはいえ風邪の合間を縫い、友だちと会って遊んだりもしていた。友人には娘と息子（いずれも小学生）がいるのだが、子育ての話を聞いていて、「へえ」と思うことがあった。

娘さんのほうは、塗り絵をしたり絵を描いたりキラキラしたアイドルを見たりするのが大好き。対して息子さんのほうは、レゴブロックを組み立てたりゴツゴツしたロボットのおもちゃで遊んだりするのが大好きなのだそうだ。

「あたしはさあ、『女の子らしく』とか『男の子らしく』とか、反吐が出るほどきらいだからさ」

と友人は言った。「自分の子に対しても、性別を過剰に意識させるようなデザインや色の服は選んでこなかったつもりだし、テレビ番組にしてもおもちゃにしても、『女の子なんだから（あるいは男の子なんだから）、これにしなさい』って言ったことないんだよね。でも、『どうも性別によって、興味を持つ対象が異なるようだ』ということを、認めざるを得なくなってきた。もちろん、基本はあくまでも『個人』で、それぞれのひとによって、好みや関心の在処がちがうっていう、あたりまえのことでもあるんだけど」

「言わんとするところはわかる。『同じ親から生まれ、同じように育てられても、性格や趣味が全然ちがう人間になるのは、当然の大前提である。しかし、むろん例外はあれど、性別によって興味を抱く対象にちがいがあるらしい、というおおまかな傾向は見受けられる』ってことだね？」

「そうそう。『性別でひとを分類するなど愚の骨頂』という信念が崩れ去る気がして、やや敗北感を覚えるのだが……。塗り絵のお姫さまになど目もくれぬ息子と、おもちゃのロボットをガン無視してる娘を見るにつけ、『なるほど、男女間の断絶の萌芽は、すでにこのあたりから……』と思ってしまうよね」

「ふうむ」

と私は言った。「その話で思い出したんだけど、そういえば私も子どものころ、レゴの意味がわからなかった」

「え、ごめん。あんたがなにを言ってるのか、意味がわかんない」

「説明しよう。レゴってさ、土台になる薄い板があるじゃない。ブツブツのついた下敷きみたいな」

「あるね」

「私はあの土台に、レゴブロックを一段だけはめこんで、『理想の家』の間取りを作ってた。つまり土台を紙に見立て、レゴブロックを使って間取りの線を描いて、『よし』と満足してたわけ」

「……レゴはブロックなんだよ？　『理想の家』を立体的に構築できるのがブロックの魅力なのに、なんで間取り図を作った時点で満足しちゃってんの！」

「『立体』という概念が理解できなかったんだろうね。ていうか、いまも理解できていない自信がある。展開図とかまるでチンプンカンプンだし、奥行きや車幅に関する感覚もまったくなくて、しょっちゅう額(ひたい)や腿を壁に強打してるもん」

「それは目が悪いだけなのでは？」

「いや、視力はいいほうだと思う。老眼がはじまってるけど。とにかく、世界を平面でしか把握できない。おかげさまで漫画を読むのは得意。映画は、最近の3Dはダメだね。すぐ酔うし、画面に奥行き感が出ると情報量が多すぎて、なにがなにやらわけがわかんない」

「日常生活に支障が出るレベルなのではと思うんだが、大丈夫なのか……？」

「うん。子どものころから、『レゴって妙にブロックが余るなあ。間取り図はもう完成したし、残りをなにに使えばいいんだろう』と困惑してたけど、それでもなんとか暮らしていけてるから、大丈夫！」

友人はあきれたように笑って、こう言った。

「あんたの立体感覚のなさ、女性とか男性とか関係なく、たぶん人類でぶっちぎりの一位だよ。やっぱり性別じゃなく、個性というかグラデーションなんだね。なんだか希望を持てたよ、ありがとう！」

そうか、よかった！……のか？

ところで先日、歯医者さんでCTを撮ってもらったのだが、自分の歯および顎まわりの骨が立体的なカラー画像になって表示され、「おお、火葬された気分を味わえるとは」と驚くも、立体画像であるがゆえに、先生が丁寧に説明してくれたにもかかわらず、なにがなにやら、どうにも呑みこみづらかった。やっぱり私、平面的なレントゲン画像のほうがいいみたいです。

追記：下の左右の親不知が未だにそのままになっているため、今後どうするか検討すべく、CTを撮ることになったのだ。先生の所見は、「とにかく左は早急に抜いたほうがいい」だった。しかし私は、予約を迫る先生をのらりくらりとかわして帰宅。上の親不知を抜くときも涅槃図みたいになったのに、それよりさらに大変だという下の親不知を抜くなんて、こわいよ……！

そうこうするうち、不測の事態が出来した。詳細は次の次の回（「ウキウキキウイフルーツ」の回）をお読みいただきたいが、またしても口がほとんど開かなくなったのである。まいったなー。開かなくなった口から親不知を取りだすなんて手品みたいなこと、どんな凄腕の歯医者さんにもできないよなー。という言い訳のもと、のらりくらりを続行中だ。

うちのぼうや

言い訳めくが、少々気が急いていたし、駐輪場が満杯だったので、最寄り駅の道端に自転車を停め、銀行でお金を下ろしたりスーパーで買い物をしたりして、バスで帰った。……え？　と思われたかたもいらっしゃるだろう。書いてて私も、「おーい、なにかお忘れじゃないかい？」と自身の行動にツッコミを入れざるを得なかった。なんで自転車で行って、バスで帰ってきちゃってんの！　大丈夫なのか私。

むろん、「しまった、自転車！」とバスを降りる時点で気づいた（遅い）。しょうがないから買ったものを自宅に置いたのち、再びバスに乗って駅前へとんぼ返りした。自転車はなかった。

「ぼうやー！　あたしのぼうや、どこにいるのー！」

と探しまわるも、影も形も見当たらない。路上駐輪ということで、撤去されてしまったらしい。あたしのぼうやが、ひとさらいに……！　と泣き崩れる（嘘）。まだ停めてから二時間も経ってないぐらいだぜ。勤勉すぎやしないか、私が住んでる区の職員のみなさまよ。

ふと見ると、自転車が軒並み撤去された道端には看板が設置してあり、「ここで保管してるよ。取りにきてね。三千円を徴収するよ」ってな旨とともに地図が掲示してあった。歩いていくには、ちょっと遠い。しかも三千円か……。私のぼうや（自転車）、駐輪場でもひときわ目立つほどボロボロで、そろそろ買い替えなきゃと思ってたんだよな……。

必死に探しまわったくせに自転車を引き取りにはいかず、ひとまずバスに乗って自宅に帰る。この往復のバス代はなんだったんだ、まったくの無駄ではないか、とも思ったが、落ち着いて考えたかったのだ。

撤去された自転車を引き取りにいったら三千円。しかし引き取りにいかなかったら、たぶんそのまま行政がわが処分するのだろう。だとすると、私が選択すべき道はひとつではないか？

ここは鬼になって、ぼうやを撤去された事実をなかったことにする！　そうすれば、三千円を払わなくてすむうえに、ボロボロのぼうやをタダで処分できるのだ！　そして新品のぼうやを迎え入れる……。うしし。

就寝した（鬼である）。だが、なかなか眠りが訪れない。

私とぼうやのつきあいは、もう十年になんなんとする。ぼうやは赤いママチャリで、カスタムしてうしろにも籠がついている（「カスタム」という用語がこれほど似合わぬ、かっこ悪いカスタムもない）。大容量で、スーパーで買った食材や日用品をぐいぐい運んでくれたぼうや。最近では、もとからの塗装に加え、錆のせいで全身真っ赤になってたぼうや。タイヤがへたって、空気を入れても入れても、すぐ「腹減った」と言う手のかかるぼうや。籠も歪んでたし、屋外で雨ざらしだから、たまに車体に乾いた鳥のフンがくっついてたけど……って、後半いいとこひとつもないな、ぼうや！

とにかく、愛着があるのだ。鬼になってはみたものの、いまもぼうやは夜の闇のなか、慣れぬ撤去自転車置き場でポツンと、「あれれ〜、どうしてぼく、こんなとこにいるんだろう。早く迎えにきてー」って思ってるんだろうなと思うと、涙がにじんできて眠れないのである（過剰な擬人化と思い入れ）。

私はいつから、損得でものを考える人間に成り下がったのか。寝室の天井を見上げ、反省した。やはり、これまでずっと活躍してくれたぼうやを引き取りにいこう。ここでぼうやを見捨てたら、本当に血も涙もない鬼になってしまう……！

三日後、撤去自転車置き場を目指して歩きだした。反省したわりに引き取りにいくのが三日後になったのは、言い訳めくが、天気が悪かったし、仕事が忙しかったからなのだ。決して、「でも面倒くさいな」などとは思っていない。

てくてくと四十分ほどかけて撤去自転車置き場に到着。ずらりと並んだ自転車のなかから、すぐにぼうやを発見することができた。ひときわ目立つほどボロボロって、こういうとき便利だ（ポジティブシンキング）。

「ぼうやー！　あたしのぼうやー！」

感動の再会であった。ぼうやは三日間無視されたことがご不満だったらしく、タイヤの空気残量を減らして私を待ち受けていた。おーい、離ればなれになったあの日の朝、空気入れただろ！　腹減らすのが早すぎやしないか。

黙々とぼうやを引き、また四十分ほどかけて歩いて帰宅。さっそく空気を入れてやったら、ぼうやは機嫌を直して活躍してくれるようになった。私としても、やっぱり引き取りにいってよかったな、と晴れやかな気持ちだ。

同時に、「しかし三千円を払ってしまったから、当分、新品は買えないな」とため息をつきたくもある。ぼうやと私のつきあいはまだつづくようだ。

もしかしたらこうなることを見越して、ぼうやは路上駐輪自転車を回収するトラックの荷台に自ら飛び乗ったのではないか、と私は疑っている。

追記：撤去自転車置き場から引き取って一週間ほどした朝、ふとぼうやを見たら、前輪の空気がペシャーッとすべて抜けていた。餓死（パンク）……!?　慌てて近所の自転車屋さんに連れていったところ、空気を入れる部位の金具がへし折れているとのこと。ぼうや、骨折である。しめしめ、これを機に買い替え……と思うまもなく、ご店主がちゃちゃっと金具を交換してくれた（五百円也）。しかも、「ずいぶん大事に使ってくれてるんだね。まだまだ走るよ、この自転車は」とお褒めの言葉までいただき、ますます買い替えたいとは言いだせなくなった。ご店主、商売っ気がなさすぎる！

そういうわけで、現在もぼうやは活躍中だ。こうなることを見越して、ぼうやは深夜に自分で金具をへし折ったにちがいない、と私はにらんでいる。

文庫追記：ぼうやはそれから一年ほどがんばったのだが、とうとう完全にタイヤがへたってしまった。さらにある晩、駅前の駐輪場で待っていたぼうやをよく見たら、後輪の放射状になってる棒が歪んでいたのだ（いま調べたら、「スポーク」という部位名らしい）。昼に別れたときは元気だったのに（タイヤはへたっていたが）、いったいどうしたの、ぼうや！　私のかわいいぼうやを、だれがこんな目に……！

ぼうやは、「ちぃっ、肋骨をやられたか……」という顔をしていたが（自転車の顔がどこかわかんないが）、拙宅に停めているとき、しょっちゅう強風にあおられてガッシャンガッシャン倒れていたので、けっこうまえからスポークとやらは歪んでいた可能性もあり、つまり犯人は私（と風）なのかもしれない。

とにかく、ぼうやを引きずって歩いて家まで帰り、朝を待って近所の自転車屋さんに連れていった。商売っ気のないご店主はスポークを仔細に眺め、

「もちろん、タイヤの交換と修理はできます」

と言ったのち、なにごとかにハッと気づいたようだった。

「お客さん、この自転車をうちで買ってくれてから、ずいぶん経ちますよね」

「はい、十年以上ですかね」

「じゃあ買い替えどきということで、よかったらこいつを引き取ってくれませんか」

ご店主が指したのは、店頭に展示してあるママチャリだった。ぼうやとちがってギアもついてるし、性能はいいのだが、ずっと売れ残って場所ふさぎで困っているという。そのママチャリは、なんか寝ぼけたようなというか、はっきりしない色味をしていて、そこがたぶん、客の目を惹かなかった理由だろうと推測された。

ご店主は大幅値引きした額を提示し、ぼうやのことも責任を持ってリサイクルにまわすと請けあってくれたので、迷ったすえ、ぼうやとはお別れすることにした。いままでありがとう、ぼうや……！　またいつか、鍋かなにかに生まれ変わったぼうやと会えますように。涙、涙の別れであった。

しかし、ぼうやのうしろにつけてた籠は、ボロボロではあるがまだ使えるので、ご店主と私の阿吽(あうん)の呼吸で、新しいママチャリにつけ替えることにする。その作業は無料で、やはり商売っ気のないご店主。ぼうやの魂、しかと引き継ぐことができた（自転車の魂が、うしろの籠に宿ってるのかどうかわかんないが）。

うしろの籠がなくなったぼうやは、どこかさっぱりした表情で（自転車に表情があるのか以下略）、「やっとお役御免か。さびしいけど、まあおまえも元気でな」と言っているようだった。

いまもたまに、ぼうやを思い出す。寝ぼけたような色の新しい自転車も、快調に走っているし、つきあいもすでに二年以上になるはずだが、ぼうやほど心を開いてくれている感じがしない。たぶん、ずっと売れ残っていた心の傷が癒えきっていないのだろう。「あなただって、とってもいい子だよ。いつも頼りにしてるよ」と内心で語りかけながら乗っているのだが、私を全面的に信頼してくれるまで、まだちょっと時間がかかりそうだ。あるいは、ボロボロの籠を再利用したことにおかんむりなのかもしれない。すまん。たしかに、車体は新品なのに籠はおんぼろで、悪い意味で人目を惹く姿にしちゃったもんな……。でも駐輪場で、「うちの子、どこに停めたっけ」というとき、すぐに発見できて便利……いやいや、ほんとごめんって。

いままで何台かの自転車に乗ってきたが、そのなかでもぼうやは、非常に気の合う相棒だった。次点は、小学生のころに乗っていた赤い自転車（ピリカという名前をつけていた。アイヌ語で「かわいい」という意味だ）。車が好きなひとも、きっと同じような感覚を覚えることがあるのだろう。無機物のはずなのに、相性があり、気持ちが通じあっていると感じる瞬間がある。不思議なことだ。

ウキウキキウイフルーツ

ほぼ毎回、体調不良の話題から入ってるような気がするのだが、「こいつ、そういうお年ごろなんだな」とご勘弁いただきたい。残念ながら今月も、吾輩にアクシデントが襲いかかった。

ある昼下がり、猛然とゲラ（校正刷り）をチェックしていた私は空腹を覚えた。しかし、調理をする暇はない。夕方には編集さんと会ってゲラを渡さなければならない、という局面だったからだ。やむをえず、自宅のお菓子棚に貯蔵されていたクッキーを食べることにした。賞味期限切れだったが、まあ問題ない範囲であろう。

上面がチョコレートでコーティングされ、ナッツもちりばめられたクッキーをかじった。チョコ部分がむっちゃ硬くなっていたが、この程度の硬さなど、私の歯にかかれば浜辺の砂ですよ。しかも南の島の、さらっさらの白い砂のごときものですよ。臆することなく、バキバキと噛み砕いた。

次の瞬間、左顎の蝶番（ちょうつがい）がめりめりめりっと聞いたことのない音を立てた。クッキーではなく、吾輩の顎の骨が砕けたのであった。というのはおおげさで、たぶん砕けてはいないと思うが（医者に行ってないので、定かなことはわからない）、以降、顎関節症みたいになり、顎の蝶番が痛むうえに、口がちょっとしか開かなくなってしまった。

ううむ……、クッキーよりも脆弱な顎って、どういうことだ。若いころは岩でも粉砕できるんじゃないかなというほどの顎力を誇っていたのに、拙者も衰えたものよ。しかたないので、市販の痛み止めを飲んで、やり過ごした（医者に行く時間がなかった）。おかげさまで炎症は治まってきたようだが、現時点でもまだちょっと蝶番に違和感がある。「なんの気なしに大あくび」なんてしたら、がくっと顎がはずれそうな気がするし、雷おこしなど食そうものなら、今度こそ顎が砕ける自信がある。しばらくは楚々とした振る舞いをし、おかゆ的軟弱な食べ物のみを摂取するよう心がけねばならない。

自分の骨が加齢とともに白砂のごとくさらっさらになっていることを、正しく認識したいと思う。あと、めりめりめりっと顎がいやーな音を立ててるのに、噛むのを咄嗟にストップできなかったことも敗因だ。ただでさえゼロに近かった反射神経が、加齢とともに計測不可能な域まで低まっている事実も正しく認識したい。

顎の痛みを抱えつつ、洗面所で手を洗っていた私は、「ぎゃっ」と叫んだ。よく見たら、蛇口の柄から果物のキウイが三個ほどぶらさがっていたのだ。意味がわからない。こんなところにキウイをぶらさげた覚えはなく、あまりにシュールな情景に脳の情報処理が追いつかなくて、しばしパニックに陥った。しかも叫んだせいで顎がますます痛い。

ちょっと考え、犯人がわかった。父だ。私がクッキー相手に敗北を喫しているころ、父は勝手に拙宅に忍びこみ、キウイを蛇口にぶらさげていったのだろう。というのも、父は自宅の庭に生えているキウイの木をかわいがっており、通販で花粉を取り寄せてまで、毎年せっせと受粉させているのだ。その成果たる実を収穫したのだと思われる。

それはいいけど、なんでひとんちの蛇口に実をぶらさげるんだよ。私は事情を問いただすべく、父のもとに乗りこんだ。

「ちょっとお父さん！　蛇口のキウイ……」

「しぃっ」

父はみなまで言わせず、自分の書斎まで私を引っ張っていった。「お母さんのまえでキウイの話はしちゃだめだ」

「なんで」

「これを見なさい」

父は書斎の片隅を指した。キウイの実がみっしり詰まったスーパーのレジ袋（大）が、二袋も置いてあった。改めて見てみたら、書斎の柱や本棚からもキウイの実がぶらさがっている。なにかのまじないみたいだ。

「今年はキウイが豊作で、百個ぐらい収穫できたんだよ。『こんなにどうするの！』って、お母さんが怒っている」

母は以前から、父のキウイ熱を快く思っていないのである。それもわかる。自分の夫が、キウイ農家じゃないのに「キウイの花を受粉させまくるひと」なのは、「なんかどうなのかなー」という感じなのだろう。昨年、父が取り寄せ、冷蔵庫に保管していた花粉を母がうっかり捨ててしまったときなど、深刻な夫婦喧嘩が勃発していた。父はたいてい、母のお小言を黙って聞き流しているのだが、花粉を捨てられたと知って、めずらしく反発したためだ。花粉にだけ熱くなる夫。やっぱりなんかいやだ。

「そういうわけで、おまえの家にもキウイの実を避難させた。蛇口以外にもあちこちに吊るしておいたから、探してみなさい」

「いらないよ、そんなプレゼント！」

と言ったのだが、父は聞いちゃいない。

「じゃ、お父さんはこれから、追熟(ついじゅく)のためのリンゴを買ってくる」

と、ウッキウキだった。

まさか、百個のキウイを一気に追熟させるつもりじゃあるまいな……。時期をずらすという知恵が父に宿っていることを願う。

その後拙宅で、コートをかけているハンガーと、居間の照明から、キウイがぶらさがっているのを発見。やめて！　私んちでおかしなまじないを発動させるのはやめて！

文庫追記：下の親不知は左右とも残っているうえに、左顎の蝶番もクッキー事件以降、カクカクとしゃれこうべのような音を立てる状態のまま、いまに至る。さらに、疲れると左上の奥歯付近が痛み、「DDが親不知を抜いたときに骨が折れたのかな」と思っていたら、単に虫歯ができていただけだった。DDにとんだ濡れ衣を着せてしまい、申し訳ない。

　近所の歯医者さんによると、患部は奥歯の奥がわの側面で器具が届かないので、とにかく歯を磨き、虫歯を食い止めろとのこと。そんなことってある!?　人類が歯痛に悩まされてから長い年月が経っているのに、奥歯の奥がわの側面に届くような器具を未だ開発していないなんて、どんだけぼんやりした人類なのだ。べつの歯医者さんに行ってみようかなと思うも、たまにしか痛まないので（つまり、たまにしか疲れないということか?）、ついついさきのばしにしてしまっている。

　そうこうするうちに、虫歯は神経をもむしばみ（オヤジギャグではない。そんなギャグを言ってる場合ではない）、奥歯を引っこ抜くはめになるにちがいなく、きゃー。早急に歯医者さんを探します。

虫と化す日々

過去最高体重を記録したので、記念に新年から腹筋背筋とストレッチをすることにした。

記念活動をはじめるまえに、体重計の電池を交換してみたり、服を全部脱いでからもう一度計測しなおしてみたりしたのだが、やっぱり事実は変わらなかったため、いたしかたなく……、いやいや、意欲をもって取り組んでいる。

しかし、もし記念活動中の私を目撃するひとがいたら、「死にかけの虫の形態模写を実施しているところかな」と思うことだろう。本人としては意欲あふれる腹筋背筋をしてるつもりなのだが、なにしろ体が床から三センチぐらいしか上がらないのだ。

それでもあたしの筋肉は限界を訴えてぶるぶるしている！　ぶるぶるしてるのは贅肉かもしれんが、とにかく全身の肉という肉が震えるほどがんばっているにもかかわらず、三センチ！

……これさあ、してもしなくても効果は誤差の範囲って感じの活動じゃない？　と思うも、我に返ったら負けなので、十回ずつ自称腹筋背筋をこなしたのち、床にのびてしばし息を整える。架空の目撃者が、「死にかけの虫がついに、死……」と危惧したところで、むくりと起きあがってダイハードぶりを見せつけ、おもむろにストレッチに移行だ。

架空の目撃者はたぶん、「え、これ、なんの静止画像を見せられてんの？」と思うことだろう。なにしろ体が三センチも曲がらないのだ。床に脚をのばして座り、つまさきに向けて腕をのばすも、遠い……！　つまさきが遠くて遠くて、指がかすりもしねえ！　私の脚が地球と月のあいだをひとまたぎできるぐらい長いという可能性も考えられるが、だとしたら現在、私が地球上に収まっていられるのは変なので、やはり体が硬いのであろう。

つまさきに触れようと、ふんぬふんぬとむなしい努力を十回繰り返し、力尽きる。まだ起きたばかりなのだが疲労が著しいので、とりあえず床に転がったまま二度寝する。

こんなに体を酷使してちゃ、仕事できないよ！

これまでなぜ、運動をしてこなかったのか思い出した。私は体は頑健なのだが、体力がまったくないのだ。ちょっと動くと、その倍は睡眠を取らなきゃならないため、極力のろのろと日々を暮らすことで、かろうじて人間的営みをこなしてきたのだ。加えて運動神経がまるでないので、体を動かさなくてもまったく痛痒（つうよう）を感じてこなかった結果が、このていたらく！

私とは正反対の人間が身近にいる。弟だ。正月にひさしぶりにゆっくり相対したのだが、弟はますます腹筋が割れていた。なぜ弟の腹筋を目にしたかというと、鍋を食べていたら「あちぃ」と言いだし、セーターを脱いだからだ。そのとき、下に着ていたTシャツがめくれて腹が見えた。ぎょっとした。

「あんたその腹筋、なにを目指してんの!?」

「特になにも。最近、暑くてたまんないんだよな。筋肉つけすぎたかな」

わかっているなら筋トレやめろ。常識的な室温のなかで鍋食べてるのに、食卓に一人、常夏の地でかき氷を食べてるみたいな恰好のやつがいるのは、こちらとしては非常にいたたまれない。

そんな弟は新年早々外出し、数時間後に妙に晴れやかな様子で帰ってきた。

「どこ行ってたの?」

「ゴールドジム」

「えっ。ゴールドジムって、筋肉自慢の猛者たちが集(つど)うという、あのゴールドジム!?」

弟の友人もまた、筋トレ&スポーツ大好きなひとが多いようで、そのうちの一人がゴールドジム会員なので、無料体験に誘ってくれたらしい。

「どうだった?」

と聞いたら、

「あやうく殺されるところだった」

と弟はうれしそうだった。

そうか、こういうマゾっ気たっぷりな人々が、己れの肉体を極限まで追いこみ、立派な筋肉を手に入れてるのだなと納得した。私にはとうてい無理だから、死にかけの虫のごとく床でもごもごするほかない。しかし同じ親から生まれ、同じ環境で育ったはずなのに、なんでこうも運動神経や趣味嗜好がちがうの!? 弟を見るたび、人間とは多様な生き物であるのだなと、あたりまえの事実に改めて気づかされ、十把一絡げ（じっぱひとから）になにかをとらえるのはなるべくやめようと思うのだった。

お気づきになられただろうか。いま私が、「というわけで、苦手な腹筋背筋ストレッチはもうやめていいかなー」って方向へ話を持っていこうとして、「人間とは」などと無駄に壮大な物言いをしたことに。

いや、十把一絡げはやめなきゃなってのは本心なんですけど、それにしてもつらすぎるよ、腹筋背筋ストレッチ。十回ずつしかしてないから、五分とかからないぐらいなのだが、私にとってはその五分が一日じゅう尾を引くほどの苦行だ。

運動が苦手なものには、運動しなくても筋力が保たれ柔軟性も維持できて太らない体質を授けてくだされぱいいのに、神さまってのは本当に気が利かない……！　てわけで、「おお、神よ……！」ってうめきながら（無駄に壮大）、いまのところ毎朝活動しています。まじでうんざりだ。そろそろ活動休止する予感でいっぱいだ。音楽性のちがいで解散するバンドのメンバーみたいなことを言っているが、私がやってるのは虫活動だ。恰好がつかない。

追記：案の定、虫の形態模写、もとい、記念活動は二週間で終了しました。ざんねん！

文庫追記：念には念を入れて、首位打者は体重計から電池を抜いた。これでもう、自身の天才ぶりにおののくことなく、心安らかに日々を送れる。

のんびり南国宮崎の旅

仕事で宮崎県に行った。はじめて行ったのだが、南国ムードで海がきれいだし、ご飯もお酒もおいしいし、とってもいいところだった！

私は飛行機が苦手なので、行きは新幹線と高速バス、帰りはフェリーと新幹線を利用した。「遠いかな……」と思ってたのですけど、そして実際、半日ぐらいかかったのですけど、道中はぼんやり運ばれていればいいから楽だった。

特に、宮崎と三宮（さんのみや）（兵庫県）を結ぶフェリーはおすすめです。夜に出航して、朝に着く。船内には食堂もお風呂もあるし（私は風呂にも入らず寝てしまったが）、甲板から夜の海を眺めることもできるし、快適だ。極端に船に弱いとかじゃなくて、雑魚寝（ざこね）が気にならないひとは、フェリーも旅の選択肢に入れてもいいかもしれない。雑魚寝といっても、ちゃんと女性用のスペースが区切られてます。

宮崎のかたがいくつかの神社に連れていってくださったのだが、どこもすごくよかった。

青島（あおしま）神社は、文字どおり島が丸ごと神社かつ神域で、境内には自生した熱帯・亜熱帯の木々が生い茂っている。弥生時代ぐらいから祭祀を行っていたらしい痕跡が残っているそうだが、昔のひとがこの島を神聖な場所と感じたのもうなずける。きれいな海と、「鬼の洗濯板」と呼ばれる奇岩に囲まれた、緑豊かな小さな島だ。

境内に多種多様なおもしろいおみくじが並んでいるのも楽しくて、私は鯛の形をしたおみくじを引いた。というか、釣った。おもちゃの釣り竿が置いてあって、箱に詰まった鯛形おみくじを釣りあげる方式なのだ。荘厳な雰囲気の神社かと思いきや、遊び心とエンタメ精神にもあふれていて、楽しめます。

そうだ、青島と陸地は地続きになっていて（江の島みたいな感じだ）、観光用のトゥクトゥク（三輪自動車のタクシー）で島まで渡ることもできる。ついでに島を半周もしてくれる。しかもお代は「お志で」ってことで、払える範囲の金額を自由に小箱に入れればいい。あまり商売っ気がないというか、のんびりしたムードなのであった。

ほかにも、鵜戸神宮と潮嶽神社に行った。鵜戸神宮は、海に面した巨大な洞窟のなかに社殿があって、「こりゃすごい」とびっくりした。ざばーんと巨岩に波が打ち寄せ、絶景も味わえます。潮嶽神社は内陸にある小さな神社なのだが、風情があって、古くから近隣住民に大切にされてきたのが伝わってくる。

特筆すべきは、どの神社の神主さんもそれぞれにキャラ立ちしていたことだ。たとえば潮嶽神社の神主さんは、ヤクザ映画に出演していても驚かない風貌（しかも幹部役がふさわしい）だったのだが、話してみたら無茶苦茶おもしろくて穏やかなかただった。

潮嶽神社の近くに、絶対に入ってはならないとされる禁域がある。生えている草花を取ったり木の枝を折ったりしてもいけないので、手入れはなにもしていないのだそうだ。鬱蒼（うっそう）とした禁域を道から眺め、神主さんはおっしゃった。

「まあ、いわゆるひとつの……、リトルジャングルですわ。……うん、リトルジャングルだ！」

なんで二度言った!?　しかも、むっちゃもったいつけてドヤ顔で!?　ツッコんでいいのかわからず、私は口をもぐもぐさせた。

しかも最前から、ほかにも気になることがあった。禁域の木に、しめ縄みたいなものが張られていたのだ。絶対に入ってはいけない禁域なのに、だれがつけたのだろうか。

「あのう……。あのしめ縄のようなものは、どなたが？」

「ああ、あれは近所のじいさんたちがつけてくれるんですわ。私は神職ですが、『おまえはまだ若いのに、禁域に入って、なにか祟（たた）りでもあっちゃいかん』って、じいさんたちが言ってくれてね。ま、じいさんたちはほら、たとえ祟りがあっても、もともと老いさ……。いや、なんでもありません」

いま確実に、「老いさき短い」って言おうとしてましたよね!?　ユーモアたっぷりな神主さんなのであった。同時に、本当に禁域に入っちゃまずいんだなということ、それでも若いひとを思いやって、神事の一翼をになってくれる頼もしいお年寄りたちがいることが、伝わってきたのだった。

　帰りのフェリーまで少し時間があったので、西都原古墳群と西都原考古博物館にも案内していただいた。広大な原っぱに円墳がぼこぼこあるし、博物館もものすごく充実の内容だしで、テンションが上がりきる。今度ゆっくり見学にこようと決意した。

　古墳から港へと向かう道で、我々の乗る車のまえを自動車教習所の教習車が走っていた。当然、おぼつかない運転ぶりだし、スピードもきわめてゆっくりだ。

　私だったら即座に追い越してしまうと思うのだが、我々の乗る車を運転してくださっていたかたは、「あれれー、まいったな」と言いつつも教習車のスピードに合わせて走った。そして二十分ほどしてついに、「だめだ、フェリーにまにあわない！」と、教習車を追い越したのだった。

「いやあ、はらはらいらいらしましたねえ」と、そのかたは笑っていたが、ぜんっぜんはらはらいらいらした様子はなかった。私は彼のおおらかな心に非常に胸打たれ、「そうだよな、だれだって最初は運転初心者だったんだものな」とひそかに深く納得した。

　人々がのんびりと優しくて、ユーモアいっぱい。そこもほんとにいいなあ、宮崎！と思った。みなさまも機会があったら、ぜひ観光に行ってみてください。

無常の味わい

福井県立恐竜博物館に行ったぞー！

私は博物館が大好き、かつ、多くのチビッコがそうであるように、ご幼少のみぎりは恐竜大好きっ子だったので、福井の恐竜博物館にはずっと行ってみたかったのだ。

そわそわする気持ちが表に出てしまっていたのだろう。今回は恐竜とも博物館とも関係ない仕事だったのだが、福井のかたが「恐竜博物館にも行きますか？」と持ちかけてくださった。しかも、学芸員さんの解説つきだという。やったー、ラッキー！

こうして連れていっていただいた恐竜博物館は、まじすごかった。広大な敷地のなかに、銀色の繭（まゆ）のような建物がボーンとある。恐竜の卵をイメージした形状なのだそうだ。外観からしてわくわくするなあ。

中身も大充実で、巨大な恐竜の骨格標本がいっぱいあり、しかもいろんな角度から眺められるように動線も工夫されている。実物大の復元模型はむちゃくちゃリアルに、大迫力のしなやかな動きを見せます。週末だったのでチビッコが博物館に大勢詰めかけていたのだが、みんな目を輝かせ、口をぽかーんと開けて復元模型を見上げていた。

ちなみに私の知人が以前に恐竜博物館に行ったときには、復元模型に怯(おび)えたチビッコがギャン泣きしていたとのこと。その気持ち、わかる！「恐竜時代にタイムスリップしたら、二秒で踏みつぶされたり嚙み殺されたりするな」と身に迫って感じられるほど、とにかくリアル。いや、実際に生きてる恐竜を見たことないけど、「こういう生き物だったんだろうな」と生々しく実感できる出来映えだ。

恐竜研究は大幅に進歩しているので、私が子どものころに図鑑で眺めていた恐竜の姿とは、けっこうちがう点もあった。たとえばティラノサウルスは、昔はゴジラみたいに尻尾を引きずる恰好で復元されていたと思うが、いまは大幅に前傾姿勢になり、尻尾を地面とほぼ平行にぴんと浮かしていたと考えられている。たしかに、そのほうが体勢のバランスが取れるだろうし、歩きやすそうだ。カンガルーだって、歩いたり跳ねたりするときは尻尾が浮きますものね。

恐竜の色もカラフルになっていた。ただ、学芸員さんによると、化石で発見されるので、正確な色はまだわからないのだそうだ。でも、鳥やトカゲにもカラフルなものがいるのだから、恐竜も色鮮やかな種類がいたっておかしくはない気がする。レインボーカラーの恐竜がいたりして、と空想と夢が広がった。解明されていない点も多々あるから、そりゃあ研究者も愛好家も、ますます恐竜にのめりこんでしまうよなと納得だ。

私が気になったのは、恐竜の性器だ（すぐシモ方面が気になってしまう性分）。復元模型の股間はツルリとしている。まあ爬虫類の性器って、ふだんは隠れてるものなのかもしれないなと思ったのだが、念のため学芸員さんにうかがってみた。

「いや、性器についてはわかりません」

と学芸員さんはおっしゃった。「化石でしか見つからないので、性器は残っていないんです。たまに、卵がおなかあたりにある状態で見つかる化石もあるから、『これは雌なんだろうな』と推測できる個体もいますが、大半の恐竜は性別不明です」

なんと……。復元模型も性別不明のまま作ってるそうで、迫力の恐竜博物館は、「無性の世界」なのだった。しかし考えてみりゃあ、性別なんてちっちゃなことというか、雌だろうが雄だろうがどっちでもいい。とにかく、こんなに大きくて多種多様な生き物が、かつて地球上で繁栄していたのだなと実感できることが肝心だ。

実感は少しのさびしさも伴う。くったりと体を丸め、化石になった恐竜を見ていると、「この子（？）はどうして死んだんだろうなあ」と切なくなってくる。寿命だったのか、なんらかの病気にかかったのか、肉食恐竜に食べられてしまったのか。いまとなっては永遠の謎だけれど、どういう偶然か、この恐竜は化石となって、ものすごく長い年月を経たのちに発掘された。そして死んだ姿を通して、「俺（または私）はたしかに生きていたんだ」という事実を高らかに表明している。

性別だけでなく、生死の境界も曖昧になっていくような、不思議な感覚。いずれ人類も滅亡して、化石になるときが来るのかもしれない。その化石を、地球上に発生した次なる知的生命体か宇宙人かが発掘し、「なんか奇妙な生き物がいたんだなあ」と研究するかもしれない。ついでに博物館の遺跡も発掘されたら、「こいつら、あれこれ集めて展示せずにはいられん習性を持ってたらしいぞ」と思うだろう。

どんなに繁栄しても、種としても個体としてもいつか必ず滅びる。「『平家物語』の言う無常って、これのことかあ」と、恐竜の化石を見て切なくなったのだった。でも、いやな切なさではない。むしろ、命ってそういうものなんだよな、だからこそみんな、食べたり寝たり仲間と暮らしたり喧嘩したりしつつ、精一杯楽しく幸せに生きようとするんだよなと、なんとなく前向きな気持ちにさせられる切なさである。

もし、人類または一個人に残された時間が無限だったら、私なぞは延々とぐうたらし、なにかを「知りたい」と願ったり、だれかと遊んだりすることもなく、退屈を退屈とも思わぬまま過ごしてしまいそうだ。

無常だけど、生きる。無常だからこそ、生きる。化石になった恐竜は、もはや命を宿していないにもかかわらず、「生命ってそういうもんなんだよ」と生き生きと誇らしげに伝えてくるかのようだった。

章末おまけ その四

仲良しの儀式

宮崎県には節分の時期に行った。

到着した夜、宮崎のみなさんが宴席をもうけてくださり、ご飯を食べることになった。十数名が個室の座敷に集結し、座卓を囲む。飲み物の注文を終えたところで、店員さんが突き出しを持ってきてくれた。

小皿に載った太巻きだった。ドカーンと、太い海苔巻き（長さは一本の半分ぐらい）が横たわっていた。突き出しが太巻き！ 斬新ですね、とざわつく個室内。

「恵方巻きです。調べましたところ、今年の恵方はその障子の角あたりです」

店員さんはにこにこと説明し、べつのお客さんからの呼び声に応えて去っていった。

なるほど、節分か。一同は太巻きを手にし、頬ばりだした。ぷりっぷりのエビとぱりっぱりのレタスが入っていて、とてもおいしい。

私は恵方巻きを食べるのがはじめてだった。しかし作法は聞いたことがある。たしか、食べてる最中はしゃべってはいけないのだよな。現に、個室内は沈黙に支配されている。初対面のもの同士、わいわい飲み食いして親睦を深めようという趣旨の場のはずだが、

「むちゃくちゃ仲が悪い一団」みたいにシーンとしている。

ちゃんと季節感を取り入れ、おいしい恵方巻きを提供しようというお店がわの心づかいはうれしくありがたいものだが、突き出しから恵方巻きという斬新さは、はたして我々の親交面において吉と出るのか凶と出るのか……。

少々心配になり、太巻きをもぐもぐ食べ進めながら、ちらりと室内の様子をうかがった。宴会の参加者全員が障子のほうへ向き直って角のあたりを凝視し、真剣な表情で黙って太巻きを食べていた。

ものすごくシュールな光景！　と思った瞬間、するすると座敷の襖（ふすま）が開き、

「お飲み物をお持ちしましたー」

と言った店員さんが、それどころではない我々の状況を見て取って、

「またあとでお持ちしますー」

とするすると襖を閉めた。

もう耐えきれず、みんながぶほっと噴きだした。ダウンタウンの『笑ってはいけない』シリーズだったら、「全員失格！」でケツバットされているところだ。

「これは無理ですよ！」

「まだ乾杯もしてないのに黙って恵方巻きって！」

「なんで障子見てるんだろうと思ったら、おかしくておかしくて」

と、みんな口々に窮状を訴え、笑いあったのだった。その声を聞いたのだろう。店員さんが再び襖を開け、ビールやらウーロン茶やらを配膳してくれて、楽しい宴会がはじまった。

お店の大将は、

「そうだ、恵方巻きだ！　と思ったんですけど、いきなりはよくなかったですかねえ」

と笑っていたが、いいえ、正解です！　あまりのシュールさに噴きだしてしまい、恵方巻きチャレンジには失敗したが、おかげで一気に場が打ち解け、おいしいお料理を食べつつおしゃべりに花が咲いた。

恵方巻きって、「いやあ、黙ってるのが苦しかった」とか「だれだよ、お笑い番組をつけっぱなしにしたのは！」とか、成功しても失敗しても、一緒に挑戦したひとと盛りあがれるからいいんだな、とわかった。そして私はふだん、たとえ家で一人でご飯を食べていても、わりと料理の感想を口にしてるんだなということに気づいた。すぐ、「こりゃおいしいな！」と言いたくなってしまうので、このさきも恵方巻きを黙って食べきれる自信がない。

ちなみに、「最近盛りあがってきた風習」という印象のある恵方巻きだが、宮崎でもやはり、節分に太巻きを食べるならわしなどないらしい。そうなるとますます気になるのが、「そうだ、恵方巻きだ！」と天啓を受け、親睦を深める場にしょっぱなから太巻きをぶっこんできた大将の蛮勇。「結果オーライになるだろう」という深謀遠慮が働いていたのか、「はやってるし、いい具材も手に入ったし」という軽いノリだったのか、謎めいて魅力的だ。

あとがき

おバカな話の波状攻撃でお疲れになっていないといいのですが、大丈夫でしょうか。

私はちょっと疲れた。アイタタな日常を読み返しつつ、単行本用に追記したりおまけを書き下ろしたりというのは、傷口に塩を塗りこむがごとき作業で精神的に疲弊する。

ま、自業自得以外のなにものでもないのですけれど。もう少し素敵な日常を送れんのか。送れん。

気分転換になるかもしれないと思い、近所に住む母親の家に行った。母はテーブルに並べた五つのケーキを真剣な表情で見ていた。めずらしく弟もいて、ケーキを眺める母の背後で仁王立ちしていた。

え、なにこれ。どういう状況?

「今日、お母さんの誕生日だったっけ?」

おそるおそる尋ねる。誕生日をうっかり忘れて、ケーキの進呈を怠るなどということがあっては一大事だ。次の誕生日まで、「あー、お母さんケーキ食べたかった」と言われつづけるのは必定だからだ。むろん、母が私の誕生日にケーキを進呈する儀式は、四半世紀以上途絶えている。伝統の復活というか格差の是正というか不平等条約の改定というかを切に願う。

「ちがう」と弟が仁王像のまま言った。「このあいだ、俺は家にあった菓子を食ったんだよ。『賞味期限が迫ってるし、テーブルに置きっぱなしだし、食っていいってことかな』と。そしたらババァ(母親を「ババァ」呼ばわりする弟に育ててしまったこと、お詫びします)が、『ない……、ない……!』って菓子を探しだして」

「激烈にまずいことになったね」

「ああ。『やばい!』と思ったけど、こりゃ誤魔化しきれないなと腹をくくって、『俺が食った』と正直に申告した」

「ワシントンのお父さんだったら許してくれる局面だ」

「なにそれ(偉人の逸話に疎い弟に育ててしまったこと、お詫びします)。ここにいるのは、俺たちの母親だぞ」

「わかってるよ。そして、あとの展開も読めたよ」

「うん。俺の正直な申告に対し、ババァはブチ切れで返してきやがった。『お母さんが食べようと思って大事に取っといたのに!』って、近来まれに見る激怒ぶりだった」

「……」

「あんまり怒るもんだから俺もカッと来て、『だったら名前書いときゃいいだろ！』とか『賞味期限切れそうになるまで放っておいたくせに！』とか反論したんだが、『あんたはお母さんがどんだけお菓子を楽しみにしてたかわかってない！』『これ食べてない？の一言がなんで言えないのよ、いっつも無口なばっかりでさ！』って三十倍ぐらいの勢いで言い負かされた」

無謀な戦いを挑んだものだ。母と弟があまりにもバカげた理由で喧嘩したことを知り、私はため息をついた。

「それでお詫びに、高そうなケーキを五つも買ってきたわけね」

「食い物の恨みってこういうことか、とつくづく思ったから。五個与えておけば、さすがに怒りも解けるだろう」

するとそれまで黙っていた母が、

「順番決めた！」

とうれしそうに言って、オシャレなシュークリーム的なケーキを皿に取った。どうやら、五個のケーキをいかなる順に食べるか、真剣に考えていたようなのだ。

「あら、来てたの」

母はようやく私の存在に意識を向けた。「あんたも一個食べる？」

「順番があるんでしょ？　遠慮しとく。でも、一気に五つ食べるのはやめなね。糖分摂とりすぎになっちゃうから、せいぜい一日に二個ずつにして」

「はいはい」

と言いつつ母は幸せそうにケーキをぱくついている。その背後で仁王像が、母の怒りの鎮まり具合を慎重に見極めんとしている。

本当は声を大にして言いたかった。時期から考えて、発端となったお菓子、そもそも私がお裾分けしたものだと思うんですけど！　ひとからもらった菓子をめぐって食った食わないの大喧嘩って、きみたち子どもか！

どうして「気分転換になるかも」などと思ってしまったのだろう。母の家で待ち受けていたのは、自由奔放な食欲魔神と仁王像のバトルだった。敬して遠ざけたい。

余計に疲弊して帰宅した。こういうときは心を落ち着けるために……、ってダメー！

なんでＤＶＤに手がのびてんのー！

あたしの人差し指はいつから、気づくとＤＶＤの穴にぶっこまれてる仕様になったんだ。こわい……。もしこの人差し指が不如意棒だとしたら、とんだヤ○チ○だぜ……、ってダメー！　なんですぐ不穏当なたとえをしちゃうのー！

こういうときは心を落ち着けるために、香り高いコーヒーを飲みつつ言葉について考えるのを常としている。まったく説得力がないと思うが、常としている！

わたくし、せっせとおまけ部分を執筆しながら、考えつづけていたのですけれどね。

まえがきで触れた「のっけから」の「のけ」の語源。あれはやはり、「除く」の「のけ」と同じなんではなかろうか。

イメージとしては、人々を「押し除き」「掻き除いて」先頭に躍りでる感じ。だから、「のっけから＝最初から。いきなり」と言うのではないかと、思い当たったのだ。この推測が正しいとすれば、躍りでた瞬間に恥かいた、みたいなエッセイばかりが収録されている本書の内容を的確に表したタイトルであることだなあ。いつでもポジティブシンキング！

などと言ってる場合か。ひとを押しのけたり掻きのけたりする態度は厳に慎みたいものだし、なによりも、リズム感皆無の身で躍りでるぐらいなら家で寝てろって話だ。はっ、タイトルを『しんがりで寝ています』に変更すればいいのか！　もう遅い。あと、お若いかたは「しんがり」って言葉を使わない気がする。そして「しんがり」の語源ってなに？

「しん」は「尻」かなと吾輩の直感が告げているが、「がり」はなんだ？「ガリガリ君」？　ガリガリ君はおいしいよな。でも、「尻」が「ガリガリ君」っておかしいよな。

各種国語辞典を調べてみた。わぁお、案の定、「しんがり」の「がり」は「ガリガリ君」だったぞー！　嘘です。気になったかたは、辞書を引いてみてください。「辞書っておもしろいし役に立つよね」と独自にアピールする活動実施中。嘘です。いや、辞書好きなので独自アピール活動をしてないこともないのだが、語源の真相をここに記さなかった一番大きな理由は、「疲れたし、そろそろ『あとがき』を終わりたいなーと思ったから」だ。

年々歳々、自由奔放になってきてるな、自分。こわい……。そのうち私も、ケーキ五個を捧げられないと怒りが鎮まらない魔神になってしまうのだろうか。

そういうわけで、このへんで「あとがき」を切りあげますが、実はこのあとにまだ、おまけがあるのです。なかなか終わらない設計のエッセイ集を出してしまうことで定評のある（？）拙者。自由奔放なわりに勤勉だな。って、自分で言ってりゃ世話ない。すでに大幅に締め切りを過ぎてるし。どこが勤勉なんだ。

もし、このあとに白紙のページがつづいていたら、みなさんもうおわかりかと思いますが、火事に気をつけながら炙りだしを試みていただければと……！

お読みいただき、本当にどうもありがとうございました。

二〇一九年五月

三浦しをん

巻末おまけ

もふもふパンダ紀行

みなさん……、お読みになれていますか……。これ以降のページは、心のきれいなかたにだけ見えるインクで刷られています……。あ、「読めてる」というお声が聞こえてきました。心のきれいな読者ばっかりでうれしいです。

このおまけエッセイが無事に収録されたのは、印刷所が総力を結集して、心のきれいなかたにだけ見える特殊インクで印刷してくださったおかげです。私は印刷所に足を向けずに寝ている！　いや、まだこの原稿書き終わってないのに寝るな！

今後は、「『締め切り』って言っても、本当の締め切りはまださきなんだろう」なんて勘ぐるのはやめて、告げられた日にちをきれいな心で真摯に受け止める、サウイフモノニワタシハナリタイ。

急に片言になったのではなく、宮沢賢治オマージュです。……賢治と印刷所のみなさまにお詫び申しあげます。

さて、と（切り替え早い）。パンダを見たよ。

片言の次は寝言か、と思われるだろうが、私は覚醒している。本当にパンダを見たのだ。むろん、あんな愛らしき生き物が拙宅近辺（東京郊外）の道をふらふら歩いているはずはない。和歌山県の白浜にある「アドベンチャーワールド」へ行って、見たのだ。

「東京に住んでるなら、上野の動物園で見ればいいんじゃないか？」というご意見もあろう。しかし私がぼんやりしているうちに、上野で生まれたシャンシャンはけっこう大きくなっていた。すくすく育ったシャンシャンをテレビのニュースで見て、「人間の赤子と同様、パンダの子どももあっというまに大きくなるんだなあ」と驚いた。

大人のパンダがいやだというわけではないが、せっかくならコロッコロのチビパンダを見たいのが人情というもの。この調子で子パンダを見るチャンスを逃したまま一生を終えるのかとしょんぼりしていたところ、「ＢＡＩＬＡ」連載担当編集者のＮさんが、

「パンダなら、白浜のアドベンチャーワールドにごろごろいますよ。つい先日も赤ちゃんが生まれました」

と言うではないか。

「え、そうなの!?　パンダって、そんなにごろごろいるようなものなんですか？」

Ｎさんは、お母さんが和歌山県のご出身で親戚も多く住んでいるので、幼少のころからしょっちゅう白浜へ遊びにいっていた。そのため、アドベンチャーワールドのパンダ事情にも詳しいようなのだ。

「アドベンチャーワールドには、永明(えいめい)というパンダ界のスーパーモテ男がいるんですよ。人間でいうと七十歳ぐらいらしいんですけど、いまも現役。『交尾がうまい！』『雌をとろかす！』と評判です」

「だれが判定したんですか、そんなこと」

「さあ……。とにかく永明のおかげで、これまでアドベンチャーワールドでは十五頭ものパンダが生まれました。先日生まれた赤ちゃんパンダのお父さんも、永明です」

「十五頭！　しかしちょっとよくわからないんですが、交尾のうまさと子どもができるかどうかに、いかなる相関関係があるのでしょうか」

「パンダの雌って、一年に三日ぐらいしか発情期がないうえに、好みじゃない雄が寄ってきても見向きもしないらしいんです。そこで、我らが永明の登場です。彼はどんな気むずかしい雌をもその気にさせるモテ男ですから。永明のモテ力がすごいおかげで、アドベンチャーワールドでは自然繁殖を行ってるそうですよ」

なるほど。「きみってほんとにかわいいね」とか、「あとで一緒においしい笹でも食べにいかないか」とか、耳もとで囁くのだろう。私は子パンダよりも永明に俄然興味が湧いてきた。

「Nさんは永明を見たことがあるんですよね。やっぱりイケメンでしたか」

「まあ強いて言えば……、白黒の熊でした」

「そりゃそうだろうけど、もうちょっとなにかないんですか。『このパンダにならば抱かれてもいい』と、つい思わされるようなフェロモンが出てたとかさ」

「そんなに気になるなら、三浦さんもアドベンチャーワールドに見にいきますか？」

という次第で、和歌山県へ行けることになったのである。太っ腹だな、「ＢＡＩＬＡ」

編集部。

一緒に行くのは、Nさん、同じく編集部のMさん、「ＢＡＩＬＡ」での連載仲間である小説家の宮木あや子さんだ。もちろん宮木さんと私は、いかなる旅であったかをそれぞれ原稿にするように、と編集部から厳命を受けている。「楽しい遠足のあとに感想文の提出が待っている」みたいで、そこだけは気が重いが、目先のエサに食らいついていくのが拙者の信条！（たぶん宮木さんも）うきうきしながら、旅に備えてほかの仕事をこなしていった。

そもそも私は、子どものころに上野でパンダを一度見たきりなのだ。そのときは人垣の向こうに、昼寝をしている大人パンダの茶色いお尻がちらりと覗いていた。以来、三十年以上もパンダを見ずにすませてきたことからうかがえるように、特段パンダ好きというわけではないのだが、今回の和歌山では、動いているパンダをはじめて生で見ることができるかもしれん。しかも、子パンダまで！　そう思うと、うきうきが止まらないのもいたしかたないことだろう。

珍獣への昂りで眠れぬ夜がつづいた。聞きかじったばかりのパンダ情報を友だちにも言いふらした。

「白浜のアドベンチャーワールドがすごいらしいよ。パンダ界のモテ男がいて、繁殖がむずかしいとされているにもかかわらず、これまで十五頭もの子どもをもうけてきたんだって」

「そりゃすごい。『たればんだ』ならぬ『たらしパンダ』だ」

「あんた、うまいこと言うねえ」

「だけどさ。そのモテ男は、本当にパンダなの？」

「どういう意味？」

「実はなかに飼育員のおじさんが入ってて、雌パンダの隙をついて注射器的なもので人工授精している、ってことはないの？」

「やめてよ、こわいよ！」

「『今日は蒸れるなあ』って、人目につかないところで着ぐるみを脱いでいたり……」

「なぜ夢をつぶそうとするのだ貴様は！」

ビールジョッキで友の頭をかち割っておいた。

しかしたしかに、その可能性も視野に入れて見物せねばならん。「永明の背中にチャックがついていないか確認すること」と脳内の帳面に記し、いよいよ和歌山県の白浜へと旅立った。

私は飛行機が苦手なので、陸路で赴き、前泊入りした。パンダ見物にかけるなみなみならぬ意気込み。

アドベンチャーワールドの最寄り駅、ＪＲ紀勢本線白浜駅はパンダずくめだった。駅舎の壁には、巨大なパンダの顔がペンキで描かれている。駅員さんの筆によるものなのか、愛敬たっぷりだがやや不穏な出来映えだ。もちろん、構内のあちこちに大小さまざまなパンダの人形が置いてあり、「ようこそ白浜へ」と歓迎の意を表してくれている。パンダ集客にかけるなみなみならぬ意気込み。

白浜には温泉もあるし、海に面した風光明媚なところなので、一大リゾート地といった感じだ。東京近郊で言えば熱海みたいな位置づけだろう、と建ち並ぶホテルを見て思った。そのうちのひとつを適当に予約したのだが、お手ごろ価格だったにもかかわらず立派な温泉大浴場があり、ほかほかになって心地よく眠った。

翌朝、宮木さん、Ｎさん、Ｍさんが飛行機で南紀白浜空港に到着し、我々はアドベンチャーワールド（名称が長いので、以後、勝手に「チャールド」と略す）のまえで無事に落ちあうことができた。

チャールドは駐車場からして予想以上に広く、度肝を抜かれたのだが、園内はもっと広大だった。しかもとっても楽しい！　動物園と遊園地が合体したような施設で、パンダのみならずイルカやゾウやフラミンゴなどさまざまな生き物がいるし、ジェットコースターやメリーゴーラウンドがあるし、サファリパークまであって、間近でライオンやキリンやホワイトタイガーを眺められる。

私たちは夢中になって、一日じゅうチャールドを満喫した。満喫の中身は、飼育員さんに抱っこされたコツメカワウソを撫でたり、カバの口にエサを投げ入れたり、シロクマの母と息子の断絶の物語に耳を傾けたりといったことだ（どうやら仲が悪い親子らしい。それがシロクマの習性なのか、互いの性格に基づく不和なのかは不明）。

しかし、我々がチャールドでまずまっさきに向かったのは、もちろん「パンダゾーン」だ。パンダは、チャールドに入ってわりとすぐの場所にいるのだ。出し惜しみをしないチャールド。チャールドを人間にたとえれば、「好物はさきに食べる派」にちがいない。

期待のあまり早足でチャールドのエントランスを抜け、ゆるやかな坂を下ると……。緑の芝生に映える白黒の生き物が目に入った。おお、いた！ 動いているパンダだ！「うおお」と低い歓声を上げ、我々一行はパンダのいる芝生スペースへと駆け寄った。野外だし、見物人との隔てとなる柵や仕切り板はなにもない。パンダが逃げたり突進してきたりしないよう、あいだに空堀があるだけで、まさに「放し飼い」といったていだ。さらに言えば、私たちがチャールドに行ったのは十二月の平日だったため、お客さんもそこまで多くなかった。人垣の合間から覗き見るといったこともなく、パンダも人間ものんびりと冬の日差しを浴びながら対峙できる。

三十年以上ぶりに見る大人パンダは、のっしのっしと芝生のうえを歩いていた。たまにぺたりと座って笹を吟味したり、空堀の縁に寄って底を覗いたりと、自由にお散歩タイムを楽しんでいるようだ。間近にすると、パンダってけっこう大きい。そして、白いと思っていた毛が、わりと茶色い。汚れ……。中国語では「大熊猫」のはずだが、猫みたいに毛のお手入れをしたりはしないようだ。

「あっちではパンダのご飯タイムみたいですよ」

と、宮木さんが芝生スペースのそばにある建物に入っていった。あとにつづくと、おお……！　屋内にもかかわらず、起伏のある芝生のスペースがあって、そこで二頭のパンダがむしゃむしゃと笹を食べていた。スペースのあいだは透明の板で区切られていて、パンダ同士の行き来はできないつくりになっている。

興奮のあまり、パンダの名前チェックを失念してしまったのだが、現在チャールドにいる若いパンダは全員、永明の子である。ご飯タイムの二頭も、同父母から生まれた姉妹だった。ところが見ていると、性格のちがいが明確にわかっておもしろい。

エサは七夕に使うようなサイズの笹の大枝で、芝生のうえに何本も積み重ねてある。一頭は、ばっさばっさと枝をかきのけては一本を選び、わしっと葉っぱを引きちぎって口に運ぶ。見物人に向かって大股を開いて座った体勢だ。女の子なのに、そんな大股開きはいかがなものか……。と、つい明治時代みたいなことを言ってしまいたくなるほど、豪快な食事ぶりである。

しかしもう一頭は、見物人に背を向けて小岩に腰かけ、一本ずつ枝を手にしては離し、と吟味を重ねて好みのものを選ぶ。「これだ」という一本を選んだら、葉っぱを掌(てのひら)ですっとこそげ取るようにし、楚々とした風情で口に運ぶ。豪快派のほうは、葉っぱが四方八方に向いた状態のまま口に押しこんでいたが、こちらの楚々派は、葉っぱが手のなかでちゃんと同一のほうを向いた状態で、もぐもぐと食べるのだ。なで肩なうえに、背中の毛の黒い部分が、襟をぐっと抜いた着物みたいに見えて、気品のある芸者さんのような風情だ。

「パンダも人間と同じく、それぞれ個性があるんですねえ」

と私は感心した。

「ええ……」

と宮木さんは二頭のパンダを見比べた。「それにしても、笹ってパンダにとって本当においしい食べ物なんでしょうか」

そう言われてみると、たしかに。むっしゃむっしゃとすごい勢いで食べてはいるが、なんか微妙に咀嚼に苦労してるというか、心からの好物って感じがしないのである。

「こんな巨体を維持する主食が笹って、無理がありそうですもんね」

「食べっぷりはまさに『獣』という感じだし、かわいい柄に惑わされがちだけど、体型も動きも熊だから、本当は肉を食べたいんじゃないのかなあ」

などと、宮木さんと私は勝手に論評しあった。

次はいよいよ、子パンダのいるコーナーだ。彩浜と名づけられたばかりの子パンダは、まだ小さいので、お母さんと一緒にべつの建物で暮らしている。

そちらもほとんど並ばずに入れた。さすがに見物人とのあいだはガラス窓で仕切られているが、すごく近くで見ることができる。

「おお、いますよ！　かわいい！」

ぬいぐるみみたいな子パンダが、床に座ったお母さんパンダの腿あたりにすがりついている。しかしお母さんは、笹に夢中。これまたむしゃむしゃ葉っぱを食べていて、ずり落ちそうな子パンダにはほとんど注意を払っていない。

「ずさん……！」

「何頭もの子どもを育てた肝っ玉母さんらしいですからね。『適当に手抜きしても子は育つ』とわかってるんでしょう」

と我々が語りあう目のまえで、飼育員さんが子パンダをひょいと抱きあげた。しかしお母さんパンダは、あいかわらず笹に夢中。

「ちょっと！　我が子が誘拐されそうになってるのに食い気優先って、そりゃどうなの！」

「気心の知れた飼育員さんですからね。『あら、保育園の先生が迎えにきてくれたわ』

ってなもんなんでしょう」

「獣の本能として、そんなことありえるか!?」

「やっぱり『母性』なんて幻想なんですよ」

飼育員さんは、子パンダを広いスペースへと連れていった。木製の小さなデッキがあって、パンダが遊ぶことのできるスペースだ。子育てに疲れたお母さんパンダを、しばし一人（一頭）にして休ませてあげよう、ということらしい。

子パンダはデッキによじよじと上ったり、木のにおいをふんふん嗅いだりしはじめた。まだよちよち歩きで体もぐんにゃりしており、愛らしい仕草を連発する。見物人はそのたびに「おおー」とか「はわわー」とかどよめき、子パンダに負けず劣らずの軟体動物と化して身もだえた。

しかしパンダっちゅうのは、よくわからん生き物だな、と私は思った。母親と引き離された子パンダは恋しがって鳴くわけでもなく、意気揚々とデッキを探索している。母パンダのほうも、子どもがいなくなったことに気づいているのかいないのか、平然と笹を爆食している。独立独歩の精神が徹底してるのか、「一人（一頭）」である、という状態にあまり苦を感じないようだ。

チャールドには、熱帯のジャングルに暮らすサルもいたのだが、こちらは群れを作る習性があるらしい。説明書きによると、そのうちの一匹が、腫瘍ができて前腕を一本切断することになってしまった。それで病気は食い止められたのだけれど、群れに戻していじめられたりしないか、飼育員さんは心配したそうだ。だが、案ずるよりも生むが易し。片腕のないサルも、仲間と寄り添いあったり、枝から枝へと器用に飛び移ったりしていた。

人間も群れのなかで生きているから、そういう光景を見ると「よかったな」と思うのだが、一人ぼっちでもあまり気にするふうでもなく、ひたすらもごもごもぐもぐと自分の世界に没頭しているように見受けられるパンダは、それはそれで毅然としているように感じられて、なんだか憧れもする。

さて、我々がどよめくあいだにも、子パンダは独自の探索活動を進めていた。木製デッキからよじよじと下りると、壁際に置いてあった白いトランシーバーのような機械のほうへよちよち歩きしていったのだ。そして嬉々として機械に戯れかかる子パンダ。

こ、こやつ……、かわいさで殺しにかかってきた！

見物人はみな、鼻血をぶーぶー噴いて卒倒しそうになった。別室で様子を見ていた飼育員さんが現れ、子パンダを抱きかかえて木製デッキへと戻す。見物人の命と、子パンダの安全と（機械で怪我でもしたら大変だ）、機械の安全（子パンダのじゃれっぷりがけっこう激しかった）とを守るための、適切な判断と言えよう。

ところが子パンダは、またよじよじとデッキから下り、壁際の機械に突進。再び飼育員さんが現れ、子パンダと機械を引き離す。

「なんであんなに機械が気になってるんでしょう」

「さあ……」

四回目に子パンダが機械へと突っこんでいった時点で、飼育員さんは子パンダではなく機械のほうを隔離する方針に転換した。すなわち、機械を別室へと持ち去ったのである。遊び場に残された子パンダは、ちょっとしょんぼりした様子だった。

「あの機械、白かったですよね」と私は言った。「子パンダは赤ちゃんだから、もしかしてまだ目がよく見えてないんじゃないでしょうか。それで、あの白さを仲間の毛色だと勘違いして、突進&戯れを繰り返していたのでは？」

「だとしたら、まじでかわいさで殺されてしまう！」

「たまらん、たまらん愛くるしさだ！」

我々は波に揺れるワカメのように、ぐねぐね身もだえしたのだった。

子パンダはずっと見ていても飽きないかわいさだったが、そろそろ次の見物人に場所を譲らねばならん。我々は建物から出て、裏手へとまわった。そこにも野外の芝生スペースがあり、いままで見たなかで一番大きなパンダが座って、これまた笹を食べていた。

こいつら……、笹を食べる以外のことはせんのかい！　自由すぎるし食欲に忠実すぎるだろ！

「あっ。このひと（？）が永明ですよ！」

と、Mさんが掲げられたネームプレートを見て声を弾ませる。

「うおお、これがあの伝説のスーパーモテ男……！」

思わず身を乗りだした我々は、次の瞬間、首をかしげることになった。でで一んとした巨体で脚を投げだして座り、わしづかんだ笹の葉っぱを口もとへと持っていく姿は、どう見ても「プロ野球中継を見ながら晩酌して、一日の疲れを癒やす腹の出たおっさん」だったからだ。

「うちの父や祖父、よくこういうフォルムで卓袱台に向かってましたよ……」

「なんでこいつがモテるんだ！　パンダ界のモテの基準はどうなってるの!?」

「あ、でも耳は、心なしか自信に満ちてピンとしているような……」

「そう？　Nさんが言ったとおり、白黒の熊にしか見えない気がしますけど」

ぎゃーすか吼える我々を一顧だにせず、隣の建物内で生まれたばかりの我が子がキャーキャー言われてることにも気づかぬ様子で、永明は「ふぃー」とビールを飲み干した。嘘だ。ビールは飲んでない。しかしビールの入ったコップを傾けるときとまったく同じ角度と動きで、淡々と笹を食べつづけた。

ううむ、たしかに貫禄と大人の落ち着きがある。念のためよく目をこらしてみたが、背中にチャックはないようだった。

パンダに大切なことを教わった。モテに必要なのは、見た目のかっこよさやシュッとした体型などではない。心だ！

……そうか？　永明の心のなか、「ささ」でいっぱいみたいだけど……。まあいい。大切なのはなにごとにも動じぬ頼もしさと、笹でいっぱいの心だ！　それさえあればモテる！　私も今日から笹を食う！

こうして大満足のうちにパンダ見物を終えた我々は、その後もチャールド内をくまなく見てまわったのだった。

サファリパークでは、すっかり野生を喪失したライオンやトラが、敷物みたいに腹を出してごろごろ寝ていた。「『ヤクザの家の応接間にある絨毯(じゅうたん)をひっくり返して虫干ししてるところ』みたいですね」と囁きあう我々。遊園地コーナーも堪能した。長大なジェットコースターに乗って歓声を上げる宮木さんとMさん。シマウマとかイルカとか、なにやら通常とは異なるメンツがぐるぐるまわっているメリーゴーラウンドに粛々と乗るNさんと私。

いやあ、楽しかったなあ、アドベンチャーワールド！　大人も子どもも楽しめる施設なので、おすすめであります！

その晩、我々は白浜にある「ホテル川久」に泊まった。

ここが常軌を逸した豪華さで、ロビーに何本も立つイスラム風の石づくりの巨大な柱は、一本一億円だかしたのだそうだ（地元のタクシーの運転手さん情報）。ホテルの敷地を囲む壁は中華風、前述のとおり柱はイスラム風、内壁はペルシャ風、外観はスペイン風のお城、ってな感じで、なにがなにやらよくわからないが、贅を尽くしたつくりだということだけはよくわかる、という建物。

案の定、バブル期に建てられたそうで、「すごいな、バブル！」と最初は笑っていた我々だが、そのうち「これは本気だ……」と襟を正した。バブルに乗っかったのはたしかだろうけれど、「こういう建物を作りたい」と、施主や建築家や職人さんたちが真剣に建材を選び抜き、技術と情熱を傾けつくして作ったのがうかがわれる、気迫のこもった建造物なのだ。

たとえば平等院鳳凰堂だって、できた当初は、「貴族が金に飽かして、無駄にキラキラしたもんを作りおって」と、よく思わないひとがいたかもしれない。でも、いまでは国宝だ。それでいったら川久の建物も、百年後には国宝指定されるんじゃあるまいか。だっていま、こんな建物、だれも建てられないよ！　資金面はもとより、これほどの情熱をもってホテル建てるひと、たぶんいないよ！

大浴場（これまた無茶苦茶豪華でオシャレ）の広々とした洗い場に、赤々と火が燃える暖炉と長椅子があるのを見た宮木さんと私は、互いに全裸の状態で大爆笑した。

「こんなのはじめて見た！　どういうこと⁉」

「わかんない、洗い場に暖炉っていう情景の意味がわかんなすぎて、私の脳は思考を止めている！」

とにかく体を洗って、温泉に浸かったのち、暖炉のまえに全裸で腰を下ろしてみた。

うん、わかってたことだけど、暑いな。もてなしの気持ちが行き過ぎてるな。

しかしそんな我らの思いをも、ホテルがわはちゃんと見越していた。脱衣所（これまた申すまでもなく豪華）には、無料のアイスキャンディーが置いてあった。温泉&暖炉の過剰接待（？）を、これで冷ましてください、ということだろう。全裸のまま、ありがたくアイスキャンディーをかじる宮木さんと私。ふぃー、極楽じゃわい。シュッとした宮木さんはともかく、そのときの私は確実に、笹を食べる永明と同じフォルムと体勢だった。

ちなみに川久の夕食にはビュッフェ形式のものがあり（その名も「王様のビュッフェ」！）、いろんなお料理が取りそろえられているうえに、どれもとてもおいしかった。お部屋も全室スイートだそうで、海が見えるし、言わずもがな豪華。

しかし、シーズンオフなうえに四人で一室ということもあるかもしれないが、宿泊費は目ん玉が飛びでるほどというわけではないらしい。豪華さやお風呂や食事の内容を考えると、かなりお得感がある、とNさんはおっしゃった。ものすごく話の種になるホテルだし、機会があったら、ちょっと奮発して泊まってみるべし、だ。宮木さんと私は、「絶対にもう一度泊まりにこよう！」と決めた。

翌日は紀伊勝浦へ行き、駅前の「川柳」という食事処でマグロ丼とマグロのお寿司を食べる。永明と見まごう体型のくせにマグロとご飯粒を食べすぎでは、という気もするが、どちらもとっても美味だったので悔いはない！　那智の滝や青岸渡寺を見物し、その晩は「ホテル浦島」に泊まった。

ここは、こんもりした岬がほぼまるごと巨大な温泉ホテルになっているのだ。岬へは、亀の形をした遊覧船で送迎してくれる。異世界に行く感じがして、わくわくする。

ホテル浦島には六つも大浴場があって、すべて泉質が異なる。一番すごいのは、「忘帰洞」という洞窟温泉だろう。巨大な洞窟内に、やや濁った濃厚な温泉が湧いていて、しかも目のまえは海！　ザパーンザパーンと潮のしぶきがかかるなか、体の芯からあったまれるという、野趣あふれる温泉だ。

ホテル浦島もまた、ホテル全体がアトラクション的楽しさにあふれているうえに、部屋からうつくしい海を見ることができて、おすすめであった。冠婚葬祭にも活用され、地元のひとに親しまれているホテルらしく、チビッコを連れた家族も多く泊まっていた。気がねすることなく、老若男女だれしもが日常から離れて、旅の時間を味わえるホテルと言えるだろう。

我々は畳の部屋に四組の布団を敷いてもらい、仲良く並んで就寝した。まあ、就寝するまでに数時間、部屋飲みをしながらマシンガンのようにしゃべりまくったのだが、そこは割愛する。楽しい旅の時間はあっというまで、明日はもう帰らなきゃならないなんてさびしいなあ。

夜明け近く、ふと目が覚めた。隣の布団で、Nさんがなにやらうにゃうにゃ言っている。トイレにでも行くのかな、とうっすらまぶたを開けたところ、Nさんは布団から出した両拳を天井に向かって突きあげていた。つまり仰向けに寝たまま、「まえへならえ」みたいな体勢を取っていた。

なに⁉　こわいんだけど……！

息を吞んで様子をうかがう。Nさんは「まえへならえ」のまま、すやすや眠っていた。斬新すぎる寝相だな、おい！

腕を下ろしてあげるべきかしばし迷ったが、うなされてるふうでもないので放置することにした。起床後、

「……腕が筋肉痛になったりしてないですか？」

と探りを入れるも、

「いえ、全然。なんでですか？」

と、いつもどおりほがらかなNさんであった。私は、Nさんがいつキョンシーのようにびよーんと起きあがるのかと肝を冷やしたのだが、どうやらあの寝相は常態で、Nさんは自分でも気づかぬまま、夜ごと重力に反することによって腕の筋肉を鍛えているようだ。

我々は再び亀の船に乗ってホテル浦島をあとにし、紀伊勝浦から紀勢本線で名古屋まで出た。

白浜に電車で行くのなら、東京からだと新大阪経由のほうが早いのだが、紀伊勝浦は紀伊半島の南端近くにあるので、名古屋経由のほうが早いのだ。それでも、紀伊勝浦から名古屋まで特急で三時間半はかかる。今回の旅で、私は紀伊半島の沿岸を紀勢本線でぐるりとまわったことになる。紀伊半島はでっかいなあ。そして、見どころいっぱいだなあ。

名古屋までの特急内で、宮木さんと私はさすがに疲れが出たのか、ぐーぐー寝てしまった。しかし、二時間ほどして目を覚ますと、NさんとMさんは楽しそうにおしゃべりしていた。

昨夜もずっとしゃべってたのに、まだ話がつきないのか！　ていうか、きみたち同僚で、飽きるほど同じ編集部にいるんだろ！

若さ……、と思った。まあ、Nさんは宮木さんや私と同年代なのですが。やはり、いつも部屋に籠もってシコシコとものを書くばかりの生活と、取材などで忙しく飛びまわる生活とのちがいか。「なにかに負けた気がする……」と、宮木さんと私はうなだれたのだった。

は〜、楽しかったし、パンダはかわいかったりモテ基準が謎だったりしたなあ。

みなさまも機会があったらぜひ、紀伊半島へ遊びにいってみてください。と、べつに紀伊半島からマージンをもらってるわけじゃないのだが、勝手に推奨するのであった。それぐらい充実の旅でした。

文庫追記：永明（人間でいうと御年九十歳ぐらいになった）は、双子の娘（桜浜と桃浜）とともに、二〇二三年二月に中国へ帰っていった。長いあいだ、晩酌する姿（？）を見せてくれて、ありがとう永明！　余生も楽しいものであってほしいと願うが、私などが願うまでもなく、永明は故郷でもモテモテのリア充生活を満喫するだろう。

　チャールドにはまだまだ、永明の子たちも、ほかの動物たちもいるので、ぜひ足をお運びください。

Nokke kara
Shitsurei shimasu
Shion Miura

文庫版あとがき

ようやく文庫のあとがきまでたどりつきました。お読みいただいたみなさま、どうもありがとうございました。おつかれさまでした！　途中、明らかに様子とテンションのおかしい回もちらほらあって、「まじで疲れたよ」とお思いになられたかもしれず、めんごめんご（古い＆軽い）。いや、ほんとすみません。

そもそも、この『のっけから失礼します』、単行本のときから、エッセイ集としては収録本数もページ数も多いなと感じていたのだ。ふつうエッセイ集って、ページ数をやや抑えめに、文字組もゆるめにして、アロマ焚いてハーブティー飲みながら、リラックスタイムにゆったり読んでいただけるように、というつくりの本にするものだと思う。

ところが、「ＢＡＩＬＡ」連載担当かつ単行本担当のＮさんが、「追記だけじゃなく、章末と巻末に書き下ろしも必要だと思うんですよね」と言ってきた。まだ書くの!?　ただでさえ様子とテンションのおかしいエッセイが散見される内容なのに、それだとやりすぎになってしまうのでは!?

内心たじろぐも、Ｎさんの読者に対するもてなしの精神に感銘を受けたのも事実で、要請に応えて書きに書いた。その結果、エッセイ集としては分厚く、文字もみっちり詰まった、「おばあちゃんちに遊びにいったら、お線香がほのかに香る茶の間で、座卓を埋めつくすぐらいの大皿料理を並べてもてなされた。茶色っぽい煮物だけでも三品ほどあった。飲み物は味噌汁と番茶だった」みたいな単行本ができあがったのである。アロマとハーブティーどこ行った。

すべては、もてなしの精神（が過剰だったこと）に起因しているのだと、広くあたたかいお心で受け止めていただきたい。

文庫化の際は、さすがにそんなに加筆しなくていいだろうと思っていたのだが、文庫担当のSさんが、「文庫追記も欲しいですし、文庫版あとがきも十ページぐらいは取れますんで」と言ってきた。十ページ!?　いくらなんでも多いだろ。台割どうなってんだ（台割とは：どこに目次や章扉を持ってくればうまく収まるかを考えて、ページを割り振ること。総ページ数と全体の流れが一目でわかるよう、表にすることが多い）。集英社のひと、もてなしの精神にあふれすぎじゃないか。

「もう座卓がいっぱいなんです」と泣きついたところ、Sさんは敏腕編集者ぶりを発揮し、ちゃちゃちゃっと台割を変更して、「総ページ数はいまさら変更利かないんですけど、じゃ、あとがきは六ページということで」と譲歩してくれた。それにしたってあとがきとしては多い気がするが、たしかに座卓のそばに卓袱台（ちゃぶだい）も寄せれば、まだ料理は載るなと感銘を受け、いまこの文庫版あとがきを書きに書いている次第だ。

みなさま、お手持ちのほかのエッセイ集をご覧になってみてください。文庫で三百五十二ページ、文字もみっちり詰まった大長編エッセイ集って、そんなにはないと思うんですよ。アロマとハーブティー、俺が生きる地球上からは、存在自体が永遠に消え去った感がある。みなさまも、「おばあちゃーん、茶の間が線香の煙でけぶってなんにも見えないし、お料理ももう充分なんで、お願いだからこれ以上作らないでー。とにかく座って、ちょっと落ち着いて味噌汁と番茶飲んでー」って気持ちになっておられるのではと推測しますが、

すべては、集英社の編集さんたちと私のもてなしの精神（が過剰すぎたこと）に起因しているのだと、広くあたたかいお心で受け止めていただきたいっ！

出た、都合が悪くなったら改行&「！」の法則。

行き過ぎた接待攻勢を茶の間で仕掛けているような文庫ができあがりましたが、お楽しみいただけましたなら幸いです。胃もたれしたわい、というかたには陀羅尼助丸（だらにすけがん）をご用意してありますので、お申しつけください（陀羅尼助丸とは：和漢胃腸薬。胸やけ、胃もたれ、二日酔いなどに効く）。

私の亡き祖母は、陀羅尼助丸の紙箱にコツコツと五百円玉貯金をするのを趣味としていた。祖母の家へ遊びにいき、座卓を埋めつくす大皿料理で歓待を受けて、「ちょっと

食べすぎたな」というとき、簞笥のうえにいくつか並んでいる陀羅尼助丸の箱に手をのばす。だが、ずっしり重くてびっくりするのだ。もしかしてこれ、中身は薬じゃなくて五百円玉？　どの箱が正解の「中身は薬」なんだ、と隣の箱に手をのばすも、またずっしり。おばあちゃん、いったい何回目の五百円玉貯金に取り組んでるの？　あと、どんだけ陀羅尼助丸を愛用（ていうか愛服）してるの？

　祖母が亡くなったとき、最後に取り組んでいた五百円玉貯金の陀羅尼助丸の箱をもらい受けた。なかに入っていた数枚の旧五百円玉はそのままに、むろんいまも大事に拙宅の棚に飾ってある。

　おかげさまで「ＢＡＩＬＡ」の連載は、現時点ではつづいている。おしゃれな女性向けファッション誌で、こんなエッセイを十年近くも連載させてもらえるなんて、奇跡としか言いようがない。「ＢＡＩＬＡ」の理性は大丈夫なんだろうかと心配、いやいや感謝の思いでいっぱいだ。いつも広くあたたかいお心で連載を見守ってくださっている「ＢＡＩＬＡ」読者のみなさまと、連載担当の中川友紀さんに御礼申しあげます。

　そのうち、また連載原稿が溜まって、もてなし精神過剰なシリーズ二冊目の単行本を出せるんじゃないかなと思いますので、もし本屋さんで見かける日が来ましたら、みなさまどうぞよろしくお願いいたします（ステマ）。

そして今回の文庫担当、信田奈津さんと（これまでのイニシャルトークはなんだったんだ、といまふと思ったが、まあいい）、装幀の西村弘美さん、装画のはっとりさちえさんに、心からの感謝を捧げます。むちゃくちゃ真剣な表情でレースを繰り広げている女の子たち、しかし乗っているのは公園の遊具。見事に本書の中身を象徴してくださったイラストで、拝見した瞬間に爆笑した。装幀がまた、端正でありながら絶妙の抜け感と遊び心にあふれており、どんぴしゃで好みなり、とシャッポを脱ぐ。

さて先日、母から「すぐ来て」という呼びだしの電話があった。私はそのとき、むちゃくちゃ真剣な表情で締め切りとのチキンレースを繰り広げているところだった。なぜそんな状況に追いこまれたかといえば、締め切りを尻目に一族のＤＶＤを見ていたからで、自業自得。自ら公園の遊具に飛び乗ってぎこぎこやってるようなものである。

たとえぎこぎこの最中といえど、「すぐ来て」と母に言われてすぐ行かなければ、大変なことになるのは自明。押っ取り刀で駆けつけた私に母は、

「庭にハクビシンがいたの！」

と言った。あなたの庭には、平井堅もハクビシンもいない。以上。と帰ろうとしたら、

「ちょっとちょっと、本当だってば」

と引きとめられる。「私が庭にオウムがいるって言ったら、いたじゃないの。ハクビ

シンもいたのよ」

　オウムじゃなくインコだったけど、まあたしかにいたな。ちなみに文庫化にあたって、校閲さんが『ビルマの竪琴』について調べてくださったところ、水島上等兵の肩に乗っていたのも、オウムではなくやはりインコだったと判明したことをここにご報告する。校閲さん、ありがとうございます！

　ひとまず、母の証言に耳を傾けてみよう。

「居間で昼ご飯を食べながら、ふと窓から庭を見たら、キウイの木の下に茶色っぽい生き物がいたのよ。猫かなと思ったんだけど、それにしては尻尾が太い。しかも鼻筋に白い線が入ってた。ね、絶対にハクビシンでしょ？」

「うーん、そういう模様の猫だったのかもしれないよ。『ね』って言われても、私、ハクビシンの形状をよく知らないし」

「お母さんだって知らないわよ」

「知らんのかーい。なのにハクビシンだと言い張ってるんかーい」

　埒が明かないのでスマホを取りだし、グーグル先生におうかがいを立ててみる。ハクビシンの画像を表示し、

「これ？」

　と母に尋ねると、

「そうそう、この動物！　やっぱりハクビシンだったんだ！」

と身を乗りだす。「私が見たハクビシンは、木の下に落ちてたキウイの実をかじってた」

「へえ。あ、ほんとだ。グーグル先生によると、『ハクビシンの好物は果実』なんだって」

「あら、そうなの？　ほんのちょっとかじっただけで、すぐにふいっと木戸の隙間から道路に出ていっちゃったけど……」

「……」

好物の果実が転がってたにもかかわらず、ひとかじりするにとどめたハクビシン。このことが指し示す真実はひとつだろう。

「お父さんが丹精こめて育ててるキウイ、ハクビシンもまたぐ！」

「言われてみれば、『なんだかとんでもないもの食べちゃったなあ』って顔して出ていったわねえ」

私と母はげらげら笑った。私たちは毎年大量のキウイを、追熟が完了した端からせっせと食べ、ジャムにもして、なんとか消費していたのだが、ハクビシンを見習ってまたげばよかったのだと蒙を啓かされた。

庭に出没するハクビシンをうんざりさせる方法はないかとお悩みのかた、父が育てた

キウイをお送りしますので、お気軽にお申しつけください。母は、

「ハクビシンの体調に異変があっちゃいけないから、お父さんの受粉活動は阻止する。

またキウイの花粉が届いたら、こっそり捨てておく」と言っていたので、今年から収穫量が減るかもしれないが。ハクビシン界にとっては朗報なるも、再びの夫婦喧嘩勃発の予感。

おい、いつのまにか八ページもあとがき書いてるじゃないか自分。茶の間の畳をも埋めつくした大皿料理。とどまるところを知らずあふれでる我がもてなしの精神。胃もたれが最高潮に達したみなさま、すみません。べつにマージンをもらってるわけじゃないのだが、ここに折良く陀羅尼助丸がありますのでどうぞ（スッ）。ああー、しまった、これおばあちゃんの未完の五百円玉貯金箱！

かくなるうえは、急に終わる以外に選択肢も紙幅もないっ！

お気づきになられただろうか、いま法則が発動したことに。お読みいただき、本当にどうもありがとうございました。またどこかでお目にかかれればうれしいです。

二〇二三年四月

三浦しをん

本書は二〇一九年八月、集英社より刊行されました。

初出
「ＢＡＩＬＡ」二〇一四年六月号～二〇一九年五月号

本文デザイン／西村弘美
本文イラスト／はっとりさちえ

集英社文庫

のっけから失礼(しつれい)します

2023年6月25日　第1刷　　定価はカバーに表示してあります。

著　者　三浦(みうら)しをん

発行者　樋口尚也

発行所　株式会社　集英社
東京都千代田区一ツ橋2-5-10　〒101-8050
電話　【編集部】03-3230-6095
【読者係】03-3230-6080
【販売部】03-3230-6393（書店専用）

印　刷　大日本印刷株式会社

製　本　大日本印刷株式会社

フォーマットデザイン　アリヤマデザインストア　　マークデザイン　居山浩二

ISBN978-4-08-744535-0 C0195